戯作三昧・一塊の土

芥 川 龍 之 介 著

新 潮 社 版

1809

目次

戯作三昧《げさくざんまい》・一塊《いっかい》の土《つち》

或日《あるひ》の大石内蔵之助《おおいしくらのすけ》

立てきった障子《しょうじ》にはうららかな日の光がさして、嵯峨《さが》たる*老木の梅の影が何間《なんげん》かの明《あか》るみを、右の端《はじ》から左の端まで画《え》の如《ごと》く鮮《あざやか》に領している。元浅野内匠頭《あさのたくみのかみ》*家来、当時細*川家に御預り中の大石内蔵之助良雄《よしかつ》*は、その障子を後にして、端然と膝《ひざ》を重ねた儘《まま》、さっきから書見に余念がない。書物は恐らく、細川家の家臣の一人が借《か》してくれた三《さん》国誌《ごくし》*の中の一冊であろう。

　九人一つ座敷にいる中で、片岡源五右衛門《かたおかげんごえもん》*は、今し方厠《かわや》へ立った。早水藤左衛門《はやみとうざえもん》*は、下《しも》の間《ま》へ話しに行って、未《いま》だにここへ帰らない。あとには、吉田忠左衛門《よしだちゅうざえもん》*、原惣右衛門《はらそうえもん》*、間瀬久太夫《ませきゅうだゆう》*、小野寺十内《おのでらじゅうない》*、堀部弥兵衛《ほりべやへえ》*、間喜兵衛《はざまきへえ》*の六人が、障子にさしている日影も忘れたように、或《あるい》は書見に耽《ふけ》ったり、或は消息*を認《したた》めたりしている。その六人が六人とも、五十歳以上の老人ばかり揃《そろ》っていたせいか、まだ春の浅い座敷の中は、肌《はだ》寒《ざむ》いばかりにもの静《しずか》である。時たま、しわぶきの声をさせるものがあっても、それは、微《かすか》に漂っている墨の匂《におい》を動かす程の音さえ立てない。

　内蔵之助は、ふと眼《め》を三国誌からはなして、遠い所を見るような眼をしながら、静に手を傍《かたわら》の火鉢《ひばち》の上にかざした。金網《かなあみ》をかけた火鉢の中には、いけてある炭の底に、うつくしい赤いものが、かんがりと灰を照らしている。その火気を感じると、内蔵之助の心には、安らかな満足の情が、今更のようにあふれて来た。丁度、去年の極月《ごくげつ》*十五日に、亡君の讐《あだ》を復《かえ》して、泉岳寺《せんがくじ》*へ引上げた時、彼自《みずか》ら「あらたのし思ひははる身はすつる、うきよの月にかかる雲なし」と詠《えい》じた、その時の満足が帰って来たのである。

　赤穂《あこう》*の城を退去して以来、二年に近い月日を、如何《いか》に彼は焦慮と画策との中に、費した事であろう。動《やや》もすればはやり勝ちな、一党の客気《かっき》*を控制《こうせい》して、徐《おもむろ》に機の熟すのを待っただけでも、並大抵な骨折りではない。しかも讐家《しゅうか》*の放った細作《さいさく》*は、絶えず彼の身辺を窺《うかが》っている。彼は放埒《ほうらつ》を装って、これらの細作の眼を欺《あざむ》くと共に、併《あわ》せて又、その放埒に欺かれた同志の疑惑をも解かなければならなかった。山科《やましな》*や円山《まるやま》*の謀議の昔を思い返せば、当時の苦衷が再《ふたたび》心の中によみ返って来る。――しかし、もうすべては行く処《ところ》へ行きついた。

　もし、まだ片のつかないものがあるとすれば、それは一党四十七人に対する、公儀*の御沙汰《ごさた》だけである。が、その御沙汰があるのも、いずれ遠い事ではないのに違いない。そうだ。すべては行く処へ行きついた。それも単に、復讐の挙が成就《じょうじゅ》したと云《い》うばかりではない。すべてが、彼の道徳上の要求と、殆《ほとんど》完全に一致するような形式で成就した。彼は、事業を完成した満足を味《あじわ》ったばかりでなく、道徳を体現した満足をも、同時に味う事が出来たのである。しかも、その満足は、復讐の目的から考えても、手段から考えても、良心の疚《やま》しさに曇らされる所は少しもない。彼として、これ以上の満足があり得ようか。……

こう思いながら、内蔵之助は眉《まゆ》をのべて、これも書見に倦《う》んだのか、書物を伏せた膝の上へ、指で手習いをしていた吉田忠左衛門に、火鉢のこちらから声をかけた。

「今日は余程暖いようですな」

「さようでございます。こうして居《お》りましても、どうかすると、あまり暖いので、睡《ね》む気《け》がさしそうでなりません」

内蔵之助は微笑した。この正月の元旦《がんたん》に、富森助右衛門《とみのもりすけえもん》が、三杯の屠蘇《とそ》に酔って、「今日も春恥しからぬ寝武士《ねぶし》かな」と吟じた、その句がふと念頭に浮んだからである。句意も、良雄が今感じている満足と変りはない。

「やはり本意《ほい》を遂げたと云う、気のゆるみがあるのでございましょう」

「さようさ。それもありましょう」

忠左衛門は、手もとの煙管《きせる》をとり上げて、つつましく一服の煙を味った。煙は、早春の午後をわずかにくゆらせながら、明い静かさの中に、うす青く消えてしまう。

「こう云うのどかな日を送る事があろうとは、お互に思いがけなかった事ですからな」

「さようでございます。手前も二度と、春に逢《あ》おうなどとは、夢にも存じませんでした」

「我々は、よくよく運のよいものと見えますな」

二人は、満足そうに、眼で笑い合った。――もしこの時、良雄の後の障子に、影法師が一つ映らなかったなら、そうして、その影法師が、障子の引手へ手をかけると共に消えて、その代りに、早水藤左衛門の逞《たくま》しい姿が、座敷の中へはいって来なかったなら、良雄は何時《いつ》までも、快い春の日の暖さを、その誇らかな満足の情と共に、味わう事が出来たのであろう。が、現実は、血色の好い藤左衛門の両頬《りょうほお》に浮んでいる、ゆたかな微笑と共に、遠慮なく二人の間へはいって来た。が、彼等《かれら》は、勿論《もちろん》それには気がつかない。

「大分下《だいぶしも》の間《ま》は、賑《にぎや》かなようですな」

忠左衛門は、こう云いながら、又煙草《たばこ》を一服吸いつけた。

「今日の当番は、伝右衛門《でんえもん》*殿ですから、それで余計話がはずむのでしょう。片岡なども、今し方あちらへ参って、その儘坐《すわ》りこんでしまいました」

「道理こそ、遅いと思いましたよ」

忠左衛門は、煙にむせて、苦しそうに笑った。すると、頻《しき》りに筆を走らせていた小野寺十内が、何かと思った気色《けしき》で、ちょいと顔をあげたが、すぐ又眼を紙へ落して、せっせとあとを書き始める。これは恐らく、京都の妻女へ送る消息でも、認めていたものであろう。——内蔵之助も、眦《まなじり》の皺《しわ》を深くして、笑いながら、

「何か面白《おもしろ》い話でもありましたか」

「いえ、不相変《あいかわらず》の無駄話《むだばなし》ばかりでございます。尤《もっと》も先刻、近松《ちかまつ》*が甚三郎《じんざぶろう》*の話を致した時には、伝右衛門殿なぞも、眼に涙をためて、聞いて居られましたが、その外は——いや、そう云えば、面白い話がございました。我々が吉良《きら》殿を討取って以来、江戸中に何かと仇討《あだうち》じみた事が流行《はや》るそうでございます」

「ははあ、それは思いもよりませんな」

忠左衛門は、けげんな顔をして、藤左衛門を見た。相手は、この話をして聞かせるのが、何故《なぜ》か非常に得意らしい。

「今も似よりの話を二つ三つ聞いて来ましたが、中でも可笑《おか》しかったのは、南八丁堀*の湊町《みなとちょう》辺にあった話です。何でも事の起りは、あの界隈《かいわい》の米屋の亭主が、風呂屋《ふろや》で、

隣同志の紺屋《こうや》の職人と喧嘩《けんか》をしたのですな。どうせ起りは、湯がはねかったとか何とか云う、つまらない事からなのでしょう。そうして、その揚句に米屋の亭主の方が、紺屋の職人に桶《おけ》で散々撲《なぐ》られたのだそうです。すると、米屋の丁稚《でっち》が一人、それを遺恨に思って、暮方その職人の外へ出る所を待伏せて、いきなり鉤《かぎ》を向うの肩へ打ちこんだと云うじゃありませんか。それも『主人の讐《かたき》、思い知れ』と云いながら、やったのだそうです。……」

藤左衛門は、手真似《てまね》をしながら、笑い笑い、こう云った。

「それは又乱暴至極《しごく》ですな」

「職人の方は、大怪我《おおけが》をしたようです。それでも、近所の評判は、その丁稚の方が好いと云うのだから、不思議でしょう。その外まだその通町《とおりちょう》三丁目にも一つ、新麹町《しんこうじまち》の二丁目にも一つ、それから、もう一つは何処《どこ》でしたかな。兎《と》に角《かく》、諸方にあるそうです。それが皆、我々の真似だそうだから、可笑しいじゃありませんか」

藤左衛門と忠左衛門とは、顔を見合せて、笑った。復讐の挙が江戸の人心に与えた影響を耳にするのは、どんな些事《さじ》にしても、快いに相違ない。唯《ただ》一人内蔵之助だけは、僅《わず》かに額へ手を加えた儘、つまらなそうな顔をして、黙っている。――藤左衛門の話は、彼の心の満足に、かすかながら妙な曇りを落させた。と云っても、勿論彼が、彼のした行為のあらゆる結果に、責任を持つ気でいた訳ではない。彼等が復讐の挙を果して以来、江戸中に仇討が流行した所で、それはもとより彼の良心と風馬牛《ふうばぎゅう》*なのが当然である。しかし、それにも関《かかわ》らず、彼の心からは、今までの春の温《ぬく》もりが、幾分か減却したような感じがあった。

事実を云えば、その時の彼は、単に自分たちのした事の影響が、意外な所まで波動したのに、聊《いささか》驚いただけなのである。が、ふだんの彼なら、藤左衛門や忠左衛門と共に、笑ってすませてる筈《はず》のこの事実が、その時の満足しきった彼の心には、ふと不快な種を蒔《ま》く事になった。これは恐らく、彼の満足が、暗々の裡《うち》に論理と背馳《はいち》して、彼の行為とその結果のすべてとを肯定する程、虫の好い性質を帯びていたからであろう。勿論当時の彼の心には、こう云う解剖的な考えは、少しもはいって来なかった。彼は唯、春風の底に一脈の氷冷の気を感じて、何となく、不愉快になっただけである。

しかし、内蔵之助の笑わなかったのは、格別二人の注意を惹《ひ》かなかったらしい。いや、人の好い藤左衛門の如きは、彼自身にとってこの話が興味あるように内蔵之助にとっても興味があるものと確信して疑わなかったのであろう。それでなければ、彼は、更に自身下の間へ赴いて、当日の当直だった細川家の家来、堀内伝右衛門を、わざわざこちらへつれて来などはしなかったのに相違ない。ところが、万事にまめな彼は、忠左衛門を顧《かえりみ》て、「伝右衛門殿をよんで来ましょう」とか何とか云うと、早速隔ての襖《ふすま》をあけて、気軽く下の間へ出向いて行った。そうして、程なく、見た所から無骨《ぶこつ》らしい伝右衛門とつれだって、不相変の微笑をたたえながら、得得《とくとく》として帰って来た。

「いや、これは、とんだ御足労を願って恐縮でございますな」

忠左衛門は、伝右衛門の姿を見ると、良雄に代って微笑しながら、こう云った。伝右衛門の素朴《そぼく》で、真率《しんそつ》な性格は、お預けになって以来、夙《つと》に彼と彼等との間を、故旧のような温情でつないでいたからである。

「早水氏《はやみうじ》が是非こちらへ参れと云われるので、御邪魔とは思いながら、罷《まか》り出ました」

伝右衛門は、座につくと、太い眉毛を動かしながら、日にやけた頬の筋肉を、今にも笑い出しそうに動かして、万遍なく一座を見廻《みまわ》した。これにつれて、書物を読んでいたのも、筆を動かしていたのも、皆それぞれ挨拶《あいさつ》をする。内蔵之助もやはり、慇懃《いんぎん》に会釈《えしゃく》をした。唯その中で聊滑稽《こっけい》の観があったのは、読みかけた太平記《たいへいき》*を前に置いて、眼鏡をかけた儘、居眠りをしていた堀部弥兵衛が、眼をさますが早いか、慌《あわ》ててその眼鏡をはずして、丁寧に頭を下げた容子《ようす》である。これには流石《さすが》な間喜兵衛も、よくよく可笑しかったものと見えて、傍《かたわら》の衝立《ついたて》の方を向きながら、苦しそうな顔をして笑《わらい》をこらえていた。

「伝右衛門殿も老人はお嫌《きらい》だと見えて、兎角こちらへお出になりませんな」

内蔵之助は、何時に似合わない、滑《なめらか》な調子で、こう云った。幾分か乱されはしたものの、まだ彼の胸底には、さっきの満足の情が、暖く流れていたからであろう。

「いや、そう云う訳ではございませんが、何かとあちらの方々に引とめられて、ついその儘、話しこんでしまうのでございます」

「今も承れば、大分面白い話が出たようでございますな」

忠左衛門も、傍から口を挟《はさ》んだ。

「面白い話——と申しますと……」

「江戸中で仇討の真似事が流行《はや》ると云う、あの話でございます」

藤左衛門は、こう云って、伝右衛門と内蔵之助とを、にこにこしながら、等分に見比べた。

「はあ、いや、あの話でございますか。人情と云うものは、実に妙なものでございます。御一同の忠義に感じると、町人百姓までそう云う真似がして見たくなるのでございましょう。これで、どの位じだらくな上下の風俗が、改まるかわかりません。やれ浄瑠璃《じょうるり》*の、やれ歌舞伎《かぶき》のと、見たくもないものばかり流行っている時でございますから、丁度よろしゅうございます」

会話の進行は、又内蔵之助にとって、面白くない方向へ進むらしい。そこで、彼は、わざと重々しい調子で、卑下の辞を述べながら、巧《たくみ》にその方向を転換しようとした。

「手前たちの忠義をお褒《ほ》め下さるのは難有《ありがた》いが、手前一人の量見では、お恥しい方が先に立ちます」

こう云って、一座を眺《なが》めながら、

「何故《なぜ》かと申しますと、赤穂一藩に人も多い中で、御覧の通りここに居りまするものは、皆小身者*ばかりでございます。尤も最初は、奥野将監《おくのしょうげん》*などと申す番頭《ばんがしら》も、何かと相談にのったものでございますが、中ごろから量見を変え、遂《つい》に同盟を脱しましたのは、心外と申すより外はございません。その外、進藤源四郎《しんどうげんしろう》*、河村伝兵衛《かわむらでんぴょうえ》*、小山源五右衛門《こやまげんごえもん》*などは、原惣右衛門より上席でございますし、佐々小左衛門《ささこざえもん》*なども、吉田忠左衛門より身分は上でございますが、皆一挙が近づくにつれて、変心致しました。その中には、手前の親族の者もございます。して見ればお恥しい気のするのも無理はございますまい」

一座の空気は、内蔵之助のこの語《ことば》と共に、今までの陽気さをなくなして、急に真面目《まじめ》な調子を帯びた。この意味で、会話は、彼の意図通り、方向を転換したと云っても差支《さしつか》えない。が、転換した方向が、果して内蔵之助にとって、愉快なものだったかどうかは、自《おのずか》ら又別な問題である。

彼の述懐を聞くと、先《ま》ず早水藤左衛門は、両手にこしらえていた拳骨《げんこつ》を、二三度膝《ひざ》の上でこすりながら、

「彼奴等《きゃつら》は、皆揃いも揃った人畜生《にんちくしょう》＊ばかりですな。一人として、武士の風上《かざかみ》にも置けるような奴《やつ》は居りません」

「さようさ。それも高田群兵衛《たかたぐんべえ》＊などになると、畜生より劣っていますて」

忠左衛門は、眉をあげて、賛同を求めるように、堀部弥兵衛を見た。慷慨家《こうがいか》の弥兵衛は、もとより黙っていない。

「引上げの朝、彼奴に遇《あ》った時には、唾《つば》を吐きかけても飽《あ》き足らぬと思いました。何しろのめのめと我々の前へ面《つら》をさらした上に、御本望を遂げられ、大慶の至りなどと云うのですからな」

「高田も高田じゃが、小山田庄左衛門《おやまだしょうざえもん》＊などもしようのないたわけ者じゃ」

間瀬久太夫が、誰に云うともなくこう云うと、原惣右衛門や小野寺十内も、やはり口を斉《ひと》しくして、背盟の徒を罵《ののし》りはじめた。寡黙《かもく》な間喜兵衛でさえ、口こそきかないが、白髪頭《しらがあたま》をうなずかせて、一同の意見に賛同の意を表した事は、度々《どど》ある。

「何に致せ、御一同のような忠臣と、一つ御藩に、さような輩《やから》が居ろうとは、考えられも致しませんな。さればこそ、武士はもとより、町人百姓まで、犬侍《いぬざむらい》の禄盗人《ろくぬすびと》のと悪口《あっこう》を申して居るようでございます。岡林杢之助《おかばやしもくのすけ》*殿なども、昨年切腹こそ致されたが、やはり親類縁者が申し合せて、詰腹《つめばら》*を斬《き》らせたのだなどと云う風評がございました。又よしんばそうでないにしても、かような場合に立ち至って見れば、その汚名も受けずには居られますまい。まして、余人は猶更《なおさら》の事でございます。これは仇討の真似事を致す程、義に勇みやすい江戸の事と申し、且《かつ》はかねがね御一同の御憤《おいきどお》りもある事と申し、さような輩を斬ってすてるものが出ないとも、限りませんな」

伝右衛門は、他人事《ひとごと》とは思わないような容子で、昂然《こうぜん》とこう云い放った。この分では、誰よりも彼自身が、その斬り捨ての任に当り兼ねない勢《いきお》いである。これに煽動《せんどう》された吉田、原、早水、堀部などは、皆一種の興奮を感じたように、愈《いよいよ》手ひどく、乱臣賊子を罵殺《ばさつ》*しにかかった。――が、その中に唯《ただ》一人、大石内蔵之助だけは、両手を膝の上にのせた儘、愈つまらなそうな顔をして、だんだん口数をへらしながら、ぼんやり火鉢の中を眺めている。

彼は、彼の転換した方面へ会話が進行した結果、変心した故朋輩《こほうばい》*の代価で、彼等の忠義が益《ますます》褒めそやされていると云う、新しい事実を発見した。そうして、それと共に、彼の胸底を吹いていた春風は、再幾分の温《ぬく》もりを減却した。勿論彼が背盟の徒の為《ため》に惜《お》しんだのは、単に会話の方向を転じたかった為ばかりではない。彼としては、実際彼等の変心を遺憾とも不快とも思っていた。が、彼はそれらの不忠の侍をも、憐《あわれ》みこそすれ、憎いとは思っていない。人情の向背《こうはい》*も、世故《せこ》の転変も、つぶさに味って来た彼の眼から見れば、彼等の変心の多くは、自然すぎる程自然であった。もし真率と云う語が許されるとすれば、気の毒な位な真率であった。従って、彼は彼等に対しても、終始寛容の態度を改めなかった。まして、復讐の事の成った今になって見れば、彼等に与う可《べ》きものは、唯《た》だ憫笑《びんしょう》が残っているだけである。それを世間は、殺しても猶飽き足らないように、思っているらしい。何故我々を忠義の士とする為には、彼等を人畜生としなければならないのであろう。我々と彼等との差は、存外大きなものではない。——江戸の町人に与えた妙な影響を、前に快からず思った内蔵之助は、それとは稍《やや》ちがった意味で、今度は背盟の徒が蒙《こうむ》った影響を、伝右衛門によって代表された、天下の公論の中に看取した。彼が苦い顔をしたのも、決して偶然ではない。

しかし、内蔵之助の不快は、まだこの上に、最後の仕上げを受ける運命を持っていた。

彼の無言でいるのを見た伝右衛門は、大方それを彼らしい謙譲《けんじょう》な心もちの結果とでも、推測したのであろう。愈彼の人柄《ひとがら》に敬服した、その敬服さ加減を披瀝《ひれき》する為に、この朴直《ぼくちょく》な肥後侍《ひござむらい》*は、無理に話頭を一転すると、忽《たちまち》内蔵之助の忠義に対する盛《さかん》な歎《たん》賞《しょう》の辞をならべはじめた。

「過日もさる物識《ものし》りから承りましたが、唐土《もろこし》*の何とやら申す侍は、炭を呑《の》んで唖《おし》になってまでも、主人の仇《かたき》をつけ狙《ねら》ったそうでございますな。しかし、それは内蔵之助殿のように、心にもない放埒をつくされるよりは、まだまだ苦しくない方ではございますまいか」

伝右衛門は、こう云う前置きをして、それから、内蔵之助が濫行《らんぎょう》を尽した一年前の逸聞《いつぶん》を、長々としゃべり出した。高尾《たかお》*や愛宕《あたご》*の紅葉狩《もみじがり》も、佯狂《ようきょう》*の彼には、どの位つらかった事であろう。島原《しまばら》*や祇園《ぎおん》*の花見の宴も、苦肉*の計に耽《ふけ》っている彼には、苦しかったのに相違ない。……

「承れば、その頃《ころ》京都では、大石かるくて張抜石《はりぬきいし》*などと申す唄《うた》も、流行《はや》りました由《よし》を聞き及びました。それほどまでに、天下を欺《あざむ》き了《おお》せるのは、よくよくの事でなければ出来ますまい。先頃天野《あまの》弥左衛門様が、沈勇だと御賞美になったのも、至極道理な事でございます」

「いや、それ程何も、大した事ではございません」内蔵之助は、不承々々に答えた。

その人に傲《たかぶ》らない態度が、伝右衛門にとっては、物足りないと同時に、一層の奥床《おくゆか》しさを感じさせたと見えて、今まで内蔵之助の方を向いていた彼は、永年京都勤番《きんばん》*をつとめていた小野寺十内の方へ向きを換えると、益、熱心に推服の意を洩《もら》し始めた。その子供らしい熱心さが、一党の中でも通人《つうじん》の名の高い十内には可笑しいと同時に、可愛《かわい》かったのであろう。彼は、素直《すなお》に伝右衛門の意をむかえて、当時内蔵之助が仇家《きゅうか》の細作を欺く為に、法衣《ころも》をまとって升屋《ますや》の夕霧《ゆうぎり》*のもとへ通いつめた話を、事明細《ことこまか》に話して聞かせた。

「あの通り真面目な顔をしている内蔵之助が、当時は里げしき*と申す唄を作った事もございました。それが又、中々評判で、廓中《くるわじゅう》どこでもうたわなかった所はなかった位でございます。そこへ当時の内蔵之助の風俗が、墨染《すみぞめ》の法衣姿で、あの祇園の桜がちる中を、浮《うき》さま浮さまとそやされながら、酔って歩くと云うのでございましょう。里げしきの唄が流行ったり、内蔵之助の濫行も名高くなったり致したのは、少しも無理はございません。何しろ夕霧と云い、浮橋《うきはし》と云い、島原や撞木町《しゅもくまち》*の名高い太夫《たゆう》*たちでも、内蔵之助と云えば、下にも置かぬように扱うと云う騒ぎでございましたから」

内蔵之助は、こう云う十内の話を、殆侮蔑《ぶべつ》されたような心もちで苦々《にがにが》しく聞いていた。と同時に又、昔の放埒の記憶を、思い出すともなく思い出した。それは、彼にとっては、不思議な程色彩の鮮《あざやか》な記憶である。彼はその思い出の中に、長蠟燭《ながろうそく》の光を見、伽羅《きゃら》の油*の匂を嗅《か》ぎ、加賀節《かがぶし》*の三味線《しゃみせん》の音《ね》を聞いた。いや、今十内が云った里げしきの「さすが涙のばらばら袖《そで》に、こぼれて袖に、露のよすがのうきつとめ」と云う文句さえ、春宮《しゅんきゅう》*の中からぬけ出したような、夕霧や浮橋のなまめかしい姿と共に、歴々と心中に浮んで来た。如何《いか》に彼は、この記憶の中に出没するあらゆる放埒の生活を、思い切って受用した事であろう。そうして又、如何に彼は、その放埒の生活の中に、復讐の挙を全然忘却した駘蕩《たいとう》たる瞬間を、味った事であろう。彼は己《おのれ》を欺いて、この事実を否定するには、余りに正直な人間であった。勿論この事実が不道徳なものだなどと云う事も、人間性に明《あきらか》な彼にとって、夢想さえ出来ない所である。従って、彼の放埒のすべてを、彼の忠義を尽す手段として激賞されるのは、不快であると共に、うしろめたい。

こう考えている内蔵之助が、その所謂佯狂苦肉《いわゆるようきょうくにく》の計を褒《ほ》められて、苦い顔をしたのに不思議はない。彼は、再度の打撃をうけて僅《わずか》に残っていた胸間の春風が、見る見る中《うち》に吹きつくしてしまった事を意識した。あとに残っているのは、一切《いっさい》の誤解に対する反感と、その誤解を予想しなかった彼自身の愚に対する反感とが、うすら寒く影をひろげているばかりである。彼の復讐の挙も、彼の同志も、最後に又彼自身も、多分この儘、勝手な賞讃《しょうさん》の声と共に、後代まで伝えられる事であろう。――こう云う不快な事実と向いあいながら、彼は火の気のうすくなった火鉢に手をかざすと、伝右衛門の眼をさけて、情無《なさけ》さそうにため息をした。

それから何分かの後《のち》である。厠《かわや》へ行くのにかこつけて、座をはずして来た大石内蔵之助は、独り縁側の柱によりかかって、寒梅の老木が、古庭の苔《こけ》と石との間に、的皪《てきれき》*たる花をつけたのを眺めていた。日の色はもううすれ切って、植込みの竹のかげからは、早くも黄昏《たそがれ》がひろがろうとするらしい。が、障子の中では、不相変面白そうな話声がつづいている。彼はそれを聞いている中に、自《おのずか》らな一味の哀情が、徐に彼をつつんで来るのを意識した。このかすかな梅の匂につれて、冴返《さえかえ》る心の底へしみ透《とお》って来る寂しさは、この云いようのない寂しさは、一体どこから来るのであろう。――内蔵之助は、青空に象嵌《ぞうがん》*をしたような、堅く冷い花を仰ぎながら、何時までもじっと彳《たたず》んでいた。

（大正六年九月号『中央公論』）

戯作三昧

一

天保《てんぽう》二年*九月の或《ある》午前である。神田同朋町《かんだどうぼうちょう》*の銭湯《せんとう》松の湯では、朝から不相変《あいかわらず》客が多かった。式亭三馬《しきていさんば》*が何年か前に出版した滑稽本《こっけいぼん》*の中で、「神祇《じんぎ》、釈教《しゃっきょう》、恋、無常、みないりごみの浮世風呂《うきよぶろ》」*と云《い》った光景は、今もその頃《ころ》と変りはない。風呂の中で歌祭文《うたざいもん》*を唄《うた》っている嚊《かかあ》たばね、*上り場で手拭《てぬぐい》をしぼっているちょん髷本多《まげほんだ》*、文身《ほりもの》*の脊中《せなか》を流させている丸額《まるびたい》の大銀杏《おおいちょう》*、さっきから顔ばかり洗っている由兵衛奴《よしべえやっこ》*、水槽《みずぶね》の前に腰を据《す》えて、しきりに水をかぶっている坊主頭《ぼうずあたま》、竹の手桶《ておけ》と焼物の金魚とで、余念なく遊んでいる虻蜂蜻蛉《あぶはちとんぼ》*、——狭い流しには、そう云う種々雑多な人間がいずれも濡《ぬ》れた体を滑らかに光らせながら、濛々《もうもう》と立上る湯煙と窓からさす朝日の光との中に、模糊《もこ》として動いている。その又騒ぎが、一通りではない。第一に湯を使う音や桶を動かす音がする。それから話し声や唄の声がする。最後に時々番台で鳴らす拍子木《ひょうしぎ》の音がする。だから柘榴口《ざくろぐち》*の内外は、すべてがまるで戦場のように騒々しい。そこへ暖簾《のれん》をくぐって、商人《あきゅうど》が来る。物貰《ものもら》いが来る。客の出入りは勿論《もちろん》あった。その混雑の中に――つつましく隅《すみ》へ寄って、その混雑の中に、静《しず》かに垢《あか》を落している、六十あまりの老人が一人あった。年の頃は六十を越していよう。鬢《びん》の毛が見苦しく黄ばんだ上に、眼《め》も少し悪いらしい。が、痩《や》せてはいるものの、骨組みのしっかりした、寧《むし》ろいかついと云う体格で、皮のたるんだ手や足にも、どこかまだ老年に抵抗する底力が残っている。これは顔でも同じ事で、下顎骨《かがくこつ》の張った頬《ほお》のあたりや、稍《やや》大きい口の周囲に、旺盛《おうせい》な動物的精力が、恐ろしい閃《ひらめ》きを見せている事は、殆《ほとんど》壮年の昔と変りがない。

老人は丁寧に上半身の垢を落してしまうと、止《と》め桶《おけ》*の湯も浴びずに、今度は下半身を洗いはじめた。が、黒い垢すりの甲斐絹《かいき》*が何度となく上をこすっても、脂気《あぶらけ》の抜けた、小皺《こじわ》の多い皮膚からは、垢と云う程の垢も出て来ない。それがふと秋らしい寂しい気を起させたのであろう。老人は片々《かたかた》の足を洗ったばかりで、急に力がぬけたように手拭の手を止めてしまった。そうして、濁った止め桶の湯に、鮮かに映っている窓の外の空へ眼を落した。そこには又赤い柿《かき》の実が、瓦屋根《かわらやね》の一角を下に見ながら、疎《まばら》に透《す》いた枝を綴《つづ》っている。

老人の心には、この時「死」の影がさしたのである。が、その「死」は、嘗《かつ》て彼を脅《おびやか》したそれのように、忌《いま》わしい何物をも蔵していない。云わばこの桶の中の空《そら》のように、静ながら慕わしい、安らかな寂滅《じゃくめつ》*の意識であった。一切《いっさい》の塵労《じんろう》*を脱して、その「死」の中に眠る事が出来たならば――無心の子供のように、夢もなく眠る事が出来たならば、どんなに悦《よろこ》ばしい事であろう。自分は生活に疲れているばかりではない。何十年来、絶え間ない創作の苦しみにも、疲れている。……

　老人は憮然《ぶぜん》として、眼を挙げた。あたりではやはり賑《にぎやか》な談笑の声につれて、大ぜいの裸の人間が、目まぐるしく湯気の中に動いている。柘榴口の中の歌祭文にも、めりやす*やよしこの*の声が加わった。ここには勿論、今彼の心に影を落した悠久《ゆうきゅう》なものの姿は、微塵《みじん》もない。

「いや、先生、こりゃとんだ所で御眼《おめ》にかかりますな。どうも曲亭《きょくてい》先生*が朝湯にお出《い》でになろうなんぞとは手前《てまえ》夢にも思いませんでした」

　老人は、突然こう呼びかける声に驚ろかされた。見ると彼の傍《かたわら》には、血色のいい、中脊《ちゅうぜい》の細銀杏《ほそいちょう》*が、止め桶を前に控えながら、濡れ手拭を肩へかけて、元気よく笑っている。これは風呂から出て、丁度上り湯を使おうとした所らしい。

「不相変御機嫌《ごきげん》で結構だね」

　馬《ば》琴《きん》滝《たき》沢《ざわ》瑣《さ》吉《きち》*は、微笑しながら、稍皮肉にこう答えた。

二

「どう致しまして、一向《いっこう》結構じゃございません。結構と云や、先生、八犬伝《はっけんでん》*は愈《いよいよ》出でて、愈奇なり、結構なお出来でございますな」

細銀杏は肩の手拭を桶の中へ入れながら、一調子張上げて弁じ出した。

「船虫《ふなむし》が瞽婦《ごぜ》に身をやつして、小文吾《こぶんご》を殺そうとする。それが一旦《いったん》つかまって、拷問《ごうもん》された揚句に、荘介《そうすけ》に助けられる。*あの段どりが実に何とも申されません。そうしてそれが又、荘介小文吾再会の機縁になるのでございますからな。不肖じゃございますが、この近江屋平吉《おうみやへいきち》も、小間物屋こそ致して居《お》りますが、読本《よみほん》*にかけちゃ一かど通《つう》のつもりでございます。その手前でさえ、先生の八犬伝には、何とも批《ひ》の打ちようがございません。いや全く恐れ入りました」

馬琴は黙って又、足を洗い出した。彼は勿論彼の著作の愛読者に対しては、昔からそれ相当な好意を持っている。しかしその好意の為《ため》に、相手の人物に対する評価が、変化するなどと云う事は少しもない。これは聡明《そうめい》な彼にとって、当然すぎる程当然な事である、が、不思議な事には逆にその評価が、彼の好意に影響すると云う事も亦《また》殆どない。だから彼は場合によって、軽蔑《けいべつ》と好意とを、完《まった》く同一人に対して同時に感ずる事が出来た。この近江屋平吉の如《ごと》きは、正《まさ》にそう云う愛読者の一人である。

「何しろあれだけのものをお書きになるんじゃ、並大抵《なみたいてい》なお骨折じゃございますまい。先《ま》ず当今では、先生がさしずめ日本の羅貫中《らかんちゅう》*と云う所でございますな。——いや、これはとんだ失礼を申上げました」

平吉は又大きな声をあげて笑った。その声に驚かされたのであろう。側《そば》で湯を浴びていた小柄《こがら》な、色の黒い、眇《すがめ》*の小銀杏《こいちょう》*が、振返って平吉と馬琴とを見比べると、妙な顔をして流しへ痰《たん》を吐いた。

「貴公は不相変発句《ほっく》*にお凝《こ》りかね」

馬琴は巧《たくみ》に話頭を転換した。がこれは何も眇の表情を気にした訳ではない。彼の視力は幸福な事に(?)もうそれがはっきりとは見えない程、衰弱していたのである。

「これはお尋ねに預って恐縮至極《しごく》でございますな。手前のはほんの下手《へた》の横好きで今日も運座《うんざ》*、明日《あす》も運座、と、所々方々へ臆面《おくめん》もなくしゃしゃり出ますが、どう云うものか、句の方は一向頭《あたま》を出してくれません。時に先生は、如何《いかが》でございますな。歌とか発句とか申すものは、格別お好みになりませんか」

「いや私は、どうもああ云うものにかけると、とんと無器用でね。尤《もっと》も一時はやった事もあるが*」

「そりゃ御冗談で」

「いや、完く性《しょう》に合わないと見えて、未《いま》だにとんと眼《め》くらの垣覗《かきのぞ》きさ*」

馬琴は、「性に合わない」と云う語《ことば》に、殊《こと》に力を入れてこう云った。彼は歌や発句が作れないとは思っていない。だから勿論その方面の理解にも、乏しくないと云う自信がある。が、彼はそう云う種類の芸術には、昔から一種の軽蔑を持っていた。何故《なぜ》かと云うと、歌にしても発句にしても、彼の全部をその中に注ぎこむ為には、余りに形式が小さすぎる。だから如何《いか》に巧に詠《よ》みこなしてあっても、一句一首の中に表現されたものは、抒情《じょじょう》なり叙景なり、僅《わずか》に彼の作品の何行かを充《みた》すだけの資格しかない。そう云う芸術は、彼にとって、第二流の芸術である。

三

彼が「性に合わない」と云う語に力を入れた後《うしろ》には、こう云う軽蔑が潜んでいた。が、不幸にして近江屋平吉には、全然そう云う意味が通じなかったものらしい。

「ははあ、やっぱりそう云うものでございますかな。手前などの量見では、先生のような大家なら、何でも自由にお作りになれるだろうと存じて居りましたが――いや、天二物《にぶつ》を与えずとは、よく申したものでございます」

平吉はしぼった手拭で、皮膚が赤くなる程、ごしごし体をこすりながら、稍《やや》遠慮するような調子で、こう云った。が、自尊心の強い馬琴には、彼の謙辞《けんじ》をその儘語通《ままことばどお》り受取られたと云う事が、先ず何よりも不満である。その上平吉の遠慮するような調子が愈又気に入らない。そこで彼は手拭と垢すりとを流しへ抛《ほう》り出すと半ば身を起しながら、苦《にが》い顔をして、こんな気焔《きえん》をあげた。

「尤も、当節の歌よみや宗匠《そうしょう》＊位には行くつもりだがね」

しかし、こう云うと共に、彼は急に自分の子供らしい自尊心が恥ずかしく感ぜられた。自分はさっき平吉が、最上級の語を使って八犬伝を褒《ほ》めた時にも、格別嬉《うれ》しかったとは思っていない。そうして見れば、今その反対に、自分が歌や発句を作る事の出来ない人間と見られたにしても、それを不満に思うのは、明《あきらか》に矛盾である。咄嗟《とっさ》にこう云う自省を動かした彼は、恰《あたか》も内心の赤面を隠そうとするように、慌《あわただ》しく止め桶の湯を肩から浴びた。

「でございましょう。そうなくっちゃ、とてもああ云う傑作は、お出来になりますまい。して見ますと、先生は歌も発句もお作りになると、こう睨《にら》んだ手前の眼光は、やっぱり大したものでございますな。これはとんだ手前味噌《てまえみそ》になりました」

平吉は又大きな声を立てて、笑った。さっきの眇《すがめ》はもう側にいない。痰も馬琴の浴びた湯に、流されてしまった。が、馬琴がさっきにも増して恐縮したのは勿論の事である。

「いや、うっかり話しこんでしまった。どれ私も一風呂、浴びて来ようか」

妙に間の悪くなった彼は、こう云う挨拶《あいさつ》と共に、自分に対する一種の腹立しさを感じながら、とうとうこの好人物の愛読者の前を退却すべく、徐《おもむろ》に立上った。が、平吉は彼の気焔によって寧《むし》ろ愛読者たる彼自身まで、肩身が広くなったように、感じたらしい。

「では先生その中《うち》に一つ歌か発句かを書いて頂きたいものでございますな。よろしゅうございますか。お忘れになっちゃいけませんぜ。じゃ手前も、これで失礼致しましょう。お忙しゅうもございましょうが、お通りすがりの節は、ちと御立ち寄りを。手前も亦、お邪魔に上ります」

平吉は追いかけるように、こう云った。そうして、もう一度手拭を洗い出しながら、柘榴口《ざくろぐち》の方へ歩いて行く馬琴の後姿を見送って、これから家へ帰った時に、曲亭先生に遇《あ》ったと云う事を、どんな調子で女房に話して聞かせようかと考えた。

四

柘榴口の中は、夕方のようにうす暗い。それに湯気が、霧よりも深くこめている。眼の悪い馬琴は、その中にいる人々の間を、あぶなそうに押しわけながら、どうにか風呂の隅をさぐり当てると、やっとそこへ皺だらけな体を浸した。

湯加減は少し熱い位である。彼はその熱い湯が爪《つめ》の先にしみこむのを感じながら、長い呼吸をして、徐《おもむろ》に風呂の中を見廻《みま》わした。うす暗い中に浮んでいる頭の数は、七つ八つもあろうか。それが皆話しをしたり、唄をうたったりしているまわりには、人間の脂《あぶら》を溶《とか》した、滑《なめらか》な湯の面《おもて》が、柘榴口からさす濁った光に反射して、退屈そうにたぶたぶと動いている。そこへ胸の悪い「洗湯の匂《におい》」がむんと人の鼻を衝《つ》いた。

馬琴の空想には、昔から羅曼《ロマンテイク》的な傾向がある。彼はこの風呂の湯気の中に、彼が描こうとする小説の場景の一つを、思い浮べるともなく思い浮べた。そこには重い舟日覆《ふなひおい》*がある。日覆の外の海は、日の暮と共に風が出たらしい。舷《ふなばた》をうつ浪《なみ》の音が、まるで油を揺《ゆす》るように、重苦しく聞えて来る。その音と共に、日覆をはためかすのは、大方蝙蝠《こうもり》の羽音であろう。舟子《かこ》*の一人は、それを気にするように、そっと舷から外を覗いて見た。霧の下りた海の上には、赤い三日月が陰々と空に懸っている。すると……

彼の空想は、ここまで来て、急に破られた。同じ柘榴口の中で、誰か彼の読本《よみほん》の批評をしているのが、ふと彼の耳へはいったからである。しかも、それは声と云い、話《はなし》様《よう》と云い、殊更《ことさら》彼に聞かせようとして、しゃべり立てているらしい。馬琴は一旦風呂を出ようとしたが、やめて、じっとその批評を聞き澄ました。

「曲亭先生の、著作堂主人*のと、大きな事を云ったって、馬琴なんぞの書くものは、みんなありゃ焼直しでげす。早い話が八犬伝は、手もなく水滸伝《すいこでん》*の引写しじゃげえせんか。が、そりゃまあ大目に見ても、いい筋がありやす。何しろ先が唐《から》の物でげしょう。そこで、まずそれを読んだと云うだけでも、一手柄《ひとてがら》さ。ところがそこへ又ずぶ京《きょう》伝《でん》*の二番煎《せん》じ*と来ちゃ、呆《あき》れ返って腹も立ちやせん」

馬琴はかすむ眼で、この悪口を云っている男の方を透《すか》して見た。湯気に遮《さえぎ》られて、はっきりとは見えないが、どうもさっき側にいた眇《すがめ》の小銀杏ででもあるらしい。そうとすればこの男は、さっき平吉が八犬伝を褒めたのに業《ごう》を煮やして、わざと馬琴に当りちらしているのであろう。

「第一馬琴の書くものは、ほんの筆先一点張りでげす。まるで腹には、何にもありやせん。あればまず寺子屋の師匠でも云いそうな、四書五経《ししょごきょう》*の講釈だけでげしょう。だから又当世の事は、とんと御存じなしさ。それが証拠にゃ、昔の事でなけりゃ、書いたと云うためしはとんとげえせん。お染久松《そめひさまつ》*がお染久松じゃ書けねえもんだから、そら松染情史秋七草《しょうせんじょうしあきのななくさ》*さ。こんな事は、馬琴大人《たいじん》の口真似《くちまね》をすれば、そのためしさわに多かりでげす」*

憎悪《ぞうお》の感情は、どっちか優越の意識を持っている以上、起したくも起されない。馬琴も相手の云いぐさが癪《しゃく》にさわりながら、妙にその相手が憎めなかった。その代りに彼自身の軽蔑を、表白してやりたいと云う欲望がある。それが実行に移されなかったのは、恐らく年齢が歯止めをかけたせいであろう。

「そこへ行くと、一九《いっく》*や三馬《さんば》は大したものでげす。あの手合いの書くものには、天然自然の人間が出ていやす。決して小手先の器用や生噛《なまかじ》りの学問で、捏《でっ》ちあげたものじゃげえせん。そこが大きに蓑笠軒隠者《さりゅうけんいんじゃ》*なんぞとは、ちがう所さ」

馬琴の経験によると、自分の読本の悪評を聞くと云う事は、単に不快であるばかりでなく、危険も亦《また》少くない。と云うのは、その悪評を是認する為に、勇気が沮喪《そそう》すると云う意味ではなく、それを否認する為に、その後の創作的動機に、反動的なものが加わると云う意味である。そうしてそう云う不純な動機から出発する結果、屢々畸形《しばしばきけい》な芸術を創造する惧《おそれ》があると云う意味である。時好《じこう》に投ずる*事のみを目的としている作者は別として、少しでも気魄《きはく》のある作者なら、この危険には存外陥り易《やす》い。だから馬琴は、この年まで自分の読本に対する悪評は、成《な》る可《べ》く読まないように心がけて来た。が、そう思いながらも亦、一方には、その悪評を読んで見たいと云う誘惑がないでもない。今、この風呂で、この小銀杏の悪口を聞くようになったのも、半《なかば》はその誘惑に陥ったからである。

こう気のついた彼は、すぐに便々《べんべん》とまだ湯に浸っている自分の愚を責めた。そうして、癇高《かんだか》い小銀杏の声を聞き流しながら、柘榴口を外へ勢いよく跨《また》いで出た。外には、湯気の間に窓の青空が見え、その青空には暖く日を浴びた柿《かき》が見える。馬琴は水槽《みずぶね》の前へ来て、心静《しずか》に上り湯を使った。

「兎《と》に角《かく》、馬琴は食わせ物でげす。日本の羅貫中もよく出来やした」

しかし風呂の中ではさっきの男が、まだ馬琴がいるとでも思うのか、依然として猛烈なフィリッピクス*を発しつづけている。事によると、これはその眇《すがめ》に災《わざわい》されて、彼の柘榴口を跨いで出る姿が、見えなかったからかも知れない。

五

しかし、洗湯を出た時の馬琴の気分は、沈んでいた。眇の毒舌は、少くともこれだけの範囲で、確《たしか》に予期した成功を収め得たのである。彼は秋晴れの江戸の町を歩きながら、風呂の中で聞いた悪評を、一々彼の批評眼にかけて、綿密に点検した。そうして、それが、如何なる点から考えて見ても、一顧《いっこ》の価《あたい》のない愚論だと云う事実を、即座に証明する事が出来た。が、それにも関《かかわ》らず、一度乱された彼の気分は、容易に元通り、落着きそうもない。

彼は不快な眼を挙げて、両側の町家《ちょうか》を眺《なが》めた。町家のものは、彼の気分とは没交渉に、皆その日の生計を励んでいる。だから「諸国銘葉《しょこくめいよう》」の柿色の暖簾《のれん》、「本黄楊《ほんつげ》」の黄いろい櫛形《くしがた》の招牌《かんばん》、「駕籠《かご》*」の掛行燈《かけあんどう》、「卜筮《ぼくぜい》*」の算木《さんぎ》*の旗、——そう云うものが、無意味な一列を作って、唯《ただ》雑然と彼の眼底を通りすぎた。

「どうして己《おれ》は、己の軽蔑している悪評に、こう煩《わずらわ》されるのだろう」

馬琴は又、考えつづけた。

「己を不快にするのは、第一にあの眇が己に悪意を持っていると云う事実だ。人に悪意を持たれると云う事は、その理由の如何《いかん》に関らず、それだけで己には不快なのだから、仕方がない」

彼は、こう思って、自分の気の弱いのを恥じた。実際彼の如《ごと》く傍若無人な態度に出る人間が少かったように、彼の如く他人の悪意に対して、敏感な人間も亦少かったのである。そうして、この行為の上では全く反対に思われる二つの結果が、実は同じ原因――同じ神経作用から来ていると云う事実にも、勿論《もちろん》彼はとうから気がついていた。

「しかし、己を不快にするものは、まだ外にもある。それは己があの眇と、対抗するような位置に置かれたと云う事だ。己は昔からそう云う位置に身を置く事を好まない。勝負事をやらないのも、その為だ」

ここまで分析して来た彼の頭は、更に一歩を進めると同時に、思いもよらない変化を、気分の上に起させた。それは緊《かた》くむすんでいた彼の脣《くちびる》が、この時急に弛《ゆる》んだのを見ても、知れる事であろう。

「最後に、そう云う位置へ己を置いた相手が、あの眇だと云う事実も、確に己を不快にしている。もしあれがもう少し高等な相手だったら、己はこの不快を反撥《はんぱつ》するだけの、反抗心を起していたのに相違ない。何にしても、あの眇が相手では、いくら己でも閉口する筈《はず》だ」

馬琴は苦笑しながら、高い空を仰いだ。その空からは、朗かな鳶《とび》の声が、日の光と共に、雨の如く落ちて来る。彼は今まで沈んでいた気分が、次第に軽くなって来る事を意識した。

「しかし、眇がどんな悪評を立てようとも、それは精々、己を不快にさせる位だ。いくら鳶が鳴いたからと云って、天日《てんじつ》の歩みが止まるものではない。己の八犬伝は必ず完成するだろう。そうしてその時は、日本が古今に比倫《ひりん》*のない大伝奇を持つ時だ」

彼は恢復《かいふく》した自信を労《いた》わりながら、細い小路《こうじ》を静に家《うち》の方へ曲って行った。

六

内《うち》へ帰って見ると、うす暗い玄関の沓脱《くつぬ》ぎの上に、見慣れたばら緒*の雪駄《せった》*が一足のっている。馬琴はそれを見ると、すぐにその客ののっぺりした顔が、眼に浮んだ。そうして又、時間をつぶされる迷惑を、苦々《にがにが》しく心に思い起した。

「今日も朝の中《うち》はつぶされるな」

こう思いながら、彼が式台*へ上ると、慌しく出迎えた下女の杉《すぎ》が、手をついた儘《まま》、下から彼の顔を見上げるようにして、

ない。

「和泉屋《いずみや》さんが、＊御居間でお帰りをお待ちでございます」と云った。

彼は頷《うなず》きながら、ぬれ手拭《てぬぐい》を杉の手に渡した。が、どうもすぐに書斎へは通りたく

「お百《ひゃく》は」＊

「御仏参《ごぶっさん》にお出《い》でになりました」

「お路《みち》も＊一しょか」

「はい。坊ちゃんと＊御一しょに」

「倅《せがれ》は」＊

「山本様＊へいらっしゃいました」

家内は皆、留守である。彼はちょいと、失望に似た感じを味《あじわ》った。そうして仕方なく、玄関の隣にある書斎の襖《ふすま》を開けた。

開けて見ると、そこには、色の白い、顔のてらてら光っている、どこか妙に取り澄ました男が、細い銀の煙管《きせる》を啣《くわ》えながら、端然と座敷のまん中に控えている。彼の書斎には石刷《いしずり》＊を貼《は》った屛風《びょうぶ》と床にかけた紅楓黄菊《こうふうこうぎく》の双幅＊との外に、装飾らしい装飾は一つもない。壁に沿うては、五十に余る本箱が、唯古びた桐《きり》の色を、一面に寂しく並べている。障子の紙も貼ってから、一冬はもう越えたのであろう。切り貼りの点々とし

て白い上には、秋の日に照された破芭蕉《やればしょう》*の大きな影が、婆娑《ばさ》*として斜《ななめ》に映っている。それだけにこの客のぞろりとした服装が、一層又周囲と釣《つ》り合わない。

「いや、先生、ようこそお帰り」

客は、襖があくと共に、滑《なめらか》な調子でこう云いながら、恭《うやうや》しく頭を下げた。これが、当時八犬伝に次いで世評の高い金瓶梅《きんぺいばい》*の版元《はんもと》*を引受けていた、和泉屋《いずみや》市兵衛《いちべえ》と云う本屋である。

「大分にお待ちなすったろう。めずらしく今朝は、朝湯に行ったのでね」

馬琴は、本能的にちょいと顔をしかめながら、何時《いつ》もの通り、礼儀正しく座についた。

「へへえ、朝湯に。成程《なるほど》」

市兵衛は、大《おおい》に感服したような声を出した。如何なる瑣末《さまつ》な事件にも、この男の如く容易に感服する人間は、滅多にない。いや、感服したような顔をする人間は、稀《まれ》である。馬琴は徐に一服吸いつけながら、何時もの通り、早速話を用談の方へ持っていった。彼は特に、和泉屋のこの感服を好まないのである。

「そこで今日は何か御用かね」

「へえ、なに又一つ原稿を頂戴《ちょうだい》に上りましたんで」

市兵衛は煙管を一つ指の先でくるりとまわして見せながら、女のように柔《やさ》しい声を出した。この男は不思議な性格を持っている。と云うのは、外面の行為と内面の心意とが、大抵な場合は一致しない。しないどころか、何時でも正反対になって現れる。だから、彼は大に強硬な意志を持っていると、必ずそれに反比例する、如何にも柔しい声を出した。

馬琴はこの声を聞くと、再び本能的に顔をしかめた。

「原稿と云ったって、それは無理だ」

「へへえ、何か御差支《おさしつかえ》でもございますので」

「差支えるどころじゃない。今年は読本《よみほん》を大分引受けたので、とても合巻《ごうかん》*の方へは手が出せそうもない」

「成程それは御多忙で」

と云ったかと思うと、市兵衛は煙管で灰吹きを叩《たた》いたのが相図のように、今までの話はすっかり忘れたと云う顔をして、突然鼠小僧次郎太夫《ねずみこぞうじろだゆう》*の話をしゃべり出した。

七

鼠小僧次郎太夫は、今年五月の上旬に召捕られて、八月の中旬に獄門*になった、評判の高い大賊である。それが大名屋敷へばかり忍び込んで、盗んだ金は窮民へ施したと云う所から、当時は義賊と云う妙な名前が、一般にこの盗人《ぬすびと》の代名詞になって、どこでも盛《さかん》に持て囃《はや》されていた。

「何しろ先生、盗みにはいった御大名屋敷が七十六軒、盗んだ金が三千百八十三両二分《ぶ》だと云うのだから驚きます。盗人じゃございますが、中々唯《ただ》の人間に出来る事じゃございません」

馬琴は思わず好奇心を動かした。市兵衛がこう云う話をする後《うしろ》には、何時も作者に材料を与えてやると云う己惚《うぬぼ》れがひそんでいる。その己惚れは勿論《もちろん》、よく馬琴の癇《かん》にさわった。が、癇にさわりながらも、やっぱり好奇心には動かされる。芸術家としての天分を多量に持っていた彼は、殊《こと》にこの点では、誘惑に陥り易《やす》かったからであろう。

「ふむ、それは成程えらいものだね。私もいろいろ噂《うわさ》には聞いていたが、まさかそれ程とは思わずにいた」

「つまりまず賊中の豪なるものでございましょうな。何でも以前は荒尾《あらお》但馬守《たじまのかみ》様*の御供押しか何かを勧めた事があるそうで、お屋敷方の案内に明《あか》るいのは、そのせいだそうでございます。引廻《ひきまわ》し*を見たものの話を聞きますと、でっぷりした、愛嬌《あいきょう》のある男だそうで、その時は紺の越後縮《えちごちぢみ》*の帷子《かたびら》*に、下へは白練《しろねり》の単衣《ひとえ》*を着ていたと申しますが、とんと先生のお書きになるものの中へでも出て来そうじゃございませんか」

馬琴は生返事《なまへんじ》をしながら、又一服吸いつけた。が、市兵衛は元より、生返事位に驚くような男ではない。

「如何《いかが》でございましょう。そこで金瓶梅の方へ、この次郎太夫を持ちこんで、御執筆を願うような訳には参りますまいか。それはもう手前も、お忙しいのは重々承知致して居ります。が、そこをどうか枉《ま》げて、一つ御承諾を」

鼠小僧はここに至って、忽《たちま》ち又元の原稿の催促へ舞戻《まいもど》った。が、この慣用手段に慣れている馬琴は依然として承知しない。のみならず、彼は前よりも一層機嫌《きげん》が悪くなった。これは一時でも市兵衛の計に乗って、幾分の好奇心を動かしたのが、彼自身莫迦々々《ばかばか》しくなったからである。彼はまずそうに煙草《たばこ》を吸いながら、とうとうこんな理窟《りくつ》を云い出した。

「第一私が無理に書いたって、どうせ碌なものは出来やしない。それじゃ売れ行きに関《かかわ》るのは云うまでもない事なのだから、貴公の方だってつまらなかろう。して見ると、これは私の無理を通させる方が、結局両方の為になるだろうと思うが」

「でございましょうが、そこを一つ御奮発願いたいので。如何なものでございましょう」

市兵衛は、こう云いながら、視線で彼の顔を「撫《な》で廻した」(これは馬琴が、和泉屋の或《ある》眼つきを形容した語《ことば》である。)そうして、煙草の煙をとぎれとぎれに、鼻から出した。

「とても、書けないね。書きたくも、暇がないんだから、仕方がない」

「それは手前、困却致しますな」

と言ったが、今度は突然、当時の作者仲間の事を話し出した。やっぱり細い銀の煙管を、うすい脣《くちびる》の間に啣《くわ》えながら。

八

「又種彦《たねひこ》*の何か新版物が、出るそうでございますな。いずれ優美第一の、哀れっぽいものでございましょう。あの仁《じん》の書くものには、種彦でなくては書けないと云う所があるようで」

市兵衛は、どう云う気か、すべて作者の名前を呼びすてにする習慣がある。馬琴はそれを聞く度に、自分も亦蔭《またかげ》では「馬琴が」と云われる事だろうと思った。この軽薄な、作者を自家の職人だと心得ている男の口から、呼びすてにされてまでも、原稿を書いてやる必要がどこにある？――癇の嵩《たか》ぶった時々には、こう思って腹を立てた事も、稀《まれ》ではない。今日も彼は種彦と云う名を耳にすると、苦い顔を愈《いよいよ》苦くせずにはいられなかった。が、市兵衛には、少しもそんな事は気にならないらしい。

「それから手前どもでも、春水《しゅんすい》*を出そうかと存じて居ります。先生はお嫌《きら》いでございますが、やはり俗物にはあの辺が向きますようでございますな」

「ははあ、さようかね」

馬琴の記憶には、何時《いつ》か見かけた事のある春水の顔が、卑《いや》しく誇張されて浮んで来た。「私は作者じゃない。お客様のお望みに従って、艶物《つやもの》*を書いてお目にかける手間《てま》取《と》りだ」*――こう春水が称していると云う噂は、馬琴も夙《つと》に聞いていた所である。だから、勿論彼はこの作者らしくない作者を、心の底から軽蔑《けいべつ》していた。が、それにも関らず、今市兵衛が呼びすてにするのを聞くと、依然として不快の情を禁ずる事が出来ない。

「兎《と》も角《かく》あれで、艶っぽい事にかけては、達者なものでございますからな。それに名《な》代《だい》の健筆で」

こう云いながら、市兵衛はちょいと馬琴の顔を見て、それから又すぐに口に啣えている銀の煙管へ眼をやった。その咄嗟《とっさ》の表情には、恐る可《べ》く下等な何物かがある。少くとも、馬琴はそう感じた。

「あれだけのものを書きますのに、すらすら筆が走りつづけで、二三回分位なら、紙からはなれないそうでございます。時に先生なぞは、やはりお早い方でございますか」

馬琴は不快を感じると共に、脅《おびやか》されるような心もちになった。彼の筆の早さを春水や種彦のそれと比較されると云う事は、自尊心の旺盛《おうせい》な彼にとって、勿論好ましい事ではない。しかも彼は遅筆の方である。彼はそれが自分の無能力に裏書きをするように思われて、寂しくなった事もよくあった。が、一方又それが自分の芸術的良心を計る物差しとして、尊《たっ》とみたいと思った事も度々ある。唯《ただ》、それを俗人の穿鑿《せんさく》にまかせるのは、彼がどんな心もちでいようとも、断じて許そうとは思わない。そこで彼は、眼を床の紅楓黄菊の方へやりながら、吐き出すようにこう云った。

「時と場合でね。早い時もあれば、又遅い時もある」

「ははあ、時と場合でね。成程」

市兵衛は三度感服した。が、これが感服それ自身に了《おわ》る感服でない事は、云うまでもない。彼はこの後で、すぐに又、切りこんだ。

「でございますが、度々申し上げた原稿の方は、一つ御承諾下さいませんでしょうか。春水なんぞも、……」

「私と為永《ためなが》さんとは違う」

馬琴は腹を立てると、下唇を左の方へまげる癖がある。この時、それが恐しい勢《いきおい》で左へまがった。

「まあ私は御免を蒙《こうむ》ろう。——杉、杉、和泉屋さんのお履物《はきもの》を直して置いたか」

九

和泉屋市兵衛を逐《お》い帰すと、馬琴は独り縁側の柱へよりかかって、狭い庭の景色を眺《なが》めながら、まだおさまらない腹の虫を、無理におさめようとして、骨を折った。

日の光を一ぱいに浴びた庭先には、葉の裂けた芭蕉《ばしょう》や、坊主《ぼうず》になりかかった梧桐《あおぎり》が、槙《まき》や竹の緑と一しょになって、暖く何坪かの秋を領している。こっちの手水鉢《ちょうずばち》*の側《そば》にある芙蓉《ふよう》は、もう花が疎《まばら》になったが、向うの袖垣《そでがき》*の外に植えた木犀《もくせい》は、まだその甘い匂《におい》が衰えない。そこへ例の鳶《とび》の声が遥《はるか》な青空の向うから、時々笛を吹くように落ちて来た。

彼は、この自然と対照させて、今更のように世間の下等さを思出した。下等な世間に住む人間の不幸は、その下等さに煩わされて、自分も亦下等な言動を、余儀なくさせられる所にある。現に今自分は、和泉屋市兵衛を逐い払った。逐い払うと云う事は、勿論高等な事でも何でもない。が、自分は相手の下等さによって、自分も亦その下等な事を、しなくてはならない所まで押しつめられたのである。そうして、した。したと云う意味は市兵衛と同じ程度まで、自分を卑《いやし》くしたと云うのに外ならない。つまり自分は、それだけ堕落させられた訳である。

ここまで考えた時に、彼はそれと同じような出来事を、近い過去の記憶に発見した。それは去年の春、彼の所へ弟子入りをしたいと云って手紙をよこした、相州《そうしゅう》*朽木上《くちきかみ》新田《しんでん》とかの長島政兵衛《ながしままさべえ》*と云う男である。この男はその手紙によると二十一の年に聾《つんぼ》になって以来、二十四の今日まで、文筆を以《もっ》て天下に知られたいと云う決心で、専《もっぱ》ら読《よみ》本《ほん》の著作に精を出した。八犬伝や巡島記《じゅんとうき》*の愛読者である事は、云うまでもない。就《つ》いてはこう云う田舎にいては、何かと修業の妨《さまたげ》になる。だから、あなたの所へ、食客《しょっかく》*に置いて貰《もら》う訳には行くまいか。それから又、自分は六冊物の読本の原稿を持っている。これも馬琴の筆削《ひっさく》*を受けて、然《しか》るべき本屋から出版したい。——大体こんな事を書いてよこした。向うの要求は、勿論皆馬琴にとって、余りに虫のいい事ばかりである。が、耳の遠いと云う事が、眼の悪いのを苦にしている彼にとって、幾分の同情を繋《つな》ぐ楔子《くさび》*になったのであろう。折角だが御依頼通りになり兼ねると云う彼の返事は、寧《むし》ろ彼としては、丁重を極めていた。すると、折返して来た手紙には、始《はじめ》から仕舞《しまい》まで猛烈な非難の文句の外に、何一つ書いてない。

自分はあなたの八犬伝と云い、巡島記と云い、あんな長たらしい、拙劣な読本を根気よく読んであげたが、あなたは私のたった六冊物の読本に眼を通すのさえ拒まれた。以てあなたの人格の下等さがわかるではないか。——手紙はこう云う文句ではじまって、先輩として後輩を食客に置かないのは、鄙吝《ひりん》*の為《な》す所だと云う攻撃で、僅《わずか》に局を結んでいる。*馬琴は腹が立ったから、すぐに返事を書いた。そうしてその中に、自分の読本が貴公のような軽薄児に読まれるのは、一生の恥辱だと云う文句を入れた。その後杳《よう》として消息を聞かないが、彼はまだ今でも、読本の稿を起しているだろうか。そうしてそれが何時か日本中の人間に読まれる事を、夢想しているだろうか。

…………

馬琴はこの記憶の中に、長島政兵衛なるものに対する情無さと、彼自身に対する情無さとを同時に感ぜざるを得なかった。そうしてそれは又彼を、云いようのない寂しさに導いた。が、日は無心に木犀の匂を融《と》かしている。芭蕉や梧桐も、ひっそりとして葉を動かさない。鳶の声さえ以前の通り朗《ほがらか》である。この自然とあの人間と――十分の後、下女の杉が昼飯の支度《したく》の出来た事を知らせに来た時まで、彼はまるで夢でも見ているように、ぼんやり縁側の柱に倚《よ》りつづけていた。

十

独りで寂しい昼飯をすませた彼は、漸《ようや》く書斎へひきとると、何となく落着かない、不快な心もちを鎮《しず》める為に、久しぶりで水滸伝を開いて見た。偶然開いた所は豹子頭《ひょうしとう》林冲《りんちゅう》*が、風雪の夜に山神廟《さんじんびょう》*で、草秣場《まぐさば》*の焼けるのを望見する件《くだり》である。彼はその戯曲的な場景に、何時《いつ》もの感興を催す事が出来た。が、それが或《ある》所まで続くと反《かえっ》て妙に不安になった。

仏参《ぶっさん》に行った家族のものは、まだ帰って来ない。内《うち》の中は森《しん》としている。彼は陰気な顔を片づけて、水滸伝を前にしながら、うまくもない煙草を吸った。そうしてその煙の中に、ふだんから頭の中に持っている、或疑問を髣髴《ほうふつ》した。*

それは、道徳家としての彼と芸術家としての彼との間に、何時も纏綿《てんめん》*する疑問である。彼は昔から「先王の道」*を疑わなかった。彼の小説は彼自身公言した如《ごと》く、正に「先王の道」の芸術的表現である。だから、そこに矛盾はない。が、その「先王の道」が芸術に与える価値と、彼の心情が芸術に与えようとする価値との間には、存外大きな懸隔がある。従って彼の中にある道徳家が前者を肯定すると共に、彼の中にある芸術家は当然又後者を肯定した。勿論《もちろん》この矛盾を切抜ける安価な妥協的思想もない事はない。実際彼は公衆に向ってこの煮切《にえき》らない調和説の背後に、彼の芸術に対する曖昧《あいまい》な態度を隠そうとした事もある。

しかし公衆は欺《あざむ》かれても、彼自身は欺かれない。彼は戯作《げさく》の価値を否定して、「勧《かん》懲《ちょう》の具《ぐ》*」と称しながら、常に彼の中《うち》に磅礴《ぼうはく》*する芸術的感興に遭遇すると、忽《たちま》ち不安を感じ出した。――水滸伝の一節が、偶《たまたま》彼の気分の上に、予想外の結果を及ぼしたのにも、実はこんな理由があったのである。

この点に於《おい》て、思想的に臆病《おくびょう》だった馬琴は、黙然《もくねん》として煙草をふかしながら、強《し》いて思量を留守にしている家族の方へ押し流そうとした。が、彼の前には水滸伝がある。不安はそれを中心にして、容易に念頭を離れない。そこへ折よく、久しぶりで、崋山《かざん》渡辺登*が尋ねて来た。袴《はかま》羽織に紫の風呂敷包みを小脇《こわき》にしている所では、これは大方借りていた書物でも返しに来たのであろう。

馬琴は喜んで、この親友をわざわざ玄関まで、迎えに出た。

「今日《こんにち》は拝借した書物を御返却旁《かたがた》、御目にかけたいものがあって、参上しました」

崋山は書斎に通ると、果してこう云った。見れば風呂敷包みの外にも紙に巻いた絵《え》絹《ぎぬ》*らしいものを持っている。

「御暇なら一つ御覧を願いましょうかな」

「おお、早速、拝見しましょう」

崋山は或《ある》興奮に似た感情を隠すように、稍《やや》わざとらしく微笑しながら、紙の中の絵絹を披《ひら》いて見せた。絵は蕭索《しょうさく》*とした裸の樹《き》を、遠近《おちこち》と疎《まばら》に描いて、その中に掌《たなごころ》を拊《う》って談笑する二人の男を立たせている。林間に散っている黄葉と、林梢《りんしょう》に群っている乱鴉《らんあ》と、——画面のどこを眺めても、うそ寒い秋の気が動いていない所はない。

馬琴の眼は、この淡彩の寒山拾得《かんざんじっとく》*に落ちると、次第にやさしい潤《うるお》いを帯びて輝き出した。

「何時もながら、結構な御出来ですな。私は王摩詰《おうまきつ》*を思い出します。食随二鳴磬一《しょくはめいけいにしたがい》巣烏下、行踏二空林一落葉声《そううくだり、ゆいてくうりんをふめばらくようこえあり》*と云う所でしょう」

十一

「これは昨日描《きのうか》き上げたのですが、私には気に入ったから、御老人さえよければ差上げようと思って持って来ました」

崋山は、鬚《ひげ》の痕《あと》の青い顋《あご》を撫《な》でながら、満足そうにこう云った。

「勿論気に入ったと云っても、今まで描いたものの中ではと云う位な所ですが——とても思う通りには、何時になっても、描けはしません」

「それは難有《ありがた》い。何時も頂戴《ちょうだい》ばかりしていて恐縮ですが」

馬琴は、絵を眺めながら、呟《つぶや》くように礼を云った。未完成の儘《まま》になっている彼の仕事の事が、この時彼の心の底に、何故《なぜ》かふと閃《ひらめ》いたからである。が、崋山は崋山で、やはり彼の絵の事を考えつづけているらしい。

「古人の絵を見る度に、私は何時もどうしてこう描けるだろうと思いますな。木でも石でも人物でも、皆その木なり石なり人物なりに成り切って、しかもその中に描いた古人の心もちが、悠々《ゆうゆう》として生きている。あれだけは実に大したものです。まだ私などは、そこへ行くと、子供程にも出来て居ません」

「古人は後生《こうせい》恐るべしと云いましたがな」＊

馬琴は崋山が自分の絵の事ばかり考えているのを、妬《ねた》ましいような心もちで、眺めながら、何時になくこんな諧謔《かいぎゃく》を弄《ろう》した。＊

「それは後生も恐ろしい。だから私どもは唯《ただ》、古人と後生との間に挟《はさ》まって、身動きもならずに、押され押され進むのです。尤《もっと》もこれは私どもばかりではありますまい。古人もそうだったし、後生もそうでしょう」

「如何《いか》にも進まなければ、すぐに押し倒される。するとまず一足でも進む工夫が、肝《かん》腎《じん》らしいようですな」

「さよう、それが何よりも肝腎です」

主人と客とは、彼等自身の語《ことば》に動かされて、暫《しばら》くの間口をとざした。そうして二人とも、秋の日の静《しずか》な物音に耳をすませた。

「八犬伝は不相変《あいかわらず》、捗《はか》がお行きですか」

やがて、崋山が話題を別な方面に開いた。

「いや、一向《いっこう》捗どらんで仕方がありません。これも古人には及ばないようです」

「御老人がそんな事を云っては、困りますな」

「困るのなら、私の方が誰よりも困っています。併《しか》しどうしても、これで行ける所迄《まで》行くより外はない。そう思って、私はこの頃《ごろ》八犬伝と討死《うちじに》の覚悟をしました」

こう云って、馬琴は自ら恥ずるもののように、苦笑した。

「たかが戯作だと思っても、そうは行かない事が多いのでね」

「それは私の絵でも同じ事です。どうせやり出したからには、私も行ける所までは行き切りたいと思っています」

「御互に討死ですかな」

二人は声を立てて、笑った。が、その笑い声の中には、二人だけにしかわからない或寂しさが流れている。と同時に又、主人と客とは、ひとしくこの寂しさから、一種の力強い興奮を感じた。

「しかし絵の方は羨《うらや》ましいようですな。公儀の御咎《おとが》めを受けるなどと云う事がないのは何よりも結構です」

今度は馬琴が、話頭を一転した。

十二

「それはないが――御老人の書かれるものも、そう云う心配はありますまい」

「いや、大《おお》いにありますよ」

馬琴は改名主《あらためなぬし》＊の図書検閲が、陋《ろう》を極めている例＊として、自作の小説の一節が、役人が賄賂《わいろ》をとる箇条のあった為に、改作を命ぜられた事実を挙げた。そうして、それにこんな批評をつけ加えた。

「改名主など云うものは、咎め立てをすればする程、尻尾《しっぽ》の出るのが面白《おもしろ》いじゃありませんか。自分たちが賄賂をとるものだから、賄賂の事を書かれると、嫌《いや》がって改作させる。又自分たちが猥雑《わいざつ》な心もちに囚《とら》われ易いものだから、男女《なんにょ》の情さえ書いてあれば、どんな書物でも、すぐ誨淫《かいいん》の書＊にしてしまう。それで自分たちの道徳心が、作者より高い気でいるから、傍《かたわら》痛い次第です。云わばあれは、猿《さる》が鏡を見て、歯をむき出しているようなものでしょう。自分で自分の下等なのに、腹を立てているのですからな」

崋山は馬琴の比喩《ひゆ》が余り熱心なので、思わず失笑しながら、

「それは大きにそう云う所もありましょう。しかし改作させられても、それは御老人の恥辱になる訳ではありますまい。改名主などが何と云おうとも、立派な著述なら、必ずそれだけの事はある筈《はず》です」

「それにしても、ちと横暴すぎる事が多いのでね。そうそう一度などは獄屋へ衣食を

送る件《くだり》を書いたので、やはり五六行削られた事がありました」

　馬琴自身もこう云いながら、崋山と一しょに、くすくす笑い出した。

「しかしこの後五十年か百年経《た》ったら、改名主の方はいなくなって、八犬伝だけが残る事になりましょう」

「八犬伝が残るにしろ、残らないにしろ、改名主の方は、存外何時までもいそうな気がしますよ」

「そうですかな。私にはそうも思われませんが」

「いや、改名主はいなくなっても、改名主のような人間は、何時の世にも絶えた事はありません。焚書坑儒《ふんしょこうじゅ》*が昔だけあったと思うと、大きに違います」

「御老人は、この頃心細い事ばかり云われますな」

「私が心細いのではない。改名主どものはびこる世の中が、心細いのです」

「では、益々《ますます》働かれたら好《い》いでしょう」

「兎《と》に角《かく》、それより外はないようですな」

「そこで又、御同様に討死ですか」

　今度は二人とも笑わなかった。笑わなかったばかりでない。馬琴はちょいと顔を堅くして、崋山を見た。それ程崋山のこの冗談のような語には、妙な鋭さがあったのである。

「しかしまず若い者は、生きのこる分別をする事です。討死は何時でも出来ますからな」

程を経て、馬琴がこう云った。崋山の政治上の意見を知っている彼には、この時ふと一種の不安が感ぜられたからであろう。が、崋山は微笑したぎり、それには答えようともしなかった。

十三

崋山が帰った後で、馬琴はまだ残っている興奮を力に、八犬伝の稿をつぐべく、何時ものように机へ向った。先を書きつづける前に、昨日書いた所を一通り読み返すのが、彼の昔からの習慣である。そこで彼は今日も、細い行の間へべた一面に朱を入れた、*何枚かの原稿を、気をつけてゆっくり読み返した。

すると、何故《なぜ》か書いてある事が、自分の心もちとぴったり来ない。字と字との間に、不純な雑音が潜んでいて、それが全体の調和を至る所で破っている。彼は最初それを、彼の癇《かん》が昂《たか》ぶっているからだと解釈した。

「今の己の心もちが悪いのだ。書いてある事は、どうにか書き切れる所まで、書き切っている筈だから」

そう思って、彼はもう一度読み返した。が、調子の狂っている事は前と一向変りはない。彼は老人とは思われない程、心の中で狼狽《ろうばい》し出した。

「このもう一つ前はどうだろう」

彼はその前に書いた所へ眼を通した。すると、これも亦徒《またいたず》らに粗雑な文句ばかりが、糅然《じゅうぜん》＊としてちらかっている。彼は更にその前を読んだ。そうして又その前の前を読んだ。

しかし読むに従って、拙劣な布置と乱脈な文章とは、次第に眼の前に展開して来る。そこには何等《なんら》の映像をも与えない叙景があった。何等の感激をも含まない詠歎《えいたん》があった。そうして又、何等の理路を辿《たど》らない論弁があった。彼が数日を費して書き上げた何回分かの原稿は、今の彼の眼から見ると、悉《ことごと》く無用の饒舌《じょうぜつ》としか思われない。彼は急に、心を刺されるような苦痛を感じた。

「これは始めから、書き直すより外はない」

彼は心の中でこう叫びながら、忌々《いまいま》しそうに原稿を向うへつきやると、片肘《かたひじ》ついてごろりと横になった。が、それでもまだ気になるのか、眼は机の上を離れない。彼はこの机の上で、弓張月《ゆみはりづき》*を書き、南柯夢《なんかのゆめ》*を書き、そうして今は八犬伝を書いた。この上にある端渓《たんけい》*の硯《すずり》、蹲螭《そんち》の文鎮《ぶんちん》*、蟇《ひき》の形をした銅の水差し、獅子《しし》と牡丹《ぼたん》とを浮かせた青磁《せいじ》の硯屏《けんびょう》*、それから蘭《らん》を刻んだ孟宗《もうそう》の根竹《ねだけ》*の筆立て――そう云う一切《いっさい》の文房具は、皆彼の創作の苦しみに、久しい以前から親しんでいる。それらの物を見るにつけても、彼は自《みずか》ら今の失敗が、彼の一生の労作に、暗い影を投げるような――彼自身の実力が根本的に怪しいような、忌わしい不安を禁じる事が出来ない。

「自分はさっきまで、本朝に比倫《ひりん》を絶した大作*を書くつもりでいた。が、それもやはり事によると、人並に己惚《うぬぼ》れの一つだったかも知れない」

こう云う不安は、彼の上に、何よりも堪《た》え難《がた》い、落莫《らくばく》たる孤独の情を齎《もたら》した。彼は彼の尊敬する和漢の天才の前には、常に謙遜《けんそん》である事を忘れるものではない。が、それだけに又、同時代の屑々《せつせつ》たる作者輩《さくしゃばら》*に対しては、傲慢《ごうまん》であると共に、飽迄《あくまで》も不遜である。その彼が、結局自分も彼等と同じ能力の所有者だったと云う事を、そうして更に厭《いと》う可《べ》き遼東《りょうとう》の豕《いのこ》*だったと云う事は、どうして安々《やすやす》と認められよう。しかも彼の強大な「我《が》」は「悟り」と「諦《あきら》め」とに避難するには余りに情熱に溢《あふ》れている。

彼は机の前に身を横《よこた》えた儘、親船の沈むのを見る、難破した船長の眼で、失敗した原稿を眺めながら、静に絶望の威力と戦いつづけた。もしこの時、彼の後の襖《ふすま》が、けたたましく開け放されなかったら、そうして「お祖父様唯今《じいさまただいま》」と云う声と共に、柔かい小さな手が、彼の頸《くび》へ抱きつかなかったら、彼は恐らくこの憂鬱《ゆううつ》な気分の中に、何時までも鎖《とざ》されていた事であろう。が、孫の太郎は襖を開けるや否《いな》や、子供のみが持っている大胆と率直とを以て、いきなり馬琴の膝《ひざ》の上へ勢よくとび上った。

「お祖父様唯今」

「おお、よく早く帰って来たな」

この語《ことば》と共に、八犬伝の著者の皺《しわ》だらけな顔には、別人のような悦《よろこ》びが輝いた。

十四

茶の間の方では、癇高い妻のお百《ひゃく》の声や内気らしい嫁のお路《みち》の声が賑《にぎやか》に聞えている。時々太い男の声がまじるのは、折から伜《せがれ》の宗伯《そうはく》も帰り合せたらしい。太郎は祖父《そふ》の膝に跨《また》がりながら、それを聞きすましでもするように、わざと真面目《まじめ》な顔をして天井《てんじょう》を眺《なが》めた。外気にさらされた頰《ほお》が赤くなって、小さな鼻の穴のまわりが、息をする度に動いている。

「あのね、お祖父様にね」

栗梅《くりうめ》＊の小さな紋附《もんつき》を着た太郎は、突然こう云い出した。考えようとする努力と、笑いたいのを耐《こら》えようとする努力とで、靨《えくぼ》が何度も消えたり出来たりする。——それが馬琴には、自《おのずか》ら微笑を誘うような気がした。

「よく毎日《まいんち》」

「うん、よく毎日？」

「御《お》勉強なさい」

馬琴はとうとう噴《ふ》き出した。が、笑《わらい》の中ですぐ又語をつぎながら、

「それから？」

「それから——ええと——癇癪《かんしゃく》を起しちゃいけませんって」

「おやおや、それっきりかい」

「まだあるの」

太郎はこう云って、糸鬢奴《いとびんやっこ》＊の頭を仰向けながら自分も亦笑い出した。眼を細くして、白い歯を出して、小さな靨をよせて、笑っているのを見ると、これが大きくなって、世間の人間のような憐《あわ》れむべき顔になろうとは、どうしても思われない。馬琴は幸福の意識に溺《おぼ》れながら、こんな事を考えた。そうしてそれが、更に又彼の心を擽《くすぐ》った。

「まだ何かあるかい？」

「まだね。いろんな事があるの」

「どんな事が?」

「ええと――お祖父様はね。今にもっとえらくなりますからね」

「えらくなりますから?」

「ですからね。よくね。辛抱《しんぼう》おしなさいって」

「辛抱しているよ」馬琴は思わず、真面目な声を出した。

「もっと、もっとようく辛抱なさいって」

「誰がそんな事を云ったのだい」

「それはね」

太郎は悪戯《いたずら》そうに、ちょいと彼の顔を見た。そうして笑った。

「だあれだ?」

「そうさな。今日は御仏参に行ったのだから、お寺の坊さんに聞いて来たのだろう」

「違う」

断然として首を振った太郎は、馬琴の膝から、半分腰を擡《もた》げながら、顋《あご》を少し前へ出すようにして、

「あのね」

こう云うと共に、この子供は、家内中に聞えそうな声で、「嬉《うれ》しそうに笑いながら、馬琴につかまるのを恐れるように、急いで彼の側から飛び退《の》いた。そうしてうまく祖父をかついだ面白さに小さな手を叩《たた》きながら、ころげるようにして茶の間の方へ逃げて行った。

馬琴の心に、厳粛な何物かが刹那《せつな》に閃《ひらめ》いたのは、この時である。彼の脣《くちびる》には、幸福な微笑が浮んだ。それと共に彼の眼には、何時《いつ》か涙が一ぱいになった。この冗談は太郎が考え出したのか、或《あるい》は又母が教えてやったのか、それは彼の問う所ではない。この時、この孫の口から、こう云う語《ことば》を聞いたのが、不思議なのである。

「観音様がそう云ったか。勉強しろ。癇癪を起すな。そうしてもっとよく辛抱しろ」

六十何歳かの老芸術家は、涙の中に笑いながら、子供のように頷《うなず》いた。

十五

その夜の事である。

馬琴は薄暗い円行燈《まるあんどん》*の光の下で、八犬伝の稿をつぎ始めた。執筆中は家内のものも、この書斎へははいって来ない。ひっそりした部屋の中では、燈心《とうしん》の油を吸う音が、蟋《こお》蟀《ろぎ》の声と共に、空《むな》しく夜長《よなが》の寂しさを語っている。

始め筆を下《おろ》した時、彼の頭の中には、かすかな光のようなものが動いていた。が、十行二十行と、筆が進むのに従って、その光のようなものは、次第に大きさを増して来る。経験上、その何であるかを知っていた馬琴は、注意に注意をして、筆を運んで行った。神来《しんらい》の興《きょう》*は火と少しも変りがない。起す事を知らなければ、一度燃えても、すぐに又消えてしまう。……

「あせるな。そうして出来るだけ、深く考えろ」

馬琴はややもすれば走りそうな筆を警《いまし》めながら、何度もこう自分に囁《ささや》いた。が、頭の中にはもうさっきの星を砕いたようなものが、川よりも早く流れている。そうしてそれが刻々に力を加えて来て、否応《いやおう》なしに彼を押しやってしまう。

彼の耳には何時か、蟋蟀の声が聞えなくなった。彼の眼にも、円行燈のかすかな光が、今は少しも苦にならない。筆は自《おのずか》ら勢《いきおい》を生じて、一気に紙の上を辷《すべ》りはじめる。彼は神人と相搏《あいう》つような態度*で、殆ど必死に書きつづけた。

頭の中の流《ながれ》は、丁度空を走る銀河のように、滾々《こんこん》として何処《どこ》からか溢《あふ》れて来る。彼はその凄《すさま》じい勢を恐れながら、自分の肉体の力が万一それに耐えられなくなる場合を気づかった。そうして、緊《かた》く筆を握りながら、何度もこう自分に呼びかけた。

「根《こん》かぎり書きつづけろ。今己が書いている事は、今でなければ書けない事かも知れないぞ」

しかし光の靄《もや》に似た流は、少しもその速力を緩《ゆる》めない。反《かえ》って目まぐるしい飛躍の中に、あらゆるものを溺《おぼ》らせながら、澎湃《ほうはい》として彼を襲《おそ》って来る。彼は遂《つい》に全くその虜《とりこ》になった。そうして一切を忘れながら、その流の方向に、嵐《あらし》のような勢で筆を駆った。

この時彼の王者のような眼に映っていたものは、利害でもなければ、愛憎でもない。まして毀誉《きよ》に煩《わずら》わされる心などは、とうに眼底を払って消えてしまった。あるのは、唯《ただ》不可思議な悦《よろこ》びである。或は恍惚《こうこつ》たる悲壮の感激である。この感激を知らないものに、どうして戯《げ》作三昧《さくざんまい》*の心境が味到されよう。どうして戯作者の厳《おごそ》かな魂が理解されよう。ここにこそ「人生」は、あらゆるその残滓《ざんし》を洗って、まるで新しい鉱石のように、美しく作者の前に、輝いているではないか。……

＊　＊　＊　＊　＊

その間も茶の間の行燈のまわりでは、姑《しゅうと》のお百と、嫁のお路とが、向い合って縫物を続けている。太郎はもう寝かせたのであろう。少し離れた所には尫弱《おうじゃく》＊らしい宗伯が、さっきから丸薬《がんやく》をまろめるのに忙しい。

「お父様《とっさん》はまだ寝ないかねえ」

やがてお百は、針へ髪の油をつけながら、不服らしく呟いた。

「きっと又お書きもので、夢中になっていらっしゃるのでしょう」

お路は眼を針から離さずに、返事をした。

「困り者だよ。碌《ろく》なお金にもならないのにさ」

お百はこう云って、倅と嫁とを見た。宗伯は聞えないふりをして、答えない。お路も黙って、針を運びつづけた。蟋蟀はここでも、書斎でも、変りなく秋を鳴きつくしている。

（大正六年十一月『大阪毎日新聞』）

開化の殺人

下《しも》に掲げるのは、最近予が本多子爵《ほんだししゃく》（仮名）から借覧する事を得た、故ドクトル・北畠義一郎《きたばたけぎいちろう》（仮名）の遺書である。北畠ドクトルは、よし実名を明《あきらか》にした所で、もう今は知っている人もあるまい。予自身も、本多子爵に親炙《しんしゃ》して、明治初期の逸事瑣談《いつじさだん》*を聞かせて貰《もら》うようになってから、初めてこのドクトルの名を耳にする機会を得た。彼の人物性行は、下の遺書によっても幾分の説明を得るに相違ないが、猶《なお》二三、予が仄聞《そくぶん》した事実をつけ加えて置けば、ドクトルは当時内科の専門医として有名だったと共に、演劇改良*に関しても或《ある》急進的意見を持っていた、一種の劇通だったと云《い》う。現に後者に関しては、ドクトル自身の手になった戯曲さえあって、それはヴォルテエル*のCandide*の一部を、徳川時代の出来事として脚色した、二幕物《ふたまくもの》の喜劇だったそうである。

北庭筑波《きたにわつくば》*が撮影した写真を見ると、北畠ドクトルは英吉利《イギリス》風の頰髯《ほおひげ》を蓄えた、容貌《ようぼう》魁偉《かいい》な紳士である。本多子爵によれば、体格も西洋人を凌《しの》ぐばかりで、少年時代から何をするのでも、精力抜群を以《もっ》て知られていたと云う。そう云えば遺書の文字さえ、鄭板橋《ていはんきょう》*風の奔放な字で、その淋漓《りんり》*たる墨痕《ぼっこん》の中にも、彼の風貌が看取されない事もない。
勿論《もちろん》予はこの遺書を公《おおやけ》にするに当って、幾多の改竄《かいざん》を施した。譬《たと》えば当時まだ授爵の制がなかったにも*関《かかわ》らず、後年の称に従って本多子爵及《および》夫人等《ら》の名を用いた如《ごと》きものである。唯《ただ》、その文章の調子に至っては、殆《ほとんど》原文の調子をそっくりその儘《まま》、ひき写したと云っても差支《さしつか》えない。

本多子爵閣下、並《ならび》に夫人、
予は予が最期《さいご》に際し、既往《きおう》三年来、常に予が胸底に蟠《わだかま》れる、呪《のろ》う可《べ》き秘密を告白し、以て卿等《けいら》*の前に予が醜悪なる心事を曝露《ばくろ》せんとす。卿等にして若《も》しこの遺書を読むの後、猶《なお》卿等の故人たる予の記憶に対し、一片憐憫《れんびん》の情を動《うごか》す事ありとせんか、そは素《もと》より予にとりて、望外の大幸なり。されど又予を目して、万死の狂徒*と做《な》し、当《まさ》に屍《しかばね》に鞭打《むちう》って後已《や》む可しとするも、予に於《おい》ては毫《ごう》も遺憾とする所なし。唯、予が告白せんとする事実の、余りに意想外なるの故《ゆえ》を以て、妄《みだり》に予を誣《し》*うるに、神経病患者の名を藉《か》る事勿《なか》れ。予は最近数カ月に亘《わた》りて、不眠症の為《ため》に苦しみつつありと雖《いえど》も、

予が意識は明白にして、且《かつ》極めて鋭敏なり。若し卿等にして、予が二十年来の相識《そうしき》たるを想起せんか。（予は敢《あえ》て友人とは称せざる可し）請《こ》う、予が精神的健康を疑う事勿れ。然《しか》らずんば、予が一生の汚辱を披瀝《ひれき》せんとするこの遺書の如きも、結局無用の故紙《こし》たると何の選ぶ所か是《これ》あらん。

閣下、並に夫人、予は過去に於て殺人罪を犯したると共に、将来に於ても亦《また》同一罪悪を犯さんとしたる卑《いやし》む可き危険人物なり。しかもその犯罪が卿等に最も親近なる人物に対して、企画せられたるのみならず、又企画せられんとしたりと云うに至りては、卿等にとりて正《まさ》に意外中の意外たる可し。予は是《ここ》に於て、予が警告を再《ふたたび》するの、必要なる所以《ゆえん》を感ぜざる能《あた》わず。予は全然正気《しょうき》にして、予が告白は徹頭徹尾事実なり。卿等幸《さいわい》にそを信ぜよ。而《しか》して予が生涯《しょうがい》の唯一《ゆいいつ》の記念たる、この数枚の遺書をして、空《むな》しく狂人の囈語《げいご》*たらしむる事勿れ。

予はこれ以上予の健全を喋々《ちょうちょう》すべき余裕なし。予が生存すべき僅少《きんしょう》なる時間は、直《じき》下《げ》に予を駆りて、予が殺人の動機と実行とを叙し、更に進んで予が殺人後の奇怪なる心境に言及せしめずんば、已《や》まざらんとす。されど、嗚呼《ああ》されど、予は硯《けん》に呵《か》し紙*《し》に臨んで、猶惶々《こうこう》*として自《みずか》ら安からざるものあるを覚ゆ。惟《おも》うに予が過去を点検し記載するは、予にとりて再過去の生活を営むと、畢竟《ひっきょう》何の差違かあらん。予は殺人の計画を再し、その実行を再し、更に最近一年間の恐る可き苦悶《くもん》を再せざる可《べか》らず。是《これ》果して善く予の堪《た》え得《う》可き所なりや否《いな》や。予は今にして、予が数年来失却したる我《わが》耶蘇基督《ヤソキリスト》に祈る。願くば予に力を与え給《たま》え。

予は少時より予が従妹《じゅうまい》たる今の本多子爵夫人（三人称を以て、呼ぶ事を許せ）往年の甘露寺《かんろじ》明子《あきこ》を愛したり。予の記憶に溯《さかのぼ》りて、予が明子と偕《とも》にしたる幸福なる時間を列記せんか。そは恐らく卿等が卒読《そつどく》の煩《はん》に堪えざる所ならん。されど予はその例証として、今日も猶予が胸底に歴々たる一場の光景を語らざるを得ず。予は当時十六歳の少年にして、明子は未《いまだ》十歳の少女なりき。五月某日予等は明子が家の芝生なる藤棚《ふじだな》の下《もと》に嬉戯《きぎ》せしが、明子は予に対して、隻脚《せききゃく》＊にて善く久しく立つを得るやと問いぬ。而して予が否と答うるや、彼女は左手を垂れて左の趾《あしゆび》を握り、右手を挙げて均衡を保ちつつ、隻脚にて立つ事、是を久《ひさしゅ》うしたりき。頭上の紫藤《しとう》は春日《しゅんじつ》の光を揺りて垂れ、藤《とう》下《か》の明子は凝然《ぎょうぜん》として彫塑《ちょうそ》の如く佇《たたず》めり。予はこの画《え》の如き数分の彼女を、今に至って忘るる能わず。私《ひそか》に自ら省みて、予が心既に深く彼女を愛せるに驚きしも、実にその藤棚の下に於て然りしなり。爾来《じらい》予の明子に対する愛は益々《ますます》烈《はげ》しきを加え、念々に彼女を想《おも》いて、殆《ほとんど》学を廃するに至りしも、予の小心なる、遂《つい》に一語の予が衷心《ちゅうしん》＊を吐露す可きものを出《いだ》さず。陰晴定《いんせいさだま》りなき感情の悲天の下に、或《あるい》は泣き、或は笑いて、茫々《ぼうぼう》数年の年月を閲《けみ》せしが、*予の二十一歳に達するや、予が父は突然予に命じて、遠く家業たる医学を英京竜動《ロンドン》に学ばしめぬ。予は訣別《けつべつ》に際して、明子に語るに予が愛を以てせんとせしも、厳粛なる予等が家庭は、斯《かか》る機会を与うるに吝《やぶさか》*なりしと共に、儒《じゅ》教《きょう》主義の教育を受けたる予も、亦桑間濮上《そうかんぼくじょう》の譏《そしり》*を惧《おそ》れたるを以て、無限の離愁を抱《いだ》きつつ、孤笈《こきゅう》*飄然《ひょうぜん》として英京に去れり。

英吉利《イギリス》留学の三年間、予がハイド・パアク*の芝生に立ちて、如何《いか》に故園《こえん》の紫藤花《しとうか》下《か》なる明子を懐《おも》いしか。或は又予がパルマル*の街頭を歩して、如何に天涯*の遊子《ゆうし》*たる予自身を憫《あわれ》みしか、そは茲《ここ》に叙説するの要なかる可し。予は唯、竜動《ロンドン》に在るの日、予が所謂《いわゆる》薔薇《ばら》色《いろ》の未来の中に、来《きた》る可き予等の結婚生活を夢想し、以て僅《わずか》に悶々《もんもん》の情を排せしを語れば足る。然り而《しこう》して予の英吉利より帰朝するや、予は明子の既に嫁《か》して第×銀行頭取*満村恭平《みつむらきょうへい》の妻となりしを知りぬ。予は即座に自殺を決心したれども、予が性来の怯懦《きょうだ》と、留学中帰依《きえ》したる基督教の信仰とは、不幸にして予が手を麻痺《まひ》せしめしを如何《いかん》。卿等にして若《も》し当時の予が、如何に傷心したるかを知らんとせば、予が帰朝後旬日にして、再英京に去らんとし、為に予が父の激怒を招きたるの一事を想起せよ。当時の予が心境を以てすれば、実に明子なきの日本は、故国に似て故国にあらず。この故国ならざる故国に止《とどま》って、徒《いたずら》に精神的敗残者たるの生涯を送らんよりは、寧チ《むしろ》ヤイルド・ハロルドの一巻*を抱いて、遠く万里の孤客となり、骨を異域*の土に埋《うず》むるの遥《はるか》に慰む可きものあるを信ぜしなり。されど予が身辺の事情は遂に予をして渡英の計画を拋棄《ほうき》せしめ、加之《しかのみならず》予が父の病院内に、一個新帰朝のドクトルとして、多数患者の診療に忙殺さる可き、退屈なる椅子《いす》に倚《よ》らしめ了《おわ》りぬ。

是《ここ》に於て予は予の失恋の慰藉《いしゃ》を神に求めたり。当時築地《つきじ》に在住したる英吉利宣教師ヘンリイ・タウンゼンド氏は、この間に於ける予の忘れ難《がた》き友人にして、予の明子に対する愛が、幾多の悪戦苦闘の後、漸次《ぜんじ》熱烈にしてしかも静平なる肉親的感情に変化したるは、一《いつ》に同氏が予の為に釈義したる聖書の数章の結果なりき。予は屢《しばしば》、同氏と神を論じ、神の愛を論じ、更に人間の愛を論じたるの後、半夜行人稀《こうじんまれ》*なる築地居留地《つきじきょりゅうち》*を歩して、独り予が家に帰りしを記憶す。若し卿等にして予が児女の情あるを哂《わら》わずんば、予は居留地の空なる半輪の月を仰ぎて、私《ひそか》に従妹明子の幸福を神に祈り、感極《きわま》って歔欷《きょき》*せしを語るも善し。

予が愛の新《あらた》なる転向を得しは、所謂《いわゆる》「あきらめ」の心理を以て、説明す可きものなりや否や、予はこれを詳《つまびらか》にする勇気と余裕とに乏しけれど、予がこの肉親的愛情によりて、始めて予が心の創痍《そうい》を医《いや》し得たるの一事は疑う可《べか》らず。是《これ》を以て帰朝以来、明子夫妻の消息を耳にするを蛇蝎《だかつ》*の如く恐れたる予は、今や予がこの肉親的愛情に依頼し、進んで彼等に接近せん事を希望したり。こは予にして若し彼等に幸福なる夫妻を見出《みいだ》さんか、予の慰安の益《ますます》大にして、念頭些《いささか》の苦悶《くもん》なきに至る可しと、早計にも信じたるが故のみ。

予はこの信念に動かされし結果、遂に明治十一年八月三日両国橋畔《りょうごくきょうはん》の大煙火*に際し、知人の紹介を機会として、折から校書《こうしょ》*十数輩と共に柳橋万八《やなぎばしまんぱち》の水楼《すいろう》*に在りし、明子の夫満村恭平と、始めて一夕《いっせき》の歓を倶《とも》にしたり。歓か、歓か、予はその苦と云うの、遥に勝《まさ》れるの所以を思わざる能わず。予は日記に書して曰《いわく》、「予は明子にして、かの満村某の如き、濫淫《らんいん》の賤貨《せんか》*に妻たるを思えば、殆《ほとんど》一肚《いっと》皮《ひ》の憤怨《ふんえん》*何《いずれ》の処《ところ》に向ってか吐かんとするを知らず。神は予に明子を見る事、妹の如くなる可きを教え給《たま》えり。然り而して予が妹を、斯《かか》る禽獣《きんじゅう》の手に委《まか》せしめ給いしは、何ぞや。予は最早《もはや》、この残酷にして奸譎《かんけつ》*なる神の悪戯《いたずら》に堪うる能わず。誰か善くその妻と妹*とを強人《ごうじん》の為に凌辱《りょうじょく》せられ、しかも猶《なお》天を仰いで神の御名《みな》を称《とな》う可きものあらむ。予は今度断じて神に依《よ》らず、予自身の手を以て、予が妹明子をこの色鬼《しきき》の手より救助す可し」

予はこの遺書を認《したた》むるに臨み、再《ふたたび》当時の呪う可き光景の、眼前に彷彿《ほうふつ》するを禁ずる能わず。かの蒼然《そうぜん》*たる水靄《すいあい》と、かの万点の紅燈《こうとう》と、而《しか》してかの隊々相銜《たいたいあいふく》んで、*尽くる所を知らざる画舫《がぼう》*の列と——嗚呼《ああ》、予は終生その夜、その半空に仰ぎたる煙火の明滅を記憶すると共に、右に大妓《たいぎ》を擁《よう》し、左に雛妓《すうぎ》*を従え、猥褻《わいせつ》聞くに堪えざるの俚歌《りか》*を高吟しつつ、傲然《ごうぜん》として涼棚《りょうほう》*の上に酣酔《かんすい》*したる、かの肥大豕《ひだいし》の如《ごと》き満村恭平をも記憶す可し。否、否、彼の黒絽《くろろ》の羽織に抱明姜《だきみょうが》の三つ紋*ありしさえ、今に至って予は忘却する能わざるなり。予は信ず。予が彼を殺害せんとするの意志を抱きしは、実にこの水楼煙火《すいろうえんか》を見しの夕《ゆうべ》に始る事を。又信ず。予が殺人の動機なるものは、その発生の当初より、断じて単なる嫉妬《しっと》の情にあらずして、寧《むしろ》不義を懲《ちょう》し不正を除かんとする道徳的憤激に存せし事を。

　爾来《じらい》予は心を潜めて、満村恭平の行状に注目し、その果して予が一夕の観察に悖《もと》らざる*痴漢なりや否やを検査したり。幸《さいわい》にして予が知人中、新聞記者を業とするもの、啻《ただ》に二三子に止《とどま》らざりしを以て、彼が淫虐《いんぎゃく》無道の行跡の如きも、その予が視聴に入らざるものは絶無なりしと云うも妨げざる可し。予が先輩にして且《かつ》知人たる成島柳北《なるしまりゅうほく》*先生より、彼が西京祇園《さいきょうぎおん》の妓楼に、雛妓の未《いまだ》春を懐かざるものを梳櫳《そろう》*して、以て死に到《いた》らしめしを仄聞《そくぶん》せしも、実にこの間《かん》の事に属す。しかもこの無頼の夫にして、夙《つと》に温良貞淑の称ある夫人明子を遇するや、奴婢《どひ》と一般なりと云うに至っては、誰か善く彼を目して、人間の疫癘《えきれい》*と做《な》さざるを得んや。既に彼を存するの風を頽《おと》し俗を濫《みだ》る所以《ゆえん》なるを知り、彼を除くの老を扶《たす》け幼を憐《あわれ》む所以なるを知る、是《ここ》に於て予が殺害の意志たりしものは、徐《おもむろ》に殺害の計画と変化し来《きた》れり。然《しか》れども若《も》し是《これ》に止《とど》らんか、予は恐らく予が殺人の計画を実行するに、猶幾多の逡《しゅん》巡《じゅん》なきを得ざりしならん。幸か、抑亦不幸《そもまた》か、運命はこの危険なる時期に際して、予を予が年少の友たる本多子爵と、一夜墨上《ぼくじょう》の旗《き》亭柏屋《ていかしわや》*に会せしめ、以て酒間その口より一場の哀話を語らしめたり。予はこの時に至って、始めて本多子爵と明子とが、既に許嫁《いいなずけ》の約ありしにも関《かかわ》らず、彼、満村恭平が黄金の威に圧せられて、遂に破約の已《や》む無きに至りしを知りぬ。予が心、豈《あに》憤《いきどおり》を加えざらんや。かの酒燈一穂《しゅとういっすい》、画楼簾裡《がろうれんり》に黯淡《あんたん》たるの処*、本多子爵と予とが杯を含んで、満村を痛罵《つうば》せし当時を思えば、予は今に至って自《おのずか》ら肉動くの感なきを得ず。されど同時に又、当夜人力車《じんりきしゃ》*に乗じて、柏屋より帰るの途、本多子爵と明子との旧契を思いて、一種名状す可らざる悲哀を感ぜしも、予は猶明《あきらか》に記憶する所なり。請《こ》う。再び予が日記を引用するを許せ。「予は今夕《こんせき》本多子爵と会してより、愈旬日の間に満村恭平を殺害す可しと決心したり。子爵の口《こう》吻《ふん》より察するに、彼と明子とは、独り許嫁の約ありしのみならず、又実に相愛の情を抱きたるものの如し。(予は今日《こんにち》にして、子爵の独身生活の理由を発見し得たるを覚ゆ)若し予にして満村を殺害せんか、子爵と明子とが伉儷《こうれい》*を完《まっと》うせんは、必しも難事にあらず。偶《たまたま》明子の満村に嫁して、未《いまだ》一児を挙げざるは、恰《あたか》も天意亦予が計画を扶《たす》くるに似たるの観あり。予はかの獣心の巨紳を殺害するの結果、予の親愛なる子爵と明子とが、早晩幸福なる生活に入らんとするを思い、自《おのずか》ら口辺の微笑を禁ずる事能わず」

今や予が殺人の計画は、一転して殺人の実行に移らんとす。予は幾度《いくたび》か周密なる思慮に思慮を重ねたるの後、漸《ようや》くにして満村を殺害す可き適当なる場所と手段とを選定したり。その何処《いずこ》にして何なりしかは、敢《あえ》て詳細なる叙述を試みるの要なかる可し。卿等《けいら》にして猶明治十二年六月十二日、独逸《ドイツ》皇孫殿下＊が新富座《しんとみざ》＊に於て日本劇を見給いしの夜《よ》、彼、満村恭平が同戯場よりその自邸に帰らんとするの途次、馬車中に於て突如病死したる事実を記憶せんか、予は新富座に於て満村の血色宜《よろ》しからざる由《よし》を説き、これに所持の丸薬《がんやく》の服用を勧誘したる、一個壮年のドクトルありしを語れば足る。嗚呼、卿等請う、そのドクトルの面《おもて》を想像せよ。彼は累々《るいるい》たる紅球燈＊の光を浴びて、新富座の木戸口に佇《たたず》みつつ、霖雨《りんう》＊の中に奔馳《ほんち》し去る満村の馬車を目送するや、昨日《さくじつ》の憤怨、今日《こんにち》の歓喜、均《ひと》しく胸中に蝟集《いしゅう》し来り、笑声嗚咽《おえつ》共に唇頭《しんとう》に溢《あふ》れんとして、殆《ほとんど》処の何処たる、時の何時《なんどき》たるを忘却したりき。しかもその彼が且泣き且笑いつつ、蕭《しょう》雨《う》＊を犯し泥濘《でいねい》を踏んで、狂せる如く帰途に就きしの時、彼の呟《つぶや》いて止めざりしものは、明子の名なりしをも忘るる事勿れ。――「予は終夜眠らずして、予が書斎を徘徊《はいかい》したり。歓喜か、悲哀か、予はそを明《あきらか》にする能わず。唯《ただ》、或《ある》云い難き強烈なる感情は、予の全身を支配して、一霎時《いちしょうじ》＊たりと雖《いえど》も、予をして安坐《あんざ》せざらしむるを如何《いかん》。予が卓上には三鞭酒《シャンペンしゅ》あり。薔薇《ばら》の花あり。而《しか》して又かの丸薬の箱あり。予は殆、天使と悪魔とを左右にして、奇怪なる饗宴《きょうえん》を開きしが如くなりき……」

予は爾来《じらい》数カ月の如く、幸福なる日子《にっし》を閲《けみ》せし事あらず。満村の死因は警察医によりて、予の予想と寸分の相違もなく、脳出血の病名を与えられ、即刻地下六尺の暗黒に、腐肉を虫蛆《ちゅうそ》の食としたるが如し。既に然り、誰か又予を目して、殺人犯の嫌疑《けんぎ》ありと做すものあらん。しかも仄聞《そくぶん》する所によれば、明子はその良人《おっと》の死に依りて、始めて蘇色《そしょく》ありと云うにあらずや。予は満面の喜色を以て予の患者を診察し、閑あれば即《すなわち》本多子爵と共に、好んで劇を新富座に見たり。是《これ》全く予にとりては、予が最後の勝利を博せし、光栄ある戦場として、屢《しばしば》その花瓦斯《はなガス》＊とその掛毛氈《かけもうせん》＊とを眺《なが》めんとする、不思議なる欲望を感ぜしが為のみ。

然れどもこは真に、数カ月の間なりき。この幸福なる数カ月の経過すると共に、予は漸次《ぜんじ》予が生涯《しょうがい》中最も憎む可き誘惑と闘《たたか》う可き運命に接近しぬ。その闘《たたかい》の如何《いか》に酷烈を極めたるか、如何に歩々《ほほ》予を死地に駆逐したるか。予は到底茲《ここ》に叙説するの勇気なし。否、この遺書を認《したた》めつつある現在さえも、予は猶この水蛇《ハイドラ》＊の如き誘惑と、死を以て闘わざる可らず。卿等にして若し、予が煩悶《はんもん》の跡を見んと欲せば、請う、以下に抄録せんとする予が日記を一瞥《いちべつ》せよ。

「十月×日、明子、子なきの故《ゆえ》を以て満村家を去る由、予は近日本多子爵と共に、六年ぶりにて彼女と会見す可し。帰朝以来、始《はじめ》予は彼女を見るの己《おのれ》の為に忍びず、後は彼女を見るの彼女の為に忍びずして、遂に荏苒《じんぜん》*今日《こんにち》に及べり。明子の明眸《めいぼう》、猶六年以前の如くなる可きや否や。

「十月×日、予は今日本多子爵を訪れ、始めて共に明子の家に赴《おもむ》かんとしぬ。然るに豈《あに》計らんや、子爵は予に先立ちて、既に彼女を見る事両三度なりと云わんには。子爵の予を疎外《そがい》する、何ぞ斯《か》くの如く甚《はなは》しきや。予は甚しく不快を感じたるを以て、辞を患者の診察に託し、匆惶《そうこう》*として子爵の家を辞したり。子爵は恐らく予の去りし後、単身明子を訪れしならんか。

「十一月×日、予は本多子爵と共に、明子を訪《おとな》いぬ。明子は容色の幾分を減却したれども、猶紫藤花下に立ちし当年の少女を髣髴《ほうふつ》するは、未《いま》だ必しも難事にあらず。嗚呼《ああ》予は既に明子を見たり。而して予が胸中、反って止む可らざる悲哀を感ずるは何ぞ。予はその理由を知らざるに苦《くるし》む。

「十二月×日、子爵は明子と結婚する意志あるものの如し。斯くして予が明子の夫を殺害したる目的は、始めて完成の域に達するを得ん。されど――されど、予は予が再明子を失いつつあるが如き、異様なる苦痛を免《まぬか》るる事能わず。

「三月×日、子爵と明子との結婚式は、今年年末を期して、挙行せらるべしと云う。予はその一日も速《すみやか》ならん事を祈る。現状に於ては、予は永久にこの止《や》み難き苦痛を脱離する能わざる可し。

「六月十二日、予は独り新富座に赴けり。去年今月今日、予が手に仆《たお》れたる犠牲を思えば、予は観劇中も自《おのずか》ら会心の微笑を禁ぜざりき。されど同座より帰途、予がふと予の殺人の動機に想到するや、予は殆《ほとんど》帰趣《きしゅ》*を失いたるかの感に打たれたり。嗚呼、予は誰の為に満村恭平を殺せしか。本多子爵の為か、明子の為か、抑《そ》も亦予自身の為か。こは予も亦答うる能わざるを如何《いかん》。

「七月×日、予は子爵と明子と共に、今夕《こんせき》*馬車を駆って、隅田川の流燈会《りゅうとうえ》*を見物せり。馬車の窓より洩《も》るる燈光に、明子の明眸《めいぼう》の更に美しかりしは、殆予をして傍《かたわら》に子爵あるを忘れしめぬ。されどそは予が語らんとする所にあらず。予は馬車中子爵の胃痛を訴うるや、手にポケットを捜《さぐ》りて、丸薬の函《はこ》を得たり。而してその『かの丸薬』なるに一驚したり。予は何が故《ゆえ》に今宵《こよい》この丸薬を携えたるか。偶然か、予は切にその偶然ならん事を庶幾《こいねが》う。されどそは必ずしも偶然にはあらざりしものの如し。

「八月×日、予は子爵と明子と共に、予が家に晩餐《ばんさん》を共にしたり。しかも予は始終、予がポケットの底なるかの丸薬を忘るる事能わず。予の心は、殆予自身にとりても、不可解なる怪物を蔵するに似たり。

「十一月×日、子爵は遂に明子と結婚式を挙げたり。予は予自身に対して、名状し難き憤怒《ふんぬ》を感ぜざるを得ず。その憤怒たるや、恰《あたか》も一度遁走《とんそう》せし兵士が、自己の怯懦《きょうだ》に対して感ずる羞恥《しゅうち》の情に似たるが如し。

「十二月×日、予は子爵の請に応じて、これをその病床に見たり。明子亦傍にありて、夜来発熱甚しと云う。予は診察の後、その感冒に過ぎざるを云いて、直《ただち》に家に帰り、子爵の為に自ら調剤しぬ。その間約二時間、『かの丸薬』の函は始終予に恐る可き誘惑を持続したり。

「十二月×日、予は昨夜子爵を殺害せる悪夢に脅《おびやか》されたり。終日胸中の不快を排し難し。

「二月×日、嗚呼予は今にして始めて知る、予が子爵を殺害せざらんが為には、予自身を殺害せざる可らざるを。されど明子は如何」

子爵閣下、並《ならび》に夫人、こは予が日記の大略なり。大略なりと雖《いえど》も、予が連日連夜の苦悶は、卿等必ずや善く了解せん。予は本多子爵を殺さざらんが為に、予自身を殺さざる可らず。されど予にして若し予自身を救わんが為に、本多子爵を殺さんか、予は予が満村恭平を屠《ほふ》りし理由を如何《いかん》の地にか求む可けん。若し又彼を毒殺したる理由にして、予の自覚せざる利己主義に伏在したるものと做さんか、予の人格、予の良心、予の道徳、予の主張は、すべて地を払って消滅す可し。是素《これもと》より予の善く忍び得る所にあらず。予は寧《むしろ》、予自身を殺すの、遥《はるか》に予が精神的破産に勝《まさ》れるを信ずるものなり。故に予は予が人格を樹立せんが為に、今宵「かの丸薬」の函によりて、嘗《かつ》て予が手に僵《たお》れたる犠牲と、同一運命を担《にな》わんとす。

　本多子爵閣下、並に夫人、予は如上《じょじょう》の理由の下に、卿等がこの遺書を手にするの時、既に屍体となりて、予が寝台に横《よこた》わらん。唯、死に際して、縷々《るる》予が呪《のろ》う可き半生の秘密を告白したるは、亦以て卿等の為に聊《いささか》自ら潔《いさぎよく》せんと欲するが為のみ。卿等にして若し憎む可くんば、即ち憎み、憐む可くんば、即ち憐め。予は——自ら憎み、自ら憐める予は、悦《よろこ》んで卿等の憎悪《ぞうお》と憐憫《れんびん》とを蒙《こうむ》る可し。さらば予は筆を擱《お》いて、予が馬車を命じ、直に新富座に赴かん。而《しか》して半日の観劇を終りたる後、予は「かの丸薬」の幾粒を口に啣《ふく》みて、再予が馬車に投ぜん。節物《せつぶつ》*は素《もと》より異れども、紛々たる細雨は、予をして幸に黄梅雨《こうばいう》*の天を彷彿《ほうふつ》せしむ。斯くして予はかの肥大豕に似たる満村恭平の如く、車窓の外に往来する燈火の光を見、車蓋《しゃがい》の上に蕭々《しょうしょう》たる夜雨の音を聞きつつ、新富座を去る事甚《はなは》だ遠からずして、必予が最期《さいご》の息を呼吸す可し。卿等亦明日の新聞を飜《ひるがえ》すの時、恐らくは予が遺書を得るに先立って、ドクトル北畠義一郎が脳出血病を以て、観劇の帰途、馬車内に頓死《とんし》せしの一項を読まんか。終《おわり》に臨んで予は切《せつ》に卿等が幸福と健在とを祈る。卿等に常に忠実なる僕《しもべ》、北畠義一郎拝。

（大正七年七月号『中央公論』）

この小説を中央公論で発表した当時、自分に手紙をよこして、Pall Mall はペルメルと発音すべきだと注意してくれた人がいる。が、自分はやはり外に Pell Mell と云う語がある以上、これはパルマルとした方がよかろうと思う。又この小説を見た人が自分は Pall Mall の発音も知らないかと思って、再度手紙などを貰《もら》うと厄介《やっかい》だから、一言書き加える事にした。

枯野抄
かれ　の　　しょう

丈艸《ぢやうさう》＊、去来《きよらい》＊を召し、昨夜《さくや》目のあはざるまま、ふと案じ入りて、呑舟《どんしう》＊に書かせたり、おのおの咏《えい》じたまへ

旅に病むで夢は枯野をかけめぐる＊

——花屋日記＊——

元禄《げんろく》七年十月十二日の午後である。一《ひと》しきり赤々と朝焼けた空は、又昨日《きのう》のように時雨《しぐ》れるかと、大阪商人《あきんど》の寝起《ねおき》の眼《め》を、遠い瓦屋根《かわらやね》の向うに誘ったが、幸《さいわい》、葉をふるった柳の梢《こずえ》を、煙らせる程の雨もなく、やがて曇りながらもうす明《あかる》い、もの静《しずか》な冬の昼になった。立ちならんだ町家《まちや》の間を、流れるともなく流れる川の水さえ、今日はぼんやりと光沢《つや》を消して、その水に浮く葱《ねぶか》の屑《くず》も、気のせいか青い色が冷たくない。まして岸を行く往来の人々は、丸頭巾《まるずきん》＊をかぶったのも、革足袋《かわたび》をはいたのも、皆凩《こがらし》の吹く世の中を忘れたように、うっそりとして歩いて行く。暖簾《のれん》の色、車の行きかい、人形芝居の遠い三味線《しゃみせん》の音《ね》——すべてがうす明い、もの静な冬の昼を、橋の擬宝珠《ぎぼうしゅ》＊に置く町の埃《ほこり》も、動かさない位、ひっそりと守っている……

この時、御堂前《みどうまえ》南久太郎町《みなみきゅうたろうまち》*、花屋仁左衛門《はなやにざえもん》*の裏座敷では、当時俳諧《はいかい》の大宗匠《だいそうしょう》*と仰がれた芭蕉庵松尾桃青《ばしょうあんまつおとうせい》*が、四方から集って来た門下の人々に介抱されながら、五十一歳を一期《いちご》*として、「埋火《うずみび》のあたたまりの冷《さ》むるが如《ごと》く」*静に息を引きとろうとしていた。時刻は凡《およ》そ、申《さる》の中刻《ちゅうこく》*にも近かろうか。――隔ての襖《ふすま》をとり払った、だだっ広い座敷の中には、枕頭《ちんとう》に炷《た》きさした香《こう》の煙が、一すじ昇って、天下の冬を庭さきに堰《せ》いた、*新しい障子の色も、ここばかりは暗くかげりながら、身にしみるように冷々《ひやひや》する。その障子の方を枕《まくら》にして、寂然《じゃくねん》と横《よこた》わった芭蕉のまわりには、先《まず》、医者の木節《もくせつ》*が、夜具の下から手を入れて、間遠い脈を守りながら、浮かない眉《まゆ》をひそめていた。その後に居すくまって、さっきから小声の称名《しょうみょう》*を絶たないのは、今度伊賀《いが》*から伴《とも》に立って来た、老僕《ろうぼく》の治郎兵衛《じろべえ》*に違いない。と思うと又、木節の隣には、誰の眼にもそれと知れる、大兵肥満《だいひょうひまん》の晋子其角《しんしきかく》*が、紬《つむぎ》の角通《かくどお》し*の懐《ふところ》を鷹揚《おうよう》にふくらませて、憲法小紋《けんぽうこもん》*の肩をそば立てた、ものごしの凜々《りり》しい去来と一しょに、じっと師匠の容態を窺《うかが》っている。それから其角の後には、法師じみた丈艸が、手くびに菩提樹《ぼだいじゅ》の珠数《じゅず》をかけて、端然と控えていたが、隣に座を占めた乙州《おとくに》*の、絶えず鼻を啜《すす》っているのは、もうこみ上げて来る悲しさに、堪えられなくなったからであろう。その容子《ようす》をじろじろ眺《なが》めながら、古法衣《ふるごろも》の袖《そで》をかきつくろって、無愛想な頤《おとがい》をそらせている、背の低い僧形《そうぎょう》は惟然坊《いぜんぼう》*で、これは色の浅黒い、剛愎《ごうふく》そうな支考《しこう》*と肩をならべて、木節の向うに坐《すわ》っていた。あとは唯《ただ》、何人かの弟子たちが皆息もしないように静まり返って、或《あるい》は右、或は左と、師匠の床を囲みながら、限りない死別の名ごりを惜しんでいる。が、その中でもたった一人、座敷の隅《すみ》に蹲《うずくま》って、ぴったり畳にひれ伏した儘《まま》、慟哭《どうこく》の声を洩《もら》していたのは、正秀《まさひで》*ではないかと思われる。しかしこれさえ、座敷の中のうすら寒い沈黙に抑えられて、枕頭の香のかすかな匂《におい》を、擾《みだ》す程の声も立てない。

芭蕉はさっき、痰喘《たんせき》にかすれた声で、覚束《おぼつか》ない遺言《ゆいごん》をした後《あと》は、半ば眼を見開いた儘、昏睡《こんすい》の状態にはいったらしい。うす痘痕《いも》*のある顔は、顴骨《かんこつ》*ばかり露《あらわ》に瘦《や》せ細って、皺《しわ》に囲まれた唇《くちびる》にも、とうに血の気はなくなってしまった。殊《こと》に傷《いたま》しいのはその眼の色で、これはぼんやりした光を浮べながら、まるで屋根の向うにある、際限ない寒空《さむぞら》でも望むように、徒《いたずら》に遠い所を見やっている。「旅に病んで夢は枯野をかけめぐる」――事によるとこの時、このとりとめのない視線の中には、三四日前に彼自身が、その辞世の句に詠じた通り、茫々《ぼうぼう》とした枯野の暮色が、一痕《いっこん》の月の光もなく、夢のように漂ってでもいたのかも知れない。

「水を」

木節はやがてこう云って、静《しずか》に後《うしろ》にいる治郎兵衛を顧みた。一椀《いちわん》の水と一本の羽根《はね》楊子《ようじ》*とは、既にこの老僕が、用意して置いた所である。彼はその二品《ふたしな》を、おずおず主人の枕元へ押し並べると、思い出したように又、口を早めて、専念に称名《しょうみょう》を唱え始めた。治郎兵衛の素朴《そぼく》な、山家育《やまが》ちの心には、芭蕉にせよ、誰にもせよ、ひとしく彼岸《ひがん》*に往生するのなら、ひとしく又、弥陀《みだ》の慈悲にすがるべき筈《はず》だと云う、堅い信念が根を張っていたからであろう。

一方又木節は、「水を」と云った刹那《せつな》の間、果して自分は医師として、万方《ばんぽう》を尽したろうかと云う、何時《いつ》もの疑惑に遭遇したが、すぐに又自ら励ますような心もちになって、隣にいた其角の方をふりむきながら、無言の儘、ちょいと相図《あいず》をした。芭蕉の床を囲んでいた一同の心に、愈《いよいよ》と云う緊張した感じが咄嗟《とっさ》に閃《ひらめ》いたのはこの時である。が、その緊張した感じと前後して、一種の弛緩《しかん》した感じが――云わば、来る可《べ》きものが遂《つい》に来たと云う、安心に似た心もちが、通りすぎた事も亦《また》争われない。唯、この安心に似た心もちは、誰もその意識の存在を肯定しようとはしなかった程、微妙な性質のものであったからか、現にここにいる一同の中では、最も現実的な其角でさえ、折から顔を見合せた木節と、際《きわ》どく相手の眼の中に、同じ心もちを読み合った時は、流石《さすが》にぎょっとせずにはいられなかったのであろう。彼は慌《あわただ》しく視線を側《わき》へ外《そ》らせると、さり気なく羽根楊子をとりあげて、

「では、御先へ」と、隣の去来に挨拶した。そうしてその羽根楊子で湯呑の水をひたしながら、厚い膝《ひざ》をにじらせて、そっと今は の師匠の顔をのぞきこんだ。実を云うと彼は、こうなるまでに、師匠と今生《こんじょう》の別《わかれ》をつげると云う事は、さぞ悲しいものであろう位な、予測めいた考《かんがえ》もなかった訳ではない。が、こうして愈末期《まつご》の水をとって見ると、自分の実際の心もちは全然その芝居めいた予測を裏切って、如何《いか》にも冷淡に澄みわたっている。のみならず、更に其角が意外だった事には、文字通り骨と皮ばかりに痩せ衰えた、致死期の師匠の不気味な姿は、殆《ほとんど》面《おもて》を背《そむ》けずにはいられなかった程、烈《はげ》しい嫌悪《けんお》の情を彼に起させた。いや、単に烈しいと云ったのでは、まだ十分な表現ではない。それは恰《あたか》も目に見えない毒物のように、生理的な作用さえも及ぼして来る、最も堪え難《がた》い種類の嫌悪であった。彼はこの時、偶然な契機によって、醜き一切《いっさい》に対する反感を師匠の病軀《びょうく》の上に洩《も》らしたのであろうか。或は又「生」の享楽家《きょうらくか》たる彼にとって、そこに象徴された「死」の事実が、この上もなく呪《のろ》う可き自然の威嚇《いかく》だったのであろうか。——兎《と》に角《かく》、垂死《すいし》*の芭蕉の顔に、云いようのない不快を感じた其角は、殆何の悲しみもなく、その紫がかったうすい脣に、一刷毛《ひとはけ》の水を塗るや否《いな》や、顔をしかめて引き下った。尤《もっと》もその引き下る時に、自責に似た一種の心もちが、刹那に彼の心をかすめもしたが、彼のさきに感じていた嫌悪の情は、そう云う道徳感に顧慮すべく、余り強烈だったものらしい。

其角に次いで羽根楊子をとり上げたのは、さっき木節が相図をした時から、既に心の落着きを失っていたらしい去来である。日頃《ひごろ》から恭謙《きょうけん》*の名を得ていた彼は、一同に軽く会釈《えしゃく》をして、芭蕉の枕もとへすりよったが、そこに横わっている老俳諧師の病みほうけた顔を眺めると、或《ある》満足と悔恨《かいこん》との不思議に錯雑した心もちを、嫌《いや》でも味《あじ》わなければならなかった。しかもその満足と悔恨とは、まるで陰《かげ》と日向《ひなた》のように、離れられない因縁《いんねん》を脊負《せお》って、実はこの四五日以前から、絶えず小心な彼の気分を掻乱《そうらん》していたのである。と云うのは、師匠の重病だと云う知らせを聞くや否《いな》や、すぐに伏見《ふしみ》*から船に乗って、深夜にもかまわず、この花屋の門を叩《たた》いて以来、彼は師匠の看病を一日も怠ったと云う事はない。その上之道《しどう》*に頼みこんで手伝いの周旋を引き受けさせるやら、住吉大明神《すみよしだいみょうじん》*へ人を立てて病気本復を祈らせるやら、或は又花屋仁左衛門に相談して調度類の買入れをして貰《もら》うやら、殆彼一人が車輪になって、*万事万端の世話を焼いた。それは勿論《もちろん》去来自身進んで事に当ったので、誰に恩を着せようと云う気も、皆無だった事は事実である。が、一身を挙げて師匠の介抱に没頭したと云う自覚は、勢《いきおい》、彼の心の底に大きな満足の種を蒔《ま》いた。それが唯、意識せられざる満足として、彼の活動の背景に暖い心もちをひろげていた中《うち》は、元より彼も行住坐臥《ぎょうじゅうざが》に、何等のこだわりを感じなかったらしい。さもなければ夜伽《よとぎ》*の行燈《あんどん》の光の下で、支考と浮世話に耽《ふけ》っている際にも、故《こと》に孝道の義を釈《と》いて、自分が師匠に仕えるのは親に仕える心算《つもり》だなどと、長々しい述懐はしなかったであろう。しかしその時、得意な彼は、人の悪い支考の顔に、ちらりと閃いた苦笑を見ると、急に今までの心の調和に狂いの出来た事を意識した。そうしてその狂いの原因は、始めて気のついた自分の満足と、その満足に対する自己批評とに存している事を発見した。明日《あす》にもわからない大病の師匠を看護しながら、その容態をでも心配する事か、徒《いたずら》に自分の骨折ぶりを満足の眼で眺めている。――これは確《たしか》に、彼の如《ごと》き正直者の身にとって、自ら疚《やま》しい心もちだったのに違いない。それ以来去来は何をするのにも、この満足と悔恨との扞格《かんかく》*から、自然と或程度の掣肘《せいちゅう》*を感じ出した。将《まさ》に支考の眼の中に、偶然でも微笑の顔が見える時は、反《かえ》ってその満足の自覚なるものが、一層明白に意識されて、その結果愈《いや》自分の卑しさを情なく思った事も度々《たびたび》ある。それが何日か続いた今日、こうして師匠の枕もとで、末期の水を供する段になると、道徳的に潔癖な、しかも存外神経の繊弱な彼が、こう云う内心の矛盾の前に、全然落着きを失ったのは、気の毒ではあるが無理もない。だから去来は羽根楊子をとり上げると、妙に体中が固くなって、その水を含んだ白い先も、芭蕉の脣を撫《な》でながら、頻《しきり》にふるえていた位、異常な興奮に襲われた。が、幸《さいわい》、それと共に、彼の睫毛《まつげ》に溢《あふ》れようとしていた、涙の珠《たま》もあったので、彼を見ていた門弟たちは、恐《おそら》くあの辛辣《しんらつ》な支考まで、全くこの興奮も彼の悲しみの結果だと解釈していた事であろう。

やがて去来が又憲法小紋の肩をそば立てて、おずおず席に復すると、羽根楊子はその後にいた丈艸《じょうそう》の手へわたされた。日頃から老実*な彼が、つつましく伏眼になって、何やらかすかに口の中で誦《ず》しながら、静に師匠の脣を沾《うるお》している姿は、恐らく誰の見た眼にも厳《おごそか》だったのに相違ない。が、この厳な瞬間に、突然座敷の片すみからは、不気味な笑い声が聞え出した。いや、少くともその時は、聞え出したと思われたのである。それはまるで腹の底からこみ上げて来る哄笑《こうしょう》が、喉《のど》と脣とに堰《せ》かれながら、しかも猶可笑《なおおか》しさに堪え兼ねて、ちぎれちぎれに鼻の孔《あな》から、迸《ほとばし》って来るような声であった。が、云うまでもなく、誰もこの場合、笑《わらい》を失したものがあった訳ではない。声は実にさっきから、涙にくれていた正秀の抑えに抑えていた慟哭《どうこく》が、この時胸を裂《さ》いて溢れたのである。その慟哭は勿論、悲愴《ひそう》を極めていたのに相違なかった。或《あるい》はそこにいた門弟の中には、「塚《つか》も動けわが泣く声は秋の風」*と云う、師匠の名句を思い出したものも、少くはなかった事であろう。が、その凄絶《せいぜつ》なる可き慟哭にも、同じく涙に咽《むせ》ぼうとしていた乙州は、その中にある一種の誇張に対して、――と云うのが穏《おだやか》でないならば、慟哭を抑制すべき意志力の欠乏に対して、多少不快を感じずにはいられなかった。唯、そう云う不快の性質は、どこまでも智的なものに過ぎなかったのであろう。彼の頭が否《いな》と云っているにも関《かかわ》らず、彼の心臓は忽《たちま》ち正秀の哀慟《あいどう》の声に動かされて、何時《いつ》か眼の中は涙で一ぱいになった。が、彼が正秀の慟哭を不快に思い、延《ひ》いては彼自身の涙をも潔《いさぎよ》しとしない事は、さっきと少しも変りはない。しかも涙は益《ますます》眼に溢れて来る——乙州は遂に両手を膝《ひざ》の上についた儘、思わず嗚咽《おえつ》の声を発してしまった。が、この時歔欷《きょき》*するらしいけはいを洩らしたのは、独り乙州ばかりではない。芭蕉の床の裾《すそ》の方に控えていた、何人かの弟子の中からは、それと殆同時に洟《はな》をする声が、しめやかに冴《さ》えた座敷の空気をふるわせて、断続しながら聞え始めた。

その惻々《そくそく》*として悲しい声の中に、菩提樹《ぼだいじゅ》の念珠《ねんじゅ》を手頸《てくび》にかけた丈艸は、元の如く静に席へ返って、あとには其角や去来と向いあっている、支考が枕もとへ進みよった。が、この皮肉屋を以て知られた東花坊《とうかぼう》*には周囲の感情に誘いこまれて、徒《いたずら》に涙を落すような繊弱な神経はなかったらしい。彼は何時もの通り浅黒い顔に、何時もの通り人を莫迦《ばか》にしたような容子《ようす》を浮べて、更に又何時もの通り妙に横風《おうふう》に構えながら、無造作に師匠の脣へ水を塗った。しかし彼と雖《いえど》もこの場合、勿論多少の感慨があった事は争われない。「野ざらしを心に風のしむ身かな」*——師匠は四五日前に、「かねては草を敷き、土を枕にして死ぬ自分と思ったが、こう云う美しい蒲団《ふとん》の上で、往生の素懐《そかい》*を遂げる事が出来るのは、何よりも悦《よろこ》ばしい」*と繰返して自分たちに、礼を云われた事がある。が、実は枯野のただ中も、この花屋の裏座敷も、大した相違がある訳ではない。現にこうして口をしめしている自分にしても、三四日前までは、師匠に辞世の句がないのを気にかけていた。それから昨日は、師匠の発句《ほっく》を滅後《めつご》に一集する計画を立てていた。最後に今日は、たった今まで、刻々臨終に近づいて行く師匠を、どこかその経過に興味でもあるような、観察的な眼で眺めていた。もう一歩進めて皮肉に考えれば、事によるとその眺め方の背後には、他日自分の筆によって書かるべき終焉記《しゅうえんき》の一節さえ、予想されていなかったとは云えない。して見れば師匠の命終《みょうじゅう》に侍《じ》しながら、自分の頭を支配しているものは、他門への名聞《みょうもん》、門弟たちの利害、或は又自分一身の興味打算——皆直接垂死の師匠とは、関係のない事ばかりである。だから師匠はやはり発句の中で、屢《しばしば》予想を逞《たくまし》くした通り、限りない人生の枯野の中で、野ざらしになったと云って差支《さしつか》えない。自分たち門弟は皆師匠の最後を悼《いた》まずに、師匠を失った自分たち自身を悼んでいる。枯野に窮死した先達《せんだつ》を歎《なげ》かずに、薄暮に先達を失った自分たち自身を歎いている。が、それを道徳的に非難して見た所で、本来薄情《はくじょう》に出来上った自分たち人間をどうしよう。——こう云う厭世《えんせい》的な感慨に沈みながら、しかもそれに沈み得る事を得意にしていた支考は、師匠の脣をしめし終って、羽根楊子を元の湯呑へ返すと、涙に咽んでいる門弟たちを、嘲《あざけ》るようにじろりと見廻《みまわ》して、徐《おもむろ》に又自分の席へ立ち戻《もど》った。人の好い去来の如きは、始《はじめ》からその冷然とした態度に中《あ》てられて、さっきの不安を今更のように又新《あらた》にしたが、独り其角が妙に擽《くすぐ》ったい顔をしていたのは、どこまでも白眼《はくがん》で押し通そうとする、東花坊のこの性行上の習気*を、小うるさく感じていたらしい。

支考に続いて惟然坊が、墨染の法衣《ころも》の裾《すそ》をもそりと畳へひきながら、小さく這《は》い出した時分には、芭蕉の断末魔も既にもう、弾指《だんし》の間《かん》*に迫ったのであろう。顔の色は前よりも更に血の気を失って、水に濡《ぬ》れた脣の間からも、時々忘れたように息が洩れなくなる。と思うと又、思い出したようにぎくりと喉《のど》が大きく動いて、力のない空気が通い始める。しかもその喉の奥の方で、かすかに二三度痰《たん》が鳴った。呼吸も次第に静になるらしい。その時羽根楊子の白い先を、将《まさ》にその脣へ当てようとしていた惟然坊は、急に死別の悲しさとは縁のない、或る恐怖に襲われ始めた。それは師匠の次に死ぬものは、この自分ではあるまいかと云う、殆無理由に近い恐怖である。が、無理由であればあるだけに、一度《ひとたび》この恐怖に襲われ出すと、我慢にも抵抗のしようがない。元来彼は死と云うと、病的に驚悸《きょうき》*する種類の人間で、昔からよく自分の死ぬ事を考えると、風流の行脚《あんぎゃ》*をしている時でも、総身に汗の流れるような不気味な恐しさを経験した。従って又、自分以外の人間が、死んだと云う事を耳にすると、まあ自分が死ぬのではなくってよかったと、安心したような心もちになる。と同時に又、もし自分が死ぬのだったらどうだろうと、反対の不安をも感じる事がある。これはやはり芭蕉の場合も例外には洩れないで、始《はじめ》まだ彼の臨終がこれ程切迫していない中《うち》は、――障子に冬晴の日がさして、園女《そのじょ》*の贈った水仙が、清らかな匂を流すようになると、一同師匠の枕もとに集って、病間を慰める句作などをした時分は、そう云う明暗二通りの心もちの間を、その時次第で徘徊《はいかい》していた。が、次第にその終焉が近づいて来ると――忘れもしない初時雨《はつしぐれ》の日に、自ら好んだ梨《なし》の実さえ、師匠の食べられない容子を見て、心配そうに木節が首《こうべ》を傾けた、あの頃から安心は追々不安にまきこまれて、最後にはその不安さえ、今度死ぬのは自分かも知れないと云う険悪な恐怖の影を、うすら寒く心の上にひろげるようになったのである。だから彼は枕もとへ坐って、刻銘に師匠の脣をしめしている間中、この恐怖に祟《たた》られて、殆末期《まつご》の芭蕉の顔を正視する事が出来なかったらしい。いや、一度は正視したかとも思われるが、丁度その時芭蕉の喉の中では、痰のつまる音がかすかに聞えたので、折角の彼の勇気も、途中で挫折《ざせつ》してしまったのであろう。「師匠の次に死ぬものは、事によると自分かも知れない」――絶えずこう云う予感めいた声を、耳の底に聞いていた惟然坊は、小さな体をすくませながら、自分の席へ返った後も、無愛想な顔を一層無愛想にして、なる可く誰の顔も見ないように、上眼ばかり使っていた。

続いて乙州、正秀、之道、木節と、病床を囲んでいた門人たちは、順々に師匠の脣を沾《うるお》した。が、その間に芭蕉の呼吸は、一息毎《ごと》に細くなって、数さえ次第に減じて行く。喉も、もう今では動かない。うす痘痕《いも》の浮んでいる、どこか蠟《ろう》のような小さい顔、遥《はる》かな空間を見据《みす》えている、光の褪《あ》せた瞳《ひとみ》の色、そうして頤《おとがい》にのびている、銀のような白い鬚《ひげ》――それが皆人情の冷《つめた》さに凍《い》てついて、やがて赴くべき寂光土《じゃっこうど》*を、じっと夢みているように思われる。するとこの時、去来の後《うしろ》の席に、黙然《もくねん》と頭《こうべ》を垂れていた丈艸は、あの老実な禅客*の丈艸は、芭蕉の呼吸のかすかになるのに従って、限りない悲しみと、そうして又限りない安らかな心もちとが、徐《おもむろ》に心の中へ流れこんで来るのを感じ出した。悲しみは元より説明を費すまでもない。が、その安らかな心もちは、恰《あたか》も明方の寒い光が次第に暗《やみ》の中にひろがるような、不思議に朗《ほがらか》な心もちである。しかもそれは刻々に、あらゆる雑念を溺《おぼ》らし去って、果ては涙そのものさえも、毫《ごう》も心を刺す痛みのない、清らかな悲しみに化してしまう。彼は師匠の魂が虚夢の生死を超越して、常住涅槃《じょうじゅうねはん》の宝土《ほうど》*に還《かえ》ったのを喜んででもいるのであろうか。いや、これは彼自身にも、肯定の出来ない理由であった。それならば——ああ、誰か徒《いたずら》に踟《し》跙逡巡《そしゅんじゅん》＊して、己《おのれ》を欺《あざむ》くの愚を敢《あえ》てしよう。丈艸のこの安らかな心もちは、久しく芭蕉の人格的圧力の桎梏《しっこく》＊に、空《むな》しく屈していた彼の自由な精神が、その本来の力を以《もっ》て、漸《ようや》く手足を伸ばそうとする、解放の喜びだったのである。彼はこの恍惚《こうこつ》たる悲しい喜びの中に、菩提樹の念珠をつまぐりながら、周囲にすすりなく門弟たちも、眼底を払って去った如く、＊唇頭《しんとう》にかすかな笑《えみ》を浮べて、恭《うやうや》しく臨終の芭蕉に礼拝《らいはい》した。——

　こうして、古今に倫《りん》を絶した＊俳諧の大宗匠、芭蕉庵松尾桃青は、「悲歎《ひたん》かぎりなき」門弟たちに囲まれた儘、溘然《こうぜん》＊として属纊《しょくこう》＊に就いたのである。

（大正七年十月号『新小説』）

開化の良人

何時《いつ》ぞや上野の博物館*で、明治初期の文明に関する展覧会が開かれていた時の事である。或曇《ある》った日の午後、私《わたくし》はその展覧会の各室を一々叮嚀《ていねい》に見て歩いて、漸《よう》く当時の版画《はんが》が陳列されている、最後の一室へはいった時、そこの硝子戸《ガラスと》棚《だな》の前に立って、古ぼけた何枚かの銅版画を眺《なが》めている一人の紳士が眼《め》にはいった。紳士は背のすらりとした、どこか花車《きゃしゃ》*な所のある老人で、折目の正しい黒ずくめの洋服に、上品な山高《やまたか》帽《ぼう》*をかぶっていた。私はこの姿を一目見ると、すぐにそれが四五日前に、或会合の席上で紹介された本多《ほんだ》子爵《ししゃく》だと云《い》う事に気がついた。が、近づきになって間もない私も、子爵の交際嫌《ぎら》いな性質は、以前からよく承知していたから、咄嗟《とっさ》の間、側《そば》へ行って挨《あい》拶《さつ》したものかどうかを決しかねた。すると本多子爵は、私の足音が耳にはいったものと見えて、徐《おもむろ》にこちらを振返ったが、やがてその半白《はんぱく》な髭《ひげ》に掩《おお》われた唇《くちびる》に、ちらりと微笑の影が動くと、心もち山高帽を持ち上げながら、「やあ」と柔《やさ》しい声で会釈《えしゃく》をした。私はかすかな心の寛《くつろ》ぎを感じて、無言の儘《まま》、叮嚀にその会釈を返しながら、そっと子爵の側へ歩を移した。

本多子爵は壮年時代の美貌《びぼう》が、まだ暮方《くれがた》の光の如《ごと》く肉の落ちた顔のどこかに、漂っている種類の人であった。が、同時に又その顔には、貴族階級には珍らしい、心の底にある苦労の反映が、もの思わしげな陰影を落していた。私は先達《せんだっ》ても今日の通り、唯一色《ただひといろ》の黒の中に懶《ものう》い光を放っている、大きな真珠のネクタイピンを、子爵その人の心のように眺めたと云う記憶があった。……

「どうです、この銅版画は。築地居留地《つきじきょりゅうち》の図*――ですか。図どりが中々《なかなか》巧妙じゃありませんか。その上明暗も相当に面白く出来ているようです」

子爵は小声でこう云いながら、細い杖《つえ》の銀の握りで、硝子戸棚の中の絵をさし示した。私は頷《うなず》いた。雲母《きらら》のような波を刻んでいる東京湾、いろいろな旗を飜《ひるがえ》した蒸汽船、往来を歩いて行く西洋の男女の姿、それから洋館の空に枝をのばしている、広重《ひろしげ》*めいた松の立木、――そこには取材と手法とに共通した、一種の和洋折衷《せっちゅう》が、明治初期の芸術に特有な、美しい調和を示していた。この調和はそれ以来、永久に我々の芸術から失われた。いや、我々が生活する東京からも失われた。私は再び頷きながら、この築地居留地の図は、独り銅版画として興味があるばかりでなく、牡丹《ぼたん》に唐獅子《からじし》の絵*を描いた相乗《あいのり》の人力車《じんりきしゃ》*や、硝子取りの芸者の写真が開化を誇り合った時代を思い出させるので、一層懐《なつか》しみがあると云った。子爵はやはり微笑を浮べながら、私の言《ことば》を聞い

ていたが、静《しずか》にその硝子戸棚の前を去って、隣のそれに並べてある大蘇《たいそ》芳年《よしとし》*の浮世絵の方へ、ゆっくりした歩調で歩みよると、

「じゃこの芳年をごらんなさい。洋服を着た菊五郎《きくごろう》*と銀杏返《いちょうがえ》し*の半四郎《はんしろう》*とが、火入りの月*の下で愁嘆場《しゅうたんば》を出している所です。これを見ると一層あの時代が、——あの江戸とも東京ともつかない、夜と昼とを一つにしたような時代が、ありありと眼の前に浮んで来るようじゃありませんか」

私は本多子爵が、今でこそ交際嫌いで通っているが、その頃《ころ》は洋行帰りの才子として、官界のみならず民間にも、屢《しばしば》声名を謳《うた》われたと云う噂《うわさ》の端《はし》も聞いていた。だから今、この人気《ひとけ》の少い陳列室で、硝子戸棚の中にある当時の版画に囲まれながら、こう云う子爵の言《ことば》を耳にするのは、元より当然すぎる程、ふさわしく思われる事であった。が、一方では又その当然すぎる事が、多少の反撥《はんぱつ》を私の心に与えたので、私は子爵の言が終ると共に、話題を当時から引き離して、一般的な浮世絵の発達へ運ぼうと思っていた。しかし本多子爵は更に杖の銀の握りで、芳年の浮世絵を一つ一つさし示しながら、相不変《あいかわらず》低い声で、

「殊《こと》に私《わたし》などはこう云う版画を眺めていると、三四十年前のあの時代が、まだ昨日《きのう》のような心もちがして、今でも新聞をひろげて見たら、鹿鳴館《ろくめいかん》*の舞踏会の記事が出てい

そうな気がするのです。実を云うとさっきこの陳列室へはいった時から、もう私はあの時代の人間がみんな又生き返って、我々の眼にこそ見えないが、そこにもここにも歩いている。――そうしてその幽霊が時々我々の耳へ口をつけて、そっと昔の話を囁《ささや》いてくれる。――そんな怪しげな考《かんがえ》がどうしても念頭を離れないのです。殊に今の洋服を着た菊五郎などは、余りよく私の友だちに似ているので、あの似顔画の前に立った時には、殆《ほとん》ど久闊《きゅうかつ》を叙《じょ》したい位、半ば気味の悪い懐しささえ感じました。どうです。御嫌《おいや》でなかったら、その友だちの話でも聞いて頂くとしましょうか」

本多子爵はわざと眼を外《そ》らせながら、私の気をかねるように、落着かない調子でこう云った。私は先達《せんだって》子爵と会った時に、紹介の労を執った私の友人が、「この男は小説家ですから、何か面白い話があった時には、聞かせてやって下さい」と頼んだのを思い出した。又、それがないにしても、その時にはもう私も、何時《いつ》か子爵の懐古的な詠歎《えいたん》に釣《つ》りこまれて、出来るなら今にも子爵と二人で、過去の霧の中に隠れている「一等煉瓦《れんが》」*の繁華な市街へ、馬車を駆りたいとさえ思っていた。そこで私は頭を下げながら、喜んで「どうぞ」と相手を促した。

「じゃあすこへ行きましょう」

子爵の言につれて我々は、陳列室のまん中に据《す》えてあるベンチへ行って、一しょに腰を下ろした。室内にはもう一人も人影は見えなかった。唯、周囲には多くの硝子戸棚が、曇天の冷い光の中に、古色を帯びた銅版画や浮世絵を寂然《じゃくねん》と懸け並べていた。本多子爵は杖の銀の握りに頤《あご》をのせて、暫《しばら》くはじっとこの子爵自身の「記憶」のような陳列室を見渡していたが、やがて眼を私《わたくし》の方に転じると、沈んだ声でこう語り出した。

「その友だちと云うのは、三浦直記《みうらなおき》と云う男で、私《わたし》が仏蘭西《フランス》から帰って来る船の中で、偶然近づきになったのです。年は私と同じ二十五でしたが、あの芳年の菊五郎のように、色の白い、細面《ほそおもて》の、長い髪をまん中から割った、如何《いか》にも明治初期の文明が人間になったような紳士でした。それが長い航海の間に、何時となく私と懇意になって、帰朝後も互《たがい》に一週間とは訪問を絶やした事がない位、親しい仲になったのです。

「三浦の親は何でも下谷《したや》*あたりの大地主で、彼が仏蘭西へ渡ると同時に、二人とも前後して歿《な》くなったとか云う事でしたから、その一人息子だった彼は、当時もう相当な資産家になっていたのでしょう。私が知ってからの彼の生活は、ほんの御役目だけに第×銀行へ出る外は、何時も懐手《ふところで》をして遊んでいられると云う、至極《しごく》結構な身分だったのです。ですから彼は帰朝すると間もなく、親の代から住んでいる両国百本杭《りょうごくひゃっぽんぐい》*の近くの邸宅に、気の利《き》いた西洋風の書斎を新築して、可成贅沢《かなりぜいたく》な暮しをしていました。

「私はこう云っている中《うち》にも、向うの銅版画の一枚を見るように、その部屋の有様が歴々《ありあり》と眼の前へ浮んで来ます。大川*に臨んだ仏蘭西窓*、縁《ふち》に金を入れた白い天井《てんじょう》、赤いモロッコ皮*の椅子《いす》や長椅子、壁に懸かっているナポレオン一世*の肖像画、彫《ほ》刻《り》のある黒檀《こくたん》の大きな書棚、鏡のついた大理石の暖炉《だんろ》、それからその上に載っている父親の遺愛*の松の盆栽——すべてが或古い新しさを感じさせる、陰気な位《くらい》けばけばしい、もう一つ形容すれば、どこか調子の狂った楽器の音を思い出させる、やはりあの時代らしい書斎でした。しかもそう云う周囲の中に、三浦は何時もナポレオン一世の下に陣取りながら、結城《ゆうき》揃《ぞろ》い*か何かの襟《えり》を重ねて、ユウゴオのオリアンタアル*でも読んで居ようと云うのですから、愈《いよいよ》あすこに並べてある銅版画にでもありそうな光景です。そう云えばあの仏蘭西窓の外を塞《ふさ》いで、時々大きな白帆が通りすぎるのも、何となくもの珍しい心もちで眺めた覚えがありましたっけ。

「三浦は贅沢な暮しをしていると云っても、同年輩の青年のように、新橋《しんばし》とか柳橋《やなぎばし》とか云う遊里に足を踏み入れる気色《けしき》もなく、唯《ただ》、毎日この新築の書斎に閉じこもって、銀行家と云うよりは若隠居にでもふさわしそうな読書三昧《ざんまい》に耽《ふけ》っていたのです。これは勿論《もちろん》一つには、彼の蒲柳《ほりゅう》の体質*が一切《いっさい》の不摂生を許さなかったからもありましょうが、又一つには彼の性情が、どちらかと云うと唯物的《ゆいぶってき》な当時の風潮とは正反対に、人一倍純粋な理想的傾向を帯びていたので、自然と孤独に甘んじるような境涯《きょうがい》に置かれてしまったのでしょう。実際模範的な開化の紳士だった三浦が、多少彼の時代と色彩を異にしていたのは、この理想的な性情だけで、ここへ来ると彼は寧《むしろ》、もう一時代前の政治的夢想家に似通っている所があったようです。

「その証拠は彼が私と二人で、或日どこかの芝居でやっている神風連《しんぷうれん》*の狂言を見に行った時の話です。たしか大野《おおの》鉄平《てっぺい》*の自害の場の幕がしまった後だったと思いますが、彼は突然私の方をふり向くと、『君は彼等に同情が出来るか』と、真面目《まじめ》な顔をして問いかけました。私は元より洋行帰りの一人として、すべて旧弊《きゅうへい》じみたものが大嫌いだった頃ですから、『いや一向同情は出来ない。廃刀令*が出たからと云って、一揆《いっき》を起すような連中は、自滅する方が当然だと思っている』と、至極冷淡な返事をしますと、彼は不服そうに首を振って、『それは彼等《かれら》の主張は間違っていたかも知れない。しかし彼等がその主張に殉じた態度は、同情以上に価《あたい》すると思う』と、云うのです。そこで私がもう一度、『じゃ君は彼等のように、明治の世の中を神代《かみよ》の昔に返そうと云う子供じみた夢の為《ため》に、二つとない命を捨てても惜しくないと思うのか』と、笑いながら反問しましたが、彼はやはり真面目な調子で、『たとい子供じみた夢にしても、信ずる所に殉ずるのだから、僕はそれで本望だ』と、思い切ったように答えました。

その時はこう云う彼の言《ことば》も、単に一場の口頭語《こうとうご》＊として、深く気にも止めませんでしたが、今になって思い合わすと、実はもうその言の中に傷《いたま》しい後年の運命の影が、煙のように這《は》いまつわっていたのです。が、それは追々《おいおい》話が進むに従って、自然と御会得《ごえとく》が参るでしょう。

「何しろ三浦は何によらず、こう云う態度で押し通していましたから、結婚問題に関しても、『僕は愛《アムウル》のない結婚はしたくはない』と云う調子で、どんな好い縁談が湧《わ》いて来ても、惜しげもなく断《ことわ》ってしまうのです。しかもその又彼の愛《アムウル》なるものが、一通りの恋愛とは事変って、随分彼の気に入っているような令嬢が現れても、『どうもまだ僕の心もちには、不純な所があるようだから』などと云って、愈結婚と云う所までは中々話が運びません。それが側《はた》で見ていても、余り歯痒《はがゆ》い気がするので、時には私も横合いから、『それは何でも君のように、隅《すみ》から隅まで自分の心もちを点検してかかると云う事になると、行住坐臥《ぎょうじゅうざが》さえ容易には出来はしない。だからどうせ世の中は理想通りに行かないものだとあきらめて、好い加減な候補者で満足するさ』と、世話を焼いた事があるのですが、三浦は反《かえ》ってその度に、憐《あわれ》むような眼で私を眺めながら、『その位なら何もこの年まで、僕は独身で通しはしない』と、まるで相手にならないのです。が、友だちはそれで黙っていても、親戚《しんせき》の身になって見ると、元来病弱な彼ではあるし、万一血統を絶やしてはと云う心配もなくはないので、せめて権妻《ごんさい》＊でも置いたらどうだと勧めた向きもあったそうですが、元よりそんな忠告などに耳を借《か》すような三浦ではありません。いや、耳を借さないどころか、彼はその権妻と云う言が大嫌いで、日頃から私をつかまえては、『何しろいくら開化したと云った所で、まだ日本では妾《めかけ》と云うものが公然と幅を利かせているのだから』と、よく哂《わら》ってはいたものなのです。ですから帰朝後二三年の間、彼は毎日あのナポレオン一世を相手に、根気よく読書しているばかりで、何時《いつ》になったら彼の所謂《いわゆる》『愛《アムウル》のある結婚』をするのだか、とんと私たち友人にも見当のつけようがありませんでした。

「ところがその中《うち》に私は或官辺の用向きで、暫く韓国京城《かんこくけいじょう》へ赴任する事になりました。すると向うへ落ち着いてから、まだ一月《ひとつき》と経《た》たない中に、思いもよらず三浦から結婚の通知が届いたじゃありませんか。その時の私の驚きは、大抵御想像がつきましょう。が、驚いたと同時に私は、愈彼にもその愛《アムウル》の相手が出来たのだなと思うと、流石《さすが》に微笑しずにはいられませんでした。通知の文面は極《ごく》簡単なもので、唯、藤井勝美《ふじいかつみ》と云う御用商人の娘と縁談が整ったと云うだけでしたが、その後引き続いて受取った手紙によると、彼は或日散歩の序《ついで》にふと柳島《やなぎしま》の萩寺《はぎでら》＊へ寄った所が、そこへ丁度彼の屋敷へ出入りする骨董屋《こっとうや》が藤井の父子《おやこ》と一しょに詣《まい》り合せたので、つれ立って境内《けいだい》を歩いている中に、何時か互に見染めもし見染められもしたと云う次第なのです。何しろ萩寺と云えば、その頃はまだ仁王門《におうもん》も藁葺屋根《わらぶきやね》で、『ぬれて行く人もをかしや雨の萩』＊と云う芭蕉翁《ばしょうおう》＊の名高い句碑が萩の中に残っている、如何《いか》にも風雅な所でしたから、実際才子佳人の奇遇には誂《あつら》え向きの舞台だったのに違いありません。しかしあの外出する時は、必《かならず》巴里《パリー》＊仕立ての洋服を着用した、どこまでも開化の紳士を以《もっ》て任じている三浦にしては、余り見染め方が紋切形《もんきりがた》なので、既に結婚の通知を読んでさえ微笑した私などは、愈擽《くすぐ》られるような心もちを禁ずる事が出来ませんでした。こう云えば勿論縁談の橋渡しには、その骨董屋のなったと云う事も、すぐに御推察が参るでしょう。それが又幸《さいわい》と、即座に話がまとまって、表向きの仲人《なこうど》を拵《こしら》えるが早いか、その秋の中に婚礼も滞りなくすんでしまったのです。ですから夫婦仲の好《よ》かった事は、元より云うまでもないでしょうが、殊に私が可笑《おか》しいと同時に妬《ねた》ましいような気がしたのは、あれ程冷静な学者肌《はだ》の三浦が、結婚後は近状を報知する手紙の中でも、殆《ほとんど》別人のような快活さを示すようになった事でした。

「その頃の彼の手紙は、今でも私《わたし》の手もとに保存してありますが、それを一々読み返すと、当時の彼の笑い顔が眼に見えるような心もちがします。三浦は子供のような喜ばしさで、彼の日常生活の細目を根気よく書いてよこしました。今年は朝顔の培養に失敗した事、上野の養育院*の寄附を依頼された事、入梅で書物が大半黴《か》びてしまった事、抱えの車夫が破傷風*になった事、都座《みやこざ》*の西洋手品を見に行った事、蔵前《くらまえ》*に火事があった事——一々数え立てていたのでは、とても際限がありませんが、中でも一番嬉《うれ》しそうだったのは、彼が五姓田芳梅《ごせだほうばい》*画伯に依頼して、細君《さいくん》の肖像画を描《か》いて貰《もら》ったと云う一条です。その肖像画は彼が例のナポレオン一世の代りに、書斎の壁へ懸けて置きましたから、私も後《のち》に見ましたが、何でも束髪《そくはつ》に結った勝美夫人が毛金《けきん》の繡《ぬいとり》*のある黒の模様で、薔薇《ばら》の花束を手にしながら、姿見の前に立っている所を、横顔《プロフィル》に描いたものでした。が、それは見る事が出来ても、当時の快活な三浦自身は、とうとう永久に見る事が出来なかったのです。……」

本多子爵はこう云って、かすかな吐息を洩《もら》しながら、暫《しば》くの間口を噤《つぐ》んだ。じっとその話に聞き入っていた私《わたくし》は、子爵が韓国京城から帰った時、万一三浦はもう物故《ぶっこ》していたのではないかと思って、我知らず不安の眼を相手の顔に注がずにはいられなかった。すると子爵は早くもその不安を覚《さと》ったと見えて、徐に頭を振りながら、「しかし何もこう云ったからと云って、彼が私《わたし》の留守中に故人になったと云う次第じゃありません。唯、かれこれ一年ばかり経って、私が再《ふたたび》内地へ帰って見ると、三浦はやはり落ち着き払った、寧《むしろ》以前よりは幽鬱《ゆううつ》らしい人間になっていたと云うだけです。

これは私があの新橋停車場*でわざわざ迎えに出た彼と久闊の手を握り合った時、既に私には気がついていた事でした。いや恐らくは気がついたと云うよりも、その冷静すぎるのが気になったとでもいうべきの《(ママ)》でしょう。実際その時私は彼の顔を見るが早いか、何よりも先に『どうした。体でも悪いのじゃないか』と尋ねた程、意外な感じに打たれました。が、彼は反《かえ》って私の怪しむのを不審がりながら、彼ばかりでなく彼の細君も至極健康だと答えるのです。そう云われて見れば、成程《なるほど》一年ばかりの間に、いくら『愛《アムウル》のある結婚』をしたからと云って、急に彼の性情が変化する筈《はず》もないと思いましたから、それぎり私も別段気にとめないで、『じゃ光線のせいで顔色がよくないように見えたのだろう』と、笑って済ませてしまいました。それが追々笑って済ませなくなるまでには、——この幽鬱な仮面に隠れている彼の煩悶《はんもん》に感づくまでには、まだ凡《およ》そ二三箇月の時間が必要だったのです。が、話の順序として、その前に一通り、彼の細君の人物を御話しして置く必要がありましょう。

「私が始めて三浦の細君に会ったのは、京城から帰って間もなく、彼の大川端《おおかわばた》*の屋敷へ招かれて、一夕の饗応《きょうおう》に預った時の事です。聞けば細君はかれこれ三浦と同年配だったそうですが、小柄《こがら》ででもあったせいか、誰の眼にも二つ三つ若く見えたのに相違ありません。それが眉《まゆ》の濃い、血色の鮮《あざやか》な丸顔で、その晩は古代蝶鳥《こだいちょうとり》の模様*か何かに繻珍《しゅちん》*の帯をしめたのが、当時の言《ことば》を使って形容すれば、如何にも高等な感じを与えていました。が、三浦の愛《アムウル》の相手として、私が想像に描《えが》いていた新夫人に比べると、どこかその感じにそぐわない所があるのです。尤《もっと》もこれはどこかと云う位な事で、私自身にもその理由がはっきりとわかっていた訳じゃありません。殊に私の予想が狂うのは、今度三浦に始めて会った時を始めとして、度々経験した事ですから、勿論その時も唯ふとそう思っただけで、別段それだから彼の結婚を祝する心が冷却したと云う訳でもなかったのです。それどころか、明い空気洋燈《ランプ》*の光を囲んで、暫く膳《ぜん》に向っている間に、彼の細君の潑溂《はつらつ》たる才気は、すっかり私を敬服させてしまいました。俗に打てば響くと云うのは、恐らくあんな応対の仕振《しぶ》りの事を指すのでしょう。『奥さん。あなたのような方は実際日本より、仏蘭西にでも御生れになればよかったのです』――とうとう私は真面目な顔をして、こんな事を云う気にさえなりました。すると三浦も盃《さかずき》を含みながら、『それ見るが好い。己《おれ》が何時も云う通りじゃないか』と、からかうように横槍《よこやり》を入れましたが、そのからかうような彼の言が、刹那《せつな》の間私の耳に面白くない響《ひびき》を伝えたのは、果して私の気のせいばかりだったでしょうか。いや、この時半ば怨《えん》ずる如く、斜《なな》めに彼を見た勝美夫人の眼が、余りに露骨な艶《なま》めかしさを裏切っているように思われたのは、果して私の邪推《じゃすい》ばかりだったでしょうか。兎《と》に角《かく》私はこの短い応答の間に、彼等二人の平生《へいぜい》が稲妻《いなずま》のように閃《ひらめ》くのを、感じない訳には行かなかったのです。今思えばあれは私にとって、三浦の生涯の悲劇に立ち合った最初の幕開《まくあ》きだったのですが、当時は勿論私にしても、ほんの不安の影ばかりが際《きわ》どく頭を掠《かす》めただけで、後は又元の如く、三浦を相手に賑《にぎやか》な盃のやりとりを始めました。ですからその夜は文字通り一夕の歓を尽した後で、彼の屋敷を辞した時も、大川端の川風に俥《しゃ》上《じょう》の微醺《びくん》*を吹かせながら、やはり私は彼の為に、所謂『愛《アムウル》のある結婚』に成功した事を何度もひそかに祝したのです。

「ところがそれから一月ばかり経って（元より私はその間も、度々彼等夫婦とは往来《ゆきき》し合っていたのです。）或日私が友人の或ドクトルに誘われて、丁度於伝仮名書《おでんのかなぶみ》*をやっていた新富座《しんとみざ》を見物に行きますと、丁度向うの桟敷《さじき》の中ほどに、三浦の細君が来ているのを見つけました。その頃私は芝居へ行く時は、必《かならず》眼鏡《オペラグラス》を持って行ったので、勝美夫人もその円い硝子《ガラス》の中に、燃え立つような掛毛氈《かけもうせん》を前にして、始めて姿を見せたのです。それが薔薇《ばら》かと思われる花を束髪《そくはつ》にさして、地味な色の半襟の上に、白い二重顋《ふたえあご》を休めていましたが、私がその顔に気がつくと同時に、向うも例の艶《なまめか》しい眼をあげて、軽く目礼を送りました。そこで私も眼鏡《オペラグラス》を下しながら、その目礼に答えますと、三浦の細君はどうしたのか、又慌《あわ》てて私の方へ会釈《えしゃく》を返すじゃありませんか。

しかもその会釈が、前のそれに比べると、遥《はるか》に恭《うやうや》しいものなのです。私はやっと最初の目礼が私に送られたのではなかったと云う事に気がつきましたから、思わず周囲の高土間《たかどま》*を見まわして、その挨拶《あいさつ》の相手を物色しました。するとすぐ隣の桝《ます》*に派手な縞《しま》の背広を着た若い男がいて、これも勝美夫人の会釈の相手をさがす心算《つもり》だったのでしょう。匂《におい》の高い巻煙草《まきたばこ》を啣《くわ》えながら、じろじろ私たちの方を窺《うかが》っていたのと、ぴったり視線が出合いました。私はその浅黒い顔に何か不快な特色を見てとったので、咄嗟に眼を反《そ》らせながら、又眼鏡をとり上げて、見るともなく向うの桟敷を見ますと、三浦の細君のいる桝には、もう一人女が坐っているのです。楢山《ならやま》の女権論者*――と云ったら、或《あるい》は御聞き及びになった事がないものでもありますまい。当時相当な名声のあった楢山と云う代言人《だいげんにん》*の細君で、盛《さかん》に男女同権を主張した、兎角如何《いかが》わしい風評が絶えた事のない女です。私はその楢山夫人が、黒の紋付《もんつき》の肩を張って、金縁《きんぶち》の眼鏡《めがね》をかけながら、まるで後見と云う形で、三浦の細君と並んでいるのを眺《なが》めると、何と云う事もなく不吉な予感に脅されずにはいられませんでした。しかもあの女権論者は、骨立った顔に薄化粧をして、絶えず襟を気にしながら、私たちのいる方へ――と云うよりは恐らく隣の縞の背広の方へ、意味ありげな眼を使っているのです。私はこの芝居見物の一日が、舞台の上の菊五郎や左団次《さだんじ》*より、三浦の細君と縞の背広と楢山の細君とを注意するのに、より多く費されたと云ったにしても、決して過言じゃありません。それ程私は賑《にぎやか》な下座《げざ》の囃《はや》しと桜の釣枝《つりえだ》との世界*にいながら、心は全然そう云うものと没交渉な、忌《いま》わしい色彩を帯びた想像に苦しめられていたのです。ですから中幕《なかまく》*がすむと間もなく、あの二人の女連れが向うの桟敷にいなくなった時、私は実際肩が抜けたようなほっとした心もちを味わいました。勿論女の方はいなくなっても、縞の背広はやはり隣の桝で、しっきりなく巻煙草をふかしながら、時々私の方へ眼をやっていましたが、三《みっつ》の巴《ともえ》の二つがなくなった今になっては、前ほど私もその浅黒い顔が、気にならないようになっていたのです。

「と云うと私がひどく邪推深いように聞えますが、これはその若い男の浅黒い顔だちが、妙に私の反感を買ったからで、どうも私とその男との間には、――或は私たちとその男との間には、始《はじめ》から或敵意が纏綿《てんめん》しているような気がしたのです。ですからその後《ご》一月とたたない中に、あの大川へ臨んだ三浦の書斎で、彼自身その男を私に紹介してくれた時には、まるで謎《なぞ》でもかけられたような、当惑に近い感情を味《あじわ》わずにはいられませんでした。何でも三浦の話によると、これは彼の細君の従弟《いとこ》だそうで、当時××紡績会社でも年の割には重用されている、敏腕の社員だと云う事です。成程そう云えば一つ卓子《テエブル》の紅茶を囲んで、多曖《たあい》もない雑談を交換しながら、巻煙草をふかせている間でさえ、彼が相当な才物《さいぶつ》だと云う事はすぐに私にもわかりました。が、何も才物だからと云って、その人間に対する好悪《こうお》は、勿論変る訳もありません。いや、私は何度となく、既に細君の従弟だと云う以上、芝居で挨拶を交す位な事は、更に不思議でも何でもないいじゃないかと、こう理性に訴えて、出来るだけその男に接近しようとさえ努力して見ました。しかし私がその努力にやっと成功しそうになると、彼は必ず音を立てて紅茶を啜《すす》ったり、巻煙草の灰を無造作に卓子の上へ落したり、或は又自分の洒落《しゃれ》を自分で声高《こわだか》に笑ったり、何かしら不快な事をしでかして、再《ふたたび》私の反感を呼び起してしまうのです。ですから彼が三十分ばかり経《た》って、会社の宴会とかへ出る為に、暇《いとま》を告げて帰った時には、私は思わず立ち上って、部屋の中の俗悪な空気を新《あらた》にしたい一心から、川に向った仏蘭西窓《フランスまど》を一ぱいに大きく開きました。すると三浦は例の通り、薔薇の花束を持った勝美夫人の額の下に坐《すわ》りながら、『ひどく君はあの男が嫌いじゃないか』と、たしなめるような声で云うのです。私『どうも虫が好かないのだから仕方がない。あれが又君の細君の従弟だとは不思議だな』三浦『不思議――だと云うと？』私『何。あんまり人間の種類が違いすぎるからさ』三浦は暫くの間黙って、もう夕暮の光が漂っている大川の水面をじっと眺めていましたが、やがて『どうだろう。その中に一つ釣《つり》にでも出かけて見ては』と、何の取《と》つきもない事を云い出しました。が、私は何よりもあの細君の従弟から、話題の離れるのが嬉《うれ》しかったので、『よかろう。釣なら僕は外交より自信がある』と、急に元気よく答えますと、三浦も始めて微笑しながら、『外交よりか、じゃ僕は――そうさな、先愛《まずアムウル》よりは自信があるかも知れない』私『すると君の細君以上の獲物《えもの》がありそうだと云う事になるが』三浦『そうしたら又君に羨《うらや》んで貰うから好いじゃないか』私はこう云う三浦の言《ことば》の底に、何か針の如《ごと》く私の耳を刺すものがあるのに気がつきました。が、夕暗の中《なか》に透《すか》して見ると、彼は相不変《あいかわらず》冷《ひややか》な表情を浮べた儘、仏蘭西窓の外の水の光を根気よく眺めているのです。私『ところで釣には何時出かけよう』三浦『何時でも君の都合の好い時にしてくれ給《たま》え』私『じゃ僕の方から手紙を出す事にしよう』そこで私は徐《おもむろ》に赤いモロッコ皮の椅子を離れながら、無言の儘、彼と握手を交して、それからこの秘密臭い薄暮の書斎を更にうす暗い外の廊下へ、そっと独りで退きました。すると思いがけなくその戸口には、誰やら黒い人影が、まるで中の容子《ようす》でも偸《ぬす》み聴いていたらしく、静《しずか》に佇《たたず》んでいたのです。しかもその人影は、私の姿が見えるや否《いな》や、咄嗟《とっさ》に間近く進み寄って、『あら、もう御帰りになるのでございますか』と、艶《なまめか》しい声をかけるじゃありませんか。私は息苦しい一瞬の後、今日も薔薇を髪にさした勝美夫人を冷に眺めながら、やはり無言の儘会釈をして、匆々倅《そうそうくるま》の待たせてある玄関の方へ急ぎました。この時の私の心もちは、私自身さえ意識出来なかった程、混乱を極めていたでしょう。私は唯、私の俥が両国橋の上を通る時も、絶えず口の中で呟《つぶや》いていたのは、『ダリラ』*と云う名だった事を記憶しているばかりなのです。

「それ以来私は明《あきらか》に三浦の幽鬱な容子が蔵している秘密の匂を感じ出しました。勿論その秘密の匂が、すぐ忌《い》むべき姦通《かんつう》の二字を私の心に烙《や》きつけたのは、御断りするまでもありますまい。が、もしそうだとすれば、何故《なぜ》又あの理想家の三浦ともあるものが、離婚を断行しないのでしょう。姦通の疑惑は抱いていても、その証拠がないからでしょうか。それとも或は証拠があっても、猶《なお》離婚を躊躇《ちゅうちょ》する程、勝美夫人を愛しているからでしょうか。私はこんな臆測《おくそく》を代り々々逞《たくまし》くしながら、彼と釣りに行く約束があった事さえ忘れ果てて、かれこれ半月ばかりの間というものは、手紙こそ時には書きましたが、あれ程屢訪問した彼の大川端の邸宅にも、足踏《あしぶみ》さえしなくなってしまいました。ところがその半月ばかりが過ぎてから、私は又偶然にも或予想外な事件に出合ったので、とうとう前約を果し旁々《かたがた》、彼と差向いになる機会を利用して、直接彼に私の心労を打ち明けようと思い立ったのです。

「と云うのは或日の事、私はやはり友人のドクトルと中村座*を見物した帰り途《みち》に、たしか珍竹林《ちんちくりん》主人とか号していた曙《あけぼの》新聞*でも古顔の記者と一しょになって、日の暮から降り出した雨の中を、当時柳橋《やなぎばし》にあった生稲《いくいね》*へ一盞《いっさん》を傾け*に行ったのです。ところがそこの二階座敷で、江戸の昔を偲《しの》ばせるような遠三味《とおじゃみ》線《せん》の音《ね》を聞きながら、暫く浅《せん》酌《しゃく》の趣を楽《たの》しんでいると、その中に開化の戯作者《げさくしゃ》のような珍竹林主人が、ふと興《きょう》に乗って、折々軽妙な洒落を交《まじ》えながら、あの楢山夫人の醜聞《スカンダアル》を面白く話して聞かせ始めました。何でも夫人の前身は神戸《こうべ》あたりの洋妾《らしゃめん》*だと云う事、一時は三遊亭円暁《さんゆうていえんぎょう》*を男《おとこ》妾《めかけ》にしていたと云う事、その頃は夫人の全盛時代で金の指環《ゆびわ》ばかり六つも嵌《は》めていたと云う事、それが二三年前から不義理な借金で殆首もまわらないと云う事――珍竹林主人はまだこの外にも、いろいろ内幕の不品行を素《す》っぱぬいて聞かせましたが、中でも私の心の上に一番不愉快な影を落したのは、近来はどこかの若い御新造《ごしんぞう》*が、楢山夫人の腰巾着《こしぎんちゃく》になって、歩いていると云う風評でした。しかもこの若い御新造は、時々女権論者と一しょに、水神《すいじん》*あたりへ男連れで泊りこむらしいと云うじゃありませんか。私はこれを聞いた時には、陽気なるべき献酬《けんしゅう》*の間でさえ、もの思わしげな三浦の姿が執念《しゅうね》く眼の前へちらついて、義理にも賑《にぎやか》な笑い声は立てられなくなってしまいました。が、幸《さいわい》とドクトルは、早くも私のふさいでいるのに気がついたものと見えて、巧に相手を操《あやつ》りながら、何時か話題を楢山夫人とは全く縁のない方面へ持って行ってくれましたから、私はやっと息をついて、兎も角一座の興を殺《そ》がない程度に、応対を続ける事が出来たのです。しかしその晩は私にとって、どこまでも運悪く出来上っていたのでしょう。女権論者の噂に気を腐らした私が、やがて二人と一しょに席を立って、生稲の玄関から帰りの俥へ乗ろうとしていると、急に一台の相乗俥《あいのりぐるま》が幌《ほろ》を雨に光らせながら、勢《いきおい》よくそこへ曳《ひ》きこみました。しかも私が俥の上へ靴《くつ》の片足を踏みかけたのと、向うの俥が桐油《とうゆ》*を下して、中の一人が沓脱《くつぬ》ぎへ勢よく飛んで下りたのとが、殆同時だったのです。私はその姿を見るが早いか、素早く幌の下へ身を投じて、車夫が梶棒《かじぼう》を上げる刹那の間も、異様な興奮に動かされながら、『あいつだ』と呟かずにはいられませんでした。あいつと云うのは別人でもない。三浦の細君の従弟と称する、あの色の浅黒い縞《しま》の背広だったのです。ですから私は雨の脚を俥の幌に弾《はじ》きながら、燈火の多い広小路《ひろこうじ》*の往来を飛ぶように走って行く間も、あの相乗俥の中に乗っていた、もう一人の人物を想像して、何度となく恐しい不安の念に脅《おびやか》されました。あれは一体楢山夫人でしたろうか。或は又束髪に薔薇の花をさした勝美夫人だったでしょうか。私は独りこのどちらともつかない疑惑に悩まされながら、寧《むしろ》その疑惑の晴れる事を恐れて、倉惶《そうこう》*と俥に身を隠した私自身の臆病《おくびょう》な心もちが、腹立たしく思われてなりませんでした。このもう一人の人物が果して三浦の細君だったか、それとも女権論者だったかは、今になっても猶《なお》私には解く事の出来ない謎《なぞ》なのです」

本多子爵はどこからか、大きな絹の手巾《ハンケチ》を出して、つつましく鼻をかみながら、もう暮色を帯び出した陳列室の中を見渡して、静に又話を続け始めた。

「尤《もっと》もこの問題はいずれにせよ、兎に角珍竹林主人から聞いた話だけは、三浦の身にとって三考にも四考にも価《あたい》する事ですから、私はその翌日すぐに手紙をやって、保養がてら約束の釣に出たいと思う日を知らせました。するとすぐに折り返して、三浦から返事が届きましたが、見るとその日は丁度十六夜《いざよい》だから、釣よりも月見旁々《かたがた》、日の暮から大川へ舟を出そうと云うのです。勿論私にしても格別釣に執着があった訳でもありませんから、早速彼の発議《ほつぎ》に同意して、当日は兼ねての約束通り柳橋の舟宿《ふなやど》で落合ってから、まだ月の出ない中に、猪牙舟《ちょきぶね》*で大川へ漕《こ》ぎ出しました。

「あの頃の大川の夕景色は、たとい昔の風流には及ばなかったかも知れませんが、それでも猶、どこか浮世絵じみた美しさが残っていたものです。現にその日も万八《まんぱち》*の下を大川筋へ出て見ますと、大きく墨をなすったような両国橋の欄干が、仲秋《ちゅうしゅう》のかすかな夕明りを揺《ゆら》めかしている川波の空に、一反《そ》り反った一文字を黒々とひき渡して、その上を通る車馬の影が、早くも水靄《すいあい》にぼやけた中には、目まぐるしく行き交う提灯《ちょうちん》ばかりが、もう鬼灯《ほおずき》程の小ささに点々と赤く動いていました。三浦『どうだ、この景色は』私『そうさな、これぱかりはいくら見たいと云ったって、西洋じゃとても見られない景色かも知れない』三浦『すると君は景色なら、少し位旧弊でも差支《さしつか》えないと云う訳か』私『まあ、景色だけは負けて置こう』三浦『ところが僕は又近頃になって、すっかり開化なるものがいやになってしまった』私『何んでも旧幕の修好使*がブルヴァル*を歩いているのを見て、あの口の悪いメリメ*と云うやつは、側《そば》にいたデュマ*か誰かに「おい、誰が一体日本人をあんな途方もなく長い刀に縛りつけたのだろう」と云ったそうだぜ。君なんぞは気をつけないと、すぐにメリメの毒舌でこき下される仲間らしいな』三浦『いや、それよりもこんな話がある。何時か使に来た何如璋《かじょしょう》*と云う支《し》那人《じん》は、横浜《よこはま》の宿屋へ泊って日本人の夜着《よぎ》を見た時に、「これ古《いにしえ》の寝衣《しんい》なるもの、この邦《くに》に夏周《かしゅう》の遺制*あるなり」とか何とか、感心したと云うじゃないか。だから何も旧弊だからって、一概には莫迦《ばか》に出来ない』その中に上げ汐《しお》の川面《かわも》が、急に闇《やみ》を加えたのに驚いて、ふとあたりを見まわすと、何時の間にか我々を乗せた猪牙舟は、一段と櫓《ろ》の音を早めながら、今ではもう両国橋を後にして、夜目にも黒い首尾《しゅび》の松*の前へ、さしかかろうとしているのです。そこで私は一刻も早く、勝美夫人の問題へ話題を進めようと思いましたから、早速三浦の言尻《ことばじり》をつかまえて、『そんなに君が旧弊好きなら、あの開化な細君はどうするのだ』と、探りの錘《おもり》を投げこみました。すると三浦は暫くの間、私の問が聞えないように、まだ月白《つきしろ》*もしない御竹倉《おたけぐら》*の空をじっと眺めていましたが、やがてその眼を私の顔に据《す》えると、低いながらも力のある声で、『どうもしない。一週間ばかり前に離縁をした』と、きっぱりと答えたじゃありませんか。私はこの意外な答に狼狽《ろうばい》して、思わず舷《ふなばた》をつかみながら、『じゃ君も知っていたのか』と、際《きわ》どい声で尋ねました。が、三浦は依然とした静な調子で、『君こそ万事を知っていたのか』と念を押すように問い返すのです。私『万事かどうかは知らないが、君の細君と楢山夫人との関係だけは聞いていた』三浦『じゃ、僕の妻と妻の従弟との関係は？』私『それも薄々推察していた』三浦『それじゃ僕はもう何も云う必要はない筈《はず》だ』私『しかし——しかし君は何時からそんな関係に気がついたのだ？』三浦『妻と妻の従弟とのか？　それは結婚して三月程経ってから——丁度あの妻の肖像画を、五姓田芳梅画伯に依頼して描《か》いて貰う前の事だった』この答が私にとって、更に又意外だったのは、大抵御想像がつくでしょう。私『どうして君は又、今日までそんな事を黙認していたのだ？』三浦『黙認していたのじゃない。僕は肯定してやっていたのだ』私は三度意外な答に驚かされて、暫くは唯茫然《ぼうぜん》と彼の顔を見つめていると、三浦は少しも迫らない容子で、『それは勿論妻と妻の従弟との現在の関係を肯定した訳じゃない。当時の僕が想像に描《えが》いていた彼等の関係を肯定してやったのだ。君は僕が「愛《アムウル》のある結婚」を主張していたのを覚えているだろう。あれは僕が僕の利己心を満足させたい為の主張じゃない。僕は愛《アムウル》をすべての上に置いた結果だったのだ。だから僕は結婚後、僕等の間の愛情が純粋なものでない事を覚《さと》った時、一方僕の軽挙を後悔すると同時に、そう云う僕と同棲《どうせい》しなければならない妻も気の毒に感じたのだ。僕は君も知っている通り、元来体も壮健じゃない。その上僕は妻を愛そうと思っていても、妻の方ではどうしても僕を愛す事が出来ないのだ。いやこれも事によると、抑々《そもそも》僕の愛《アムウル》なるものが、相手にそれだけの熱を起させ得ない程、貧弱なものだったかも知れない。だからもし妻と妻の従弟との間に、僕と妻との間よりもっと純粋な愛情があったら、僕は潔《いさぎよ》く幼馴染《おさななじみ》の彼等の為に犠牲になってやる考《かんがえ》だった。そうしなければ愛《アムウル》をすべての上に置く僕の主張が、事実に於て廃《すた》ってしまう。実際あの妻の肖像画も万一そうなった暁に、妻の身代りとして僕の書斎に残して置く心算《つもり》だったのだ』三浦はこう云いながら、又眼を向う河岸《がし》の空へ送りました。が、空はまるで黒幕でも垂らしたように、椎《しい》の樹《き》松浦《まつうら》の屋敷の上へ陰々と蔽《おお》いかかった儘、月の出らしい雲のけはいは未《いま》だに少しも見せません。私は巻煙草に火をつけた後で、『それから？』と相手を促しました。三浦『ところが僕はそれから間もなく、妻の従弟の愛情《アムウル》が不純な事を発見したのだ、露骨に云えばあの男と楢山夫人との間にも、情交のある事を発見したのだ。どうして発見したかと云うような事は、君も格別聞きたくはなかろうし、僕も今更話したいとは思わない。が、兎《と》に角《かく》極めて偶然な機会から、僕自身彼等の密会する所を見たと云う事だけ云って置こう』私は巻煙草の灰を舷の外に落しながら、あの生稲の雨の夜の記憶を、まざまざと心に描き出しました。が、三浦は澱《よど》みなく言《こと》を継《つ》いで、『これが僕にとっては、正《まさ》に第一の打撃だった。僕は彼等の関係を肯定してやる根拠の一半《いっぱん》を失ったのだから、勢、前のような好意のある眼で、彼等の情事を見る事が出来なくなってしまったのだ。これは確《たしか》、君が朝鮮から帰って来た頃の事だったろう。あの頃の僕は、如何《いか》にして妻の従弟から妻を引き離そうかと云う問題に、毎日頭を悩ましていた。あの男の愛《アムウル》に虚偽はあっても、妻のそれは純粋なのに違いない。――こう信じていた僕は、同時に又妻自身の幸福の為にも、彼等の関係に交渉する必要があると信じていたのだ。が、彼等は――少くとも妻は、僕のこう云う素振りに感づくと、僕が今まで彼等の関係を知らずにいて、その頃やっと気がついたものだから、嫉妬《しっと》に駆られ出したとでも解釈してしまったらしい。従って僕の妻は、それ以来僕に対して、敵意のある看視を加え始めた。いや、事によると時々は、君にさえ僕と同様の警戒を施《ほどこ》していたかも知れない』私『そう云えば、何時か君の細君は、書斎で我々が話しているのを立ち聴きをしていた事があった』三浦『そうだろう、ずいぶんその位な振舞はし兼ねない女だった』私たちは暫く口を噤《つぐ》んで、暗い川面を眺めました。この時もう我々の猪牙舟は、元の御厩橋《おんまやばし》の下をくぐりぬけて、かすかな舟脚《ふなあし》を夜の水に残しながら、かれこれ駒形《こまがた》の並木《なみき》*近くへさしかかっていたのです。その中に又三浦が、沈んだ声で云いますには、『が、僕はまだ妻の誠実を疑わなかった。だから僕の心もちが妻に通じない点で、――通じないどころか、寧憎悪《ぞうお》を買っている点で、それだけ余計に僕は煩悶《はんもん》した。君を新橋に出迎えて以来、とうとう今日に至るまで、僕は始終この煩悶と闘わなければならなかったのだ。が、一週間ばかり前に、下女《げじょ》か何かの過失から、妻の手にはいる可《べ》き郵便が、僕の書斎へ来ているじゃないか。僕はすぐ妻の従弟の事を考えた。そうして――とうとうその手紙を開いて見た。すると、その手紙は、思いもよらない外の男から妻へ宛《あ》てた艶書《えんしょ》だったのだ。言い換えれば、あの男に対する妻の愛情も、やはり純粋なものじゃなかったのだ。勿論この第二の打撃は、第一のそれよりも遥に恐しい力を以《もっ》て、あらゆる僕の理想を粉砕《ふんさい》した。が、それと同時に又、僕の責任が急に軽くなったような、悲《かなし》むべき安慰の感情を味った事も亦《また》事実だった』三浦がこう語り終った時、丁度向う河岸の並倉《なみぐら》の上には、もの凄《すご》いように赤い十六夜の月が、始めて大きく上り始めました。私がさっきあの芳年の浮世絵を見て、洋服を着た菊五郎から三浦の事を思い出したのは、殊にその赤い月が、あの芝居の火入りの月に似ていたからの事だったのです。あの色の白い、細面《ほそおもて》の、長い髪をまん中から割った三浦は、こう云う月の出を眺めながら、急に長い息を吐くと、さびしい微笑を帯びた声で、『君は昔、神風連が命を賭《と》して争ったものも子供の夢だとけなした事がある。じゃ君の眼から見れば、僕の結婚生活なども――』私『そうだ。やはり子供の夢だったかも知れない。が、今日我々の目標にしている開化も、百年の後になって見たら、やはり同じ子供の夢だろうじゃないか。……』」

丁度本多子爵がここ迄《まで》語り続けた時、我々は何時か側へ来た守衛の口から、閉館の時刻が既に迫っていると云う事を伝えられた。子爵と私とは徐《おもむろ》に立上って、もう一度周囲の浮世絵と銅版画とを見渡してから、そっとこのうす暗い陳列室の外へ出た。まるで我々自身も、あの硝子戸棚《ガラスとだな》から浮び出た過去の幽霊か何かのように。

（大正八年二月号『中外』）

舞踏会

一

明治十九年十一月三日の夜であった。当時十七歳だった――家《け》の令嬢明子《あきこ》は、頭の禿《は》げた父親と一しょに、今夜の舞踏会が催さるべき鹿鳴館《ろくめいかん》の階段を上《のぼ》って行った。明《あか》るい瓦斯《ガス》の光に照らされた、幅の広い階段の両側には、殆《ほとん》ど人工に近い大輪の菊の花が、三重の籬《まがき》を造っていた。菊は一番奥のがうす紅《べに》、中程のが濃い黄色、一番前のがまっ白な花びらを流蘇《ふさ》の如《ごと》く乱しているのであった。そうしてその菊の籬の尽きるあたり、階段の上の舞踏室からは、もう陽気な管絃楽《かんげんがく》の音《ね》が、抑え難《がた》い幸福の吐息のように、休みなく溢《あふ》れて来るのであった。

明子は夙《つと》に仏蘭西語《フランスご》と舞踏との教育を受けていた。が、正式の舞踏会に臨むのは、今夜がまだ生まれて始めてであった。だから彼女は馬車の中でも、折々話しかける父親に、上《うわ》の空《そら》の返事ばかり与えていた。それ程彼女の胸の中には、愉快なる不安とでも形容すべき、一種の落着かない心もちが根を張っていたのであった。彼女は馬車が鹿鳴館の前に止まるまで、何度いら立たしい眼を挙げて、窓の外に流れて行く東京の町の乏しい燈火《ともしび》を、見つめた事だか知れなかった。

が、鹿鳴館の中へはいると、間もなく彼女はその不安を忘れるような事件に遭遇した。と云うは階段の丁度中程まで来かかった時、二人は一足《ひとあし》先に上《のぼ》って行く支那《しな》の大官に追いついた。すると大官は肥満した体を開いて、二人を先へ通らせながら、呆《あき》れたような視線を明子へ投げた。初々《ういうい》しい薔薇《ばら》色《いろ》の舞踏服、品好《よ》く頸《くび》へかけた水色のリボン、それから濃い髪に匂《にお》っているたった一輪の薔薇の花——実際その夜の明子の姿は、この長い辮髪《べんぱつ》*を垂れた支那の大官の眼を驚かすべく、開化の日本の少女の美を遺憾なく具《そな》えていたのであった。と思うと又階段を急ぎ足に下りて来た、若い燕尾服《えんびふく》の日本人も、途中で二人にすれ違いながら、反射的にちょいと振り返って、やはり呆れたような一瞥《いちべつ》を明子の後姿に浴せかけた。それから何故《なぜ》か思いついたように、白い襟《ネク》飾《タイ》へ手をやって見て、又菊の中を忙《いそが》わしく玄関の方へ下りて行った。

二人が階段を上り切ると、二階の舞踏室の入口には、半白の頬鬚《ほおひげ》を蓄えた主人役の伯爵《はくしゃく》が、胸間に幾つかの勲章を帯びて、路易《ルイ》十五世式*の装いを凝らした年上の伯爵夫人と一しょに、大様《おおよう》に客を迎えていた。明子はこの伯爵でさえ、彼女の姿を見た時には、その老獪《ろうかい》らしい顔の何処《どこ》かに、一瞬間無邪気な驚嘆の色が去来したのを見のがさなかった。人の好《い》い明子の父親は、嬉《うれ》しそうな微笑を浮べながら、伯爵とその夫人とへ手短《てみじか》に娘を紹介した。彼女は羞恥《しゅうち》と得意とを交《かわ》る交《がわ》る味《あじわ》った。が、その暇にも権高《けんだか》な伯爵夫人の顔だちに、一点下品な気があるのを感づくだけの余裕があった。

舞踏室の中にも至る所に、菊の花が美しく咲き乱れていた。そうして又至る所に、相手を待っている婦人たちのレエスや花や象牙《ぞうげ》の扇が、爽《さわや》かな香水の匂《におい》の中に、音のない波の如く動いていた。明子はすぐに父親と分れて、その綺羅《きら》びやかな婦人たちの或《ある》一団と一しょになった。それは皆同じような水色や薔薇色の舞踏服を着た、同年輩らしい少女であった。彼等《かれら》は彼女を迎えると、小鳥のようにさざめき立って、口々に今夜の彼女の姿が美しい事を褒《ほ》め立てたりした。

が、彼女がその仲間へはいるや否《いな》や、見知らない仏蘭西の海軍将校が、何処からか静《しずか》に歩み寄った。そうして両腕を垂れた儘《まま》、叮嚀《ていねい》に日本風の会釈《えしゃく》をした。明子はかすかながら血の色が、頬に上《のぼ》って来るのを意識した。しかしその会釈が何を意味するかは、問うまでもなく明かだった。だから彼女は手にしていた扇を預って貰《もら》うべく、隣に立っている水色の舞踏服の令嬢をふり返った。と同時に意外にも、その仏蘭西の海軍将校は、ちらりと頬に微笑の影を浮べながら、異様なアクサン*を帯びた日本語で、はっきりと彼女にこう云った。

「一しょに踊っては下さいませんか」

間もなく明子は、その仏蘭西の海軍将校と、「美しく青きダニウブ」*のヴァルス*を踊っていた。相手の将校は、頰の日に焼けた、眼鼻立ちの鮮《あざやか》な、濃い口髭《くちひげ》のある男であった。彼女はその相手の軍服の左の肩に、長い手袋を嵌《は》めた手を預くべく、余りに背《せい》が低かった。が、場馴《ばな》れている海軍将校は、巧《たくみ》に彼女をあしらって、軽々と群集の中を舞い歩いた。そうして時々彼女の耳に、愛想の好い仏蘭西語の御世辞さえも囁《ささや》いた。

彼女はその優しい言葉に、恥《はずか》しそうな微笑を酬《むく》いながら、時々彼等が踊っている舞踏室の周囲へ眼を投げた。皇室の御紋章を染め抜いた紫縮緬《むらさきちりめん》の幔幕《まんまく》や、爪《つめ》を張った蒼《そう》竜《りゅう》が身をうねらせている支那の国旗の下には、花瓶《かびん》々々の菊の花が、或《あるい》は軽快な銀色を、或は陰鬱《いんうつ》な金色を、人波の間にちらつかせていた。しかもその人波は、三鞭酒《シャンパニエ》のように湧《わ》き立って来る、花々しい独逸《ドイツ》管絃楽の旋律の風に煽《あお》られて、暫《しばら》くも目まぐるしい動揺を止《や》めなかった。明子はやはり踊っている友達の一人と眼を合わすと、互に愉快そうな頷《うなず》きを忙《せわ》しい中《なか》に送り合った。が、その瞬間には、もう違った踊り手が、まるで大きな蛾《が》が狂うように、何処からか其処《そこ》へ現れていた。

しかし明子はその間《ま》にも、相手の仏蘭西の海軍将校の眼が、彼女の一挙一動に注意しているのを知っていた。それは全くこの日本に慣れない外国人が、如何《いか》に彼女の快活な舞踏ぶりに、興味があったかを語るものであった。こんな美しい令嬢も、やはり紙と竹との家の中に、人形の如く住んでいるのであろうか。そうして細い金属の箸《はし》で、青い花の描《か》いてある手のひら程の茶碗《ちゃわん》から、米粒を挟《はさ》んで食べているのであろうか。――彼の眼の中にはこう云う疑問が、何度も人懐《ひとなつか》しい微笑と共に往来するようであった。明子にはそれが可笑《おか》しくもあれば、同時に又誇らしくもあった。だから彼女の華奢《きゃしゃ》な薔薇色の踊り靴《ぐつ》は、物珍しそうな相手の視線が折々足もとへ落ちる度に、一層身軽く滑《なめらか》な床《ゆか》の上を辷《すべ》って行くのであった。

が、やがて相手の将校は、この児猫《こねこ》のような令嬢の疲れたらしいのに気がついたと見えて、劬《いたわ》るように顔を覗《のぞ》きこみながら、

「もっと続けて踊りましょうか」

「ノン・メルシイ」*

明子は息をはずませながら、今度ははっきりとこう答えた。

するとその仏蘭西の海軍将校は、まだヴァルスの歩みを続けながら、前後左右に動いているレエスや花の波を縫って、壁側《かべぎわ》の花瓶の菊の方へ、悠々《ゆうゆう》と彼女を連れて行っ

た。そうして最後の一回転の後《のち》、其処にあった椅子《いす》の上へ、鮮《あざやか》に彼女を掛けさせると、自分は一旦《いったん》軍服の胸を張って、それから又前のように恭《うやうや》しく日本風の会釈をした。

その後又ポルカやマズュルカ*を踊ってから、明子はこの仏蘭西の海軍将校と腕を組んで、白と黄とうす紅《べに》と三重の菊の籬《まがき》の間を、階下の広い部屋へ下りて行った。

此処《ここ》には燕尾服や白い肩がしっきりなく去来する中に、銀や硝子《ガラス》の食器類に蔽《おお》われた幾つかの食卓が、或は肉と松露《しょうろ》*との山を盛り上げたり、或はサンドウィッチとアイスクリイムとの塔を聳立《そばだ》てたり、或は又柘榴《ざくろ》と無花果《いちじく》との三角塔を築いたりしていた。殊に菊の花が埋《うず》め残した、部屋の一方の壁上には、巧《たくみ》な人工の葡萄蔓《ぶどうづる》が青々とからみついている、美しい金色の格子《こうし》があった。そうしてその葡萄の葉の間には、蜂《はち》の巣のような葡萄の房が、累々《るいるい》*と紫に下っていた。明子はその金色の格子の前に、頭の禿げた彼女の父親が、同年輩の紳士と並んで、葉巻きを啣《くわ》えているのに遇《あ》った。父親は明子の姿を見ると、満足そうにちょいと頷《うなず》いたが、それぎり連れの方を向いて、又葉巻きを燻《くゆ》らせ始めた。

仏蘭西の海軍将校は、明子と食卓の一つへ行って、一しょにアイスクリイムの匙《さじ》を取った。彼女はその間《ま》も相手の眼が、折々彼女の手や髪や水色のリボンを掛けた頸へ注がれているのに気がついた。それは勿論《もちろん》彼女にとって、不快な事でも何でもなかった。が、或刹那《せつな》には女らしい疑いも閃《ひらめ》かずにはいられなかった。そこで黒い天鵞絨《びろうど》の胸に赤い椿《つばき》の花をつけた、独逸人らしい若い女が二人の傍《かたわら》を通った時、彼女はその疑いを仄《ほの》めかせる為《ため》に、こう云う感歎《かんたん》の言葉を発明した。

「西洋の女の方はほんとうに御美《おうつく》しゅうございますこと」

海軍将校はこの言葉を聞くと、思いの外真面目《まじめ》に首を振った。

「日本の女の方も美しいです。殊《こと》にあなたなぞは――」

「そんな事はございませんわ」

「いえ、御世辞ではありません。その儘すぐに巴里《パリー》の舞踏会へも出られます。そうしたら皆《みんな》が驚くでしょう。ワットオの画《え》の中の御姫様のようですから」*

明子はワットオを知らなかった。だから海軍将校の言葉が呼び起した、美しい過去の幻も――仄暗い森の噴水と凋《すが》れて行く薔薇との幻も、一瞬の後《のち》には名残《なご》りなく消え失《う》せてしまわなければならなかった。が、人一倍感じの鋭い彼女は、アイスクリイムの匙を動かしながら、僅《わずか》にもう一つ残っている話題に縋《すが》る事を忘れなかった。

「私《わたし》も巴里の舞踏会へ参って見とうございますわ」

「いえ、巴里の舞踏会も全くこれと同じ事です」

海軍将校はこう云いながら、二人の食卓を繞《めぐ》っている人波と菊の花とを見廻《みまわ》したが、忽《たちま》ち皮肉な微笑の波が瞳《ひとみ》の底に動いたと思うと、アイスクリイムの匙を止《や》めて、「巴里ばかりではありません。舞踏会は何処でも同じ事です」と半ば独《ひと》り語《ごと》のようにつけ加えた。

一時間の後《のち》、明子と仏蘭西の海軍将校とは、やはり腕を組んだ儘、大勢の日本人や外国人と一しょに舞踏室の外にある星月夜の露台に佇《たたず》んでいた。

欄干《らんかん》一つ隔てた露台の向うには、広い庭園を埋《うず》めた針葉樹が、ひっそりと枝を交し合って、その梢《こずえ》に点々と鬼灯提燈《ほおずきぢょうちん》*の火を透《す》かしていた。しかも冷《ひや》やかな空気の底には、下の庭園から上《のぼ》って来る苔《こけ》の匂《におい》や落葉《おちば》の匂が、かすかに寂しい秋の呼吸を漂わせているようであった。が、すぐ後の舞踏室では、やはりレエスや花の波が、十六菊*を染め抜いた紫縮緬の幕の下に、休みない動揺を続けていた。そうして又調子の高い管絃楽のつむじ風が、不相変《あいかわらず》その人間の海の上へ、用捨《ようしゃ》もなく鞭《むち》を加えていた。

勿論この露台の上からも、絶えず賑《にぎや》かな話し声や笑い声が夜気を揺《ゆす》っていた。まして暗い針葉樹の空に美しい花火が揚る時には、殆《ほとんど》人どよめきにも近い音が、一同の口から洩《も》れた事もあった。その中に交《まじ》って立っていた明子も、其処にいた懇意の令嬢たちとは、さっきから気軽な雑談を交換していた。が、やがて気がついて見ると、あの仏蘭西の海軍将校は、明子に腕を借《か》した儘、庭園の上の星月夜へ黙然《もくねん》と眼を注いでいた。彼女にはそれが何となく、郷愁《きょうしゅう》でも感じているように見えた。そこで明子は彼の顔をそっと下から覗《のぞ》きこんで、

「御国《おくに》の事を思っていらっしゃるのでしょう」と半ば甘えるように尋ねて見た。

するとと海軍将校は不相変微笑を含んだ眼で、静に明子の方へ振り返った。そうして「ノン」と答える代りに、子供のように首を振って見せた。

「でも何か考えていらっしゃるようでございますわ」

「何だか当てて御覧なさい」

その時露台に集っていた人々の間には、又一《ひと》しきり風のようなざわめく音が起り出した。明子と海軍将校とは云い合せたように話をやめて、庭園の針葉樹を圧している夜空の方へ眼をやった。其処には丁度赤と青との花火が、蜘蛛手《くもで》に闇《やみ》を弾《はじ》きながら、将《まさ》に消えようとする所であった。明子には何故《なぜ》かその花火が、殆悲しい気を起させる程それ程美しく思われた。

「私は花火の事を考えていたのです。我々の生《ヴィ》*のような花火の事を」

暫《しば》くして仏蘭西の海軍将校は、優しく明子の顔を見下《みおろ》しながら、教えるような調子

でこう云った。

二

大正七年の秋であった。当年の明子は鎌倉《かまくら》の別荘へ赴く途中、一面識のある青年の小説家と、偶然汽車の中で一しょになった。青年はその時網棚《あみだな》の上に、鎌倉の知人へ贈るべき菊の花束を載せて置いた。すると当年の明子――今のH老夫人は、菊の花を見る度に思い出す話があると云って、詳しく彼に鹿鳴館の舞踏会の思い出を話して聞かせた。青年はこの人自身の口からこう云う思出《おもいで》を聞く事に、多大の興味を感ぜずにはいられなかった。

その話が終った時、青年はH老夫人に何気なくこう云う質問をした。

「奥様はその仏蘭西の海軍将校の名を御存知ではございませんか」

するとH老夫人は思いがけない返事をした。

「存じて居《お》りますとも。Julien Viaud*と仰有《おっしゃ》る方でございました」

「では Lotiだったのでございますね。あの『お菊《きく》夫人』を書いたピエル・ロティ*だったのでございますね」

青年は愉快な興奮を感じた。が、H老夫人は不思議そうに青年の顔を見ながら何度もこう呟《つぶや》くばかりであった。

「いえ、ロティと仰有る方ではございませんよ。ジュリアン・ヴィオと仰有る方でございますよ」

（大正九年一月号『新潮』）

秋

一

信子《のぶこ》は女子大学にいた時から、才媛《さいえん》の名声を担《にな》っていた。彼女が早晩作家として文壇に打って出る事は、殆《ほとん》ど誰も疑わなかった。中には彼女が在学中、既に三百何枚かの自叙伝体小説を書き上げたなどと吹聴《ふいちょう》して歩くものもあった。が、学校を卒業して来た見ると、まだ女学校も出ていない妹の照子《てるこ》と彼女とを抱《かか》えて、後家《ごけ》を立て通して来た母の手前も、そうは我儘《わがまま》を云《い》われない、複雑な事情もないではなかった。そこで彼女は創作を始める前に、まず世間の習慣通り、縁談からきめてかかるべく余儀なくされた。

彼女には俊吉《しゅんきち》と云う従兄《いとこ》があった。彼は当時まだ大学の文科に籍を置いていたが、やはり将来は作家仲間に身を投ずる意志があるらしかった。信子はこの従兄の大学生と、昔から親しく往来していた。それが互に文学と云う共通の話題が出来てからは、愈《いよいよ》親しみが増したようであった。唯《ただ》、彼は信子と違って、当世流行のトルストイズムなどには一向敬意を表さなかった。そうして始終フランス仕込みの皮肉や警句ばかり並べていた。こう云う俊吉の冷笑的な態度は、時々万事真面目《まじめ》な信子を怒らせてしまう事があった。が、彼女は怒りながらも、俊吉の皮肉や警句の中に、何か軽蔑《けいべつ》出来ないものを感じない訳には行かなかった。

だから彼女は在学中も、彼と一しょに展覧会や音楽会へ行く事が稀《まれ》ではなかった。尤《もっと》も大抵そんな時には、妹の照子も同伴《いっしょ》であった。彼等三人は往《ゆ》きも返りも、気兼ねなく笑ったり話したりした。が、妹の照子だけは、時々話の圏外へ置きざりにされる事もあった。それでも照子は子供らしく、飾窓の中のパラソルや絹のショオルを覗《のぞ》き歩いて、格別閑却された事を不平に思ってもいないらしかった。信子はしかしそれに気がつくと、必《かならず》話頭を転換して、すぐに又元の通り妹にも口をきかせようとした。その癖まず照子を忘れるものは、何時《いつ》も信子自身であった。俊吉はすべてに無頓着《むとんちゃく》なのか、不相変《あいかわらず》気の利《き》いた冗談ばかり投げつけながら、目まぐるしい往来の人通りの中を、大股《おおまた》にゆっくり歩いて行った。……

信子と従兄との間がらは、勿論《もちろん》誰の眼《め》に見ても、来《きた》るべき彼等の結婚を予想させるのに十分であった。同窓たちは彼女の未来をてんでに羨《うらや》んだり妬《ねた》んだりした。殊《こと》に俊吉を知らないものは、（滑稽《こっけい》と云うより外はないが、）一層これが甚《はなは》だしかった。信子も亦《また》一方では彼等の推測を打ち消しながら、他方ではその確《たしか》な事をそれとなく故意に仄《ほのめ》かせたりした。従って同窓たちの頭の中には、彼等が学校を出るまでの間に、何時か彼女と俊吉との姿が、恰《あたか》も、新婦新郎の写真の如《ごと》く、一しょにはっきり焼きつけられていた。

ところが学校を卒業すると、信子は彼等の予期に反して、大阪の或《ある》商事会社へ近頃《ちかごろ》勤務する事になった、高商*出身の青年と、突然結婚してしまった。そうして式後二三日してから、新夫と一しょに勤め先きの大阪へ向けて立ってしまった。その時中央停車場*へ見送りに行ったものの話によると、信子は何時もと変りなく、晴れ晴れした微笑を浮べながら、ともすれば涙を落し勝ちな妹の照子をいろいろと慰めていたと云う事であった。

同窓たちは皆不思議がった。その不思議がる心の中《うち》には、妙に嬉《うれ》しい感情と、前とは全然違った意味で妬ましい感情とが交っていた。或者は彼女を信頼して、すべてを母親の意志に帰《き》した。又或ものは彼女を疑《うたぐ》って、心がわりがしたとも云いふらした。が、それらの解釈が結局想像に過ぎない事は、彼等自身さえ知らない訳ではなかった。彼女はなぜ俊吉と結婚しなかったか？　彼等はその後《ご》暫《しばら》くの間、よるとさわると重大らしく、必《かならず》この疑問を話題にした。そうしてかれこれ二月《ふたつき》ばかり経《た》つと――全く信子を忘れてしまった。勿論彼女が書く筈《はず》だった長篇《ちょうへん》小説の噂《うわさ》なぞも。

信子はその間《うち》に大阪の郊外へ、幸福なるべき新家庭をつくった。彼等の家はその界《かい》隈《わい》でも、最も閑静な松林にあった。松脂《まつやに》の匂《におい》と日の光と、――それが何時でも夫の留守は、二階建の新しい借家の中に、活《い》き活きした沈黙を領していた。信子はそう云う寂しい午後、時々理由もなく気が沈むと、きっと針箱の引出しを開けては、その底に畳んでしまってある桃色《ももいろ》の書簡箋《しょかんせん》をひろげて見た。書簡箋の上にはこんな事が、細々《こまごま》とペンで書いてあった。

「――もう今日かぎり御姉様《おねえさま》と御一しょにいる事が出来ないと思うと、これを書いている間でさえ、止め度なく涙が溢《あふ》れて来ます。御姉様。どうか、どうか私《わたくし》を御赦《おゆる》し下さい。照子は勿体《もったい》ない御姉様の犠牲の前に、何と申し上げて好《い》いかもわからずに居《お》ります。

「御姉様は私の為《ため》に、今度の御縁談を御きめになりました。そうではないと仰有《おっしゃ》っても、私にはよくわかって居ります。何時ぞや御一しょに帝劇*を見物した晩、御姉様は私に俊さんは好きかと御尋《おき》きになりました。それから又好きならば、御姉様がきっと骨を折るから、俊さんの所へ行けとも仰有いました。あの時もう御姉様は、私が俊さんに差上げる筈の手紙を読んでいらしったのでしょう。あの手紙がなくなった時、ほんとうに私は御姉様を御恨《おうら》めしく思いました。(御免遊ばせ。この事だけでも私はどの位申し訳がないかわかりません。)ですからその晩も私には、御姉様の親切な御言葉も、皮肉のような気さえ致しました。私が怒って御返事らしい御返事も碌《ろく》に致さなかった事は、もちろん御忘れになりもなさりますまい。けれどもあれから二三日経って、御姉様の御縁談が急にきまってしまった時、私はそれこそ死んでも、御詫《おわ》びをしようかと思いました。御姉様も俊さんが御好きなのでございますもの。(御隠しになってはいや。私はよく存じて居りましてよ。)私の事さえ御かまいにならなければ、きっと御自分が俊さんの所へいらしったのに違いございません。それでも御姉様は私に、俊さんなぞは思っていないと、何度も繰返して仰有いました。そうしてとうとう心にもない御結婚をなすって御しまいになりました。私の大事な御姉様。私が今日鶏を抱いて来て、大阪へいらっしゃる御姉様に、御挨拶《ごあいさつ》をなさいと申した事をまだ覚えていらしって？　私は飼っている鶏にも、私と一しょに御姉様へ御詫びを申して貰《もら》いたかったの。そうしたら、何にも御存知ない御母様まで御泣きになりましたのね。

「御姉様。もう明日《あした》は大阪へいらしって御しまいなさるでしょう。けれどもどうか何時までも、御姉様の照子を見捨てずに頂戴《ちょうだい》、照子は毎朝鶏に餌《え》をやりながら、御姉様の事を思い出して、誰にも知れず泣いています。……」

信子はこの少女らしい手紙を読む毎《ごと》に、必《かならず》涙が滲《にじ》んで来た。殊に中央停車場から汽車に乗ろうとする間際《まぎわ》、そっとこの手紙を彼女に渡した照子の姿を思い出すと、何とも云われずにいじらしかった。が、彼女の結婚は果して妹の想像通り、全然犠牲的なそれであろうか。そう疑《うたがい》を挟《さしはさ》む事は、涙の後《あと》の彼女の心へ、重苦しい気持ちを拡《ひろ》げ勝ちであった。信子はこの重苦しさを避ける為に、大抵はじっと快い感傷の中に浸っていた。そのうちに外の松林へ一面に当った日の光が、だんだん黄ばんだ暮方の色に変って行くのを眺《なが》めながら。

二

結婚後かれこれ三月《みつき》ばかりは、あらゆる新婚の夫婦の如く、彼等も亦《また》幸福な日を送った。

夫は何処《どこ》か女性的な、口数を利《き》かない人物であった。それが毎日会社から帰って来ると、必《かならず》晩飯後の何時間かは、信子と一しょに過す事にしていた。信子は編物の針を動かしながら、近頃世間に騒がれている小説や戯曲の話などもした。その話の中には時によると、基督《キリスト》教の匂のする女子大学趣味の人生観が織りこまれている事もあった。夫は晩酌《ばんしゃく》の頰《ほお》を赤らめた儘《まま》、読みかけた夕刊を膝《ひざ》へのせて、珍しそうに耳を傾けていた。が、彼自身の意見らしいものは、一言《いちごん》も加えた事がなかった。

彼等は又殆《ほとんど》日曜毎に、大阪やその近郊の遊覧地へ気散じな一日を暮しに行った。信子は汽車電車へ乗る度に、何処でも飲食する事を憚《はばか》らない関西人が皆卑《いや》しく見えた。それだけおとなしい夫の態度が、格段に上品なのを嬉しく感じた。実際身綺麗《みぎれい》な夫の姿は、そう云う人中に交っていると、帽子からも、背広からも、或《あるい》は又赤皮の編上げ*からも、化粧石鹼《けしょうせっけん》の匂に似た、一種清新な雰囲気《ふんいき》を放散させているようであった。殊に夏の休暇中、舞子《まいこ》*まで足を延《のば》した時には、同じ茶屋に来合せた夫の同僚たちに比べて見て、一層誇りがましいような心もちがせずにはいられなかった。が、夫はその下卑《げび》た同僚たちに、存外親しみを持っているらしかった。

その内に信子は長い間、捨ててあった創作を思い出した。そこで夫の留守の内だけ、一二時間ずつ机に向う事にした。夫はその話を聞くと、「愈《いよいよ》女流作家になるかね」と云って、やさしい口もとに薄笑いを見せた。しかし机には向うにしても、思いの外ペンは進まなかった。彼女はぼんやり頰杖《ほおづえ》をついて、炎天の松林の蟬《せみ》の声に、我知れず耳を傾けている彼女自身を見出《みいだ》し勝ちであった。

ところが残暑が初秋へ振り変ろうとする時分、夫は或日会社の出がけに、汗じみた襟を取変えようとした。が、生憎襟は一本残らず洗濯屋の手に渡っていた。夫は日頃身綺麗なだけに、不快らしく顔を曇らせた。そうしてズボン吊《つり》を掛けながら、「小説ばかり書いていちゃ困る」と何時《いつ》になく厭味《いやみ》を云った。信子は黙って眼を伏せて、上衣《うわぎ》の埃《ほこり》を払っていた。

それから二三日過ぎた或夜、夫は夕刊に出ていた食糧問題*から、月々の経費をもう少し軽減出来ないものかと云い出した。「お前だって何時までも女学生じゃあるまいし」――そんな事も口へ出した。信子は気のない返事をしながら、夫の襟飾《えりかざり》*の絽刺《ろざ》し*をしていた。すると夫は意外な位執拗《しつよう》に、「その襟飾にしてもさ、買う方が反《かえ》って安くつくじゃないか」と、やはりねちねちした調子で云った。彼女は猶更《なおさら》口が利けなくなった。夫もしまいには白けた顔をして、つまらなそうに商売向きの雑誌か何かばかり読んでいた。が、寝室の電燈を消してから、信子は夫に脊《せ》を向けた儘、「もう小説なんぞ書きません」と、囁《ささや》くような声で云った。夫はそれでも黙っていた。暫《しばら》くして彼女は、同じ言葉を前よりもかすかに繰返した。それから間もなく泣く声が洩《も》れた。夫は二言《ふたことみ》三言《こと》彼女を叱《しか》った。その後《あと》でも彼女の啜泣《すすりな》きは、まだ絶え絶えに聞えていた。が、信子は何時の間にか、しっかりと夫にすがっていた。……

翌日彼等は又元の通り、仲の好《い》い夫婦に返っていた。

と思うと今度は十二時過ぎても、まだ夫が会社から帰って来ない晩があった。しかも漸《ようや》く帰って来ると、雨外套《あまがいとう》も一人では脱げない程、酒臭い匂を呼吸《いき》していた。信子は眉《まゆ》をひそめながら、甲斐々々《かいがい》しく夫に着換えさせた。夫はそれにも関《かかわ》らず、まわらない舌で皮肉さえ云った。「今夜は僕が帰らなかったから、余っ程小説が捗取《はかど》ったろう」――そう云う言葉が、何度となく女のような口から出た。彼女はその晩床にはいると、思わず涙がほろほろ落ちた。こんな処《ところ》を照子が見たら、どんなに一しょに泣いてくれるであろう。照子。照子。私が便りに思うのは、たったお前一人ぎりだ。――信子は度々心の中《うち》でこう妹に呼びかけながら、夫の酒臭い寝息に苦しまされて、殆夜《よ》中《じゅう》まんじりともせずに、寝返りばかり打っていた。

が、それも亦翌日になると、自然と仲直りが出来上っていた。

そんな事が何度か繰返される内に、だんだん秋が深くなって来た。信子は何時か机に向って、ペンを執る事が稀《まれ》になった。その時にはもう夫の方も、前程彼女の文学談を珍しがらないようになっていた。彼等は夜毎に長火鉢《ながひばち》を隔てて、瑣末《さまつ》な家庭の経済の話に時間を殺す事を覚え出した。その上又こう云う話題は、少くとも晩酌後の夫にとって、最も興味があるらしかった。それでも信子は気の毒そうに、時々夫の顔色を窺《うかが》って見る事があった。が、彼は何も知らず、近頃《ちかごろ》延した髭《ひげ》を噛《か》みながら、何時もより余程快活に、「これで子供でも出来て見ると――」なぞと、考え考え話していた。

するとその頃から月々の雑誌に、従兄《いとこ》の名前が見えるようになった。信子は結婚後忘れたように、俊吉との文通を絶っていた。唯《ただ》、彼の動静は、――大学の文科を卒業したとか、同人《どうにん》雑誌を始めたとか云う事は、妹から手紙で知るだけであった。又それ以上彼の事を知りたいと云う気も起さなかった。が、彼の小説が雑誌に載っているのを見ると、懐《なつか》しさは昔と同じであった。彼女はその頁《ページ》をはぐりながら、何度も独り微笑を洩らした。俊吉はやはり小説の中でも、冷笑と諧謔《かいぎゃく》との二つの武器を宮本武蔵《みやもとむさし》*のように使っていた。彼女にはしかし気のせいか、その軽快な皮肉の後《うしろ》に、何か今までの従兄にはない、寂しそうな捨鉢《すてばち》の調子が潜《ひそ》んでいるように思われた。と同時にそう思う事が、後めたいような気もしないではなかった。

信子はそれ以来夫に対して、一層優しく振舞うようになった。夫は夜寒の長火鉢の向うに、何時も晴れ々々と微笑している彼女の顔を見出した。その顔は以前より若々しく、化粧をしているのが常であった。彼女は針仕事の店を拡《ひろ》げながら、彼等が東京で式を挙げた当時の記憶なぞも話したりした。夫にはその記憶の細かいのが、意外でもあり、嬉《うれ》しそうでもあった。「お前はよくそんな事まで覚えているね」――夫にこう調戯《からか》われると、信子は必無言の儘《まま》、眼にだけ媚《こび》のある返事を見せた。が、何故《なぜ》それ程忘れずにいるか、彼女自身も心の内では、不思議に思う事が度々あった。

それから程なく、母の手紙が、信子に妹の結納《ゆいのう》が済んだと云う事を報じて来た。その手紙の中には又、俊吉が照子を迎える為に、山の手の或《ある》郊外へ新居を設けた事もつけ加えてあった。彼女は早速母と妹とへ、長い祝いの手紙を書いた。「何分《なにぶん》当方は無《ぶ》人故《にんゆえ》、式には不本意ながら参りかね候《そうら》えども……」――そんな文句を書いている内に、(彼女には何故かわからなかったが、)筆の渋る事も再三あった。すると彼女は眼を挙げて、必外の松林を眺《なが》めた。松は初冬の空の下に、簇々《そうそう》*と蒼黒《あおぐろ》く茂っていた。

その晩信子と夫とは、照子の結婚を話題にした。夫は何時もの薄笑いを浮べながら、彼女が妹の口真似《くちまね》をするのを、面白《おもしろ》そうに聞いていた。が、彼女には何となく、彼女自身に照子の事を話しているような心もちがした。「どれ、寝るかな」――二三時間の後《のち》、夫は柔《やわらか》な髭を撫《な》でながら、大儀《たいぎ》そうに長火鉢の前を離れた。信子はまだ妹へ祝ってやる品を決し兼ねて、火箸《ひばし》で灰文字を書いていたが、この時急に顔を挙げて、「でも妙なものね。私にも弟が一人出来るのだと思うと」と云った。「当り前じゃないか、妹もいるんだから」――彼女は夫にこう云われても、考《かんがえ》深い眼つきをした儘、何とも返事をしなかった。

照子と俊吉とは、師走《しわす》の中旬に式を挙げた。当日は午《ひる》少し前から、ちらちら白い物が落ち始めた。信子は独り午の食事をすませた後《のち》、何時までもその時の魚の匂が、口についで離れなかった。「東京も雪が降っているかしら」——こんな事を考えながら、信子はじっとうす暗い茶の間の長火鉢にもたれていた。雪は愈《いよいよ》烈《はげ》しくなった。が、口中の生臭さは、やはり執念《しゅうね》く消えなかった。……

三

信子はその翌年の秋、社命を帯びた夫と一しょに、久しぶりで東京の土を踏んだ。が、短い日限内に、果すべき用向きの多かった夫は、唯《ただ》彼女の母親の所へ、来《き》匆々《そうそう》顔を出した時の外は、殆《ほとんど》一日も彼女をつれて、外出する機会を見出さなかった。彼女はそこで妹夫婦の郊外の新居を尋ねる時も、新開地*じみた電車の終点から、たった一人俥《くるま》に揺られて行った。

彼等の家は、町並が葱畑《ねぎばたけ》に移る近くにあった。しかし隣近所には、いずれも借家《しゃくや》らしい新築が、せせこましく軒を並べていた。のき打ちの門、*要《かなめ》もちの垣《かき》*、それから竿《さお》に干した洗濯物、——すべてがどの家も変りはなかった。この平凡な住居《すまい》の容子《ようす》は、多少信子を失望させた。

が、彼女が案内を求めた時、声に応じて出て来たのは、意外にも従兄の方であった。俊吉は以前と同じように、この珍客の顔を見ると、「やあ」と快活な声を上げた。彼女は彼が何時の間にか、いが栗頭《ぐりあたま》でなくなったのを見た。「暫《しば》らく」「さあ、御上り。生憎僕《あいにくぼく》一人だが」――「照子は？　留守《るす》？」「使《つかい》に行った。女中も」――信子は妙に恥しさを感じながら、派手な裏のついた上衣《コート》をそっと玄関の隅《すみ》に脱いだ。

俊吉は彼女を書斎兼客間の八畳へ坐《すわ》らせた。座敷の中には何処《どこ》を見ても、本ばかり乱雑に積んであった。殊《こと》に午後の日の当った障子際《しょうじぎわ》の、小さな紫檀《したん》の机のまわりには、新聞雑誌や原稿用紙が、手のつけようもない程散らかっていた。その中に若い細君の存在を語っているものは、唯床の間の壁に立てかけた、新しい一面の琴だけであった。信子はこう云う周囲から、暫らく物珍しい眼を離さなかった。

「来る事は手紙で知っていたけれど、今日来ようとは思わなかった」――俊吉は巻《まき》煙草《たばこ》へ火をつけると、さすがに懐しそうな眼つきをした。「どうです、大阪の御生活は？」「俊さんこそ如何《いかが》？　幸福？」――信子も亦《また》二言三言話す内に、やはり昔のような懐しさが、よみ返って来るのを意識した。文通さえ碌《ろく》にしなかった、かれこれ二年越しの気まずい記憶は、思ったより彼女を煩《わずらわ》さなかった。

彼等は一つ火鉢に手をかざしながら、いろいろな事を話し合った。俊吉の小説だの、共通な知人の噂《うわさ》だの、東京と大阪との比較だの、話題はいくら話しても、尽きない位沢山あった。が、二人とも云い合せたように、全然暮し向きの問題には触れなかった。それが信子には一層従兄と、話していると云う感じを強くさせた。

時々はしかし沈黙が、二人の間に来る事もあった。その度に彼女は微笑した儘《まま》、眼を火鉢の灰に落した。其処《そこ》には待つとは云えない程、かすかに何かを待つ心もちがあった。すると故意か偶然か、俊吉はすぐに話題を見つけて、何時もその心もちを打ち破った。彼女は次第に従兄の顔を窺《うかが》わずにはいられなくなった。が、彼は平然と巻煙草の煙を呼吸しながら、格別不自然な表情を装っている気色《けしき》も見えなかった。

その内に照子が帰って来た。彼女は姉の顔を見ると、手をとり合わないばかりに嬉しがった。信子も脣《くちびる》は笑いながら、眼には何時かもう涙があった。二人は暫くは俊吉も忘れて、去年以来の生活を互に尋ねたり尋ねられたりしていた。殊に照子は活《い》き活きと、血の色を頰《ほお》に透《す》かせながら、今でも飼っている鶏の事まで、話して聞かせる事を忘れなかった。俊吉は巻煙草を啣《くわ》えた儘、満足そうに二人を眺めて、不相変《あいかわらず》にやにや笑っていた。

其処へ女中も帰って来た。俊吉はその女中の手から、何枚かの端書《はがき》を受取ると、早速側《そば》の机へ向って、せっせとペンを動かし始めた。照子は女中も留守だった事が、意外らしい気色を見せた。「じゃ御姉様がいらしった時は、誰も家《うち》にいなかったの」「ええ、俊さんだけ」――信子はこう答える事が、平気を強《し》いるような心もちがした。すると俊吉が向うを向いたなり、「旦那様《だんなさま》に感謝しろ。その茶も僕《ぼく》が入れたんだ」と云った。照子は姉と眼を見合せて、悪戯《いたずら》そうにくすりと笑った。が、夫にはわざとらしく、何とも返事をしなかった。

間もなく信子は、妹夫婦と一しょに、晩飯の食卓を囲む事になった。照子の説明する所によると、膳《ぜん》に上《のぼ》った玉子は皆、家《うち》の鶏が産んだものであった。俊吉は信子に葡《ぶ》萄酒《どうしゅ》をすすめながら、「人間の生活は掠奪《りゃくだつ》で持っているんだね。小はこの玉子から――」なぞと社会主義じみた理窟《りくつ》を並べたりした。その癖此処《ここ》にいる三人の中で、一番玉子に愛着のあるのは俊吉自身に違いなかった。照子はそれが可笑《おか》しいと云って、子供のような笑い声を立てた。信子はこう云う食卓の空気にも、遠い松林の中にある、寂しい茶の間の暮方を思い出さずにはいられなかった。

話は食後の果物《くだもの》を荒した後《のち》も尽きなかった。微酔を帯びた俊吉は、夜長の電燈の下にあぐらをかいて、盛《さかん》に彼一流の詭弁《きべん》を弄《ろう》した。その談論風発が、もう一度信子を若返らせた。彼女は熱のある眼つきをして、「私も小説を書き出そうかしら」と云った。すると従兄は返事をする代りに、グウルモン*の警句を抛《ほう》りつけた。それは「ミュウズ*

たちは女だから、彼等を自由に虜《とりこ》にするものは、男だけだ」と云う言葉であった。信子と照子とは同盟して、グウルモンの権威を認めなかった。「じゃ女でなけりゃ、音楽家になれなくって？　アポロ*は男じゃありませんか」――照子は真面目《まじめ》にこんな事まで云った。

その暇に夜が更《ふ》けた。信子はとうとう泊る事になった。

寝る前に俊吉は、縁側の雨戸を一枚開けて、寝間着《ねまき》の儘狭い庭へ下りた。それから誰を呼ぶともなく「ちょいと出て御覧。好《い》い月だから」と声をかけた。信子は独り彼の後《あと》から、沓《くつ》脱ぎの庭下駄《にわげた》へ足を下した。足袋《たび》を脱いだ彼女の足には、冷たい露の感じがあった。

月は庭の隅にある、痩《や》せがれた檜《ひのき》の梢《こずえ》にあった。従兄はその檜の下に立って、うす明い夜空を眺めていた。「大へん草が生えているのね」――信子は荒れた庭を気味悪そうに、怯《お》ず怯ず彼のいる方へ歩み寄った。が、彼はやはり空を見ながら、「十三夜かな」と呟《つぶや》いただけであった。

暫く沈黙が続いた後、俊吉は静《しず》かに眼を返して、「鶏小屋《とりごや》へ行って見ようか」と云った。信子は黙って頷《うなず》いた。鶏小屋は丁度檜とは反対の庭の隅にあった。二人は肩を並べながら、ゆっくり其処まで歩いて行った。しかし蓆囲《むしろがこ》いの内には、唯《ただ》鶏の匂のする、朧《おぼろ》げな光と影ばかりがあった。俊吉はその小屋を覗《のぞ》いて見て、殆独り言かと思うように、「寝ている」と彼女に囁いた。「玉子を人に取られた鶏が」――信子は草の中に佇《たたず》んだ儘、そう考えずにはいられなかった。……

二人が庭から返って来ると、照子は夫の机の前に、ぼんやり電燈を眺めていた。青い横ばいがたった一つ、笠《かさ》に這《は》っている電燈を。

四

翌朝俊吉は一張羅《いっちょうら》の背広を着て、食後匆々《そうそう》玄関へ行った。何でも亡友の一周忌の墓参をするのだとか云う事であった。「好《い》いかい。待っているんだぜ。午頃《ひるごろ》までにゃきっと帰って来るから」――彼は外套《がいとう》をひっかけながら、こう信子に念を押した。が彼女は華奢《きゃしゃ》な手に彼の中折《なかおれ》*を持った儘、黙って微笑したばかりであった。

照子は夫を送り出すと、姉を長火鉢の向うに招じて、まめまめしく茶をすすめなどした。隣の奥さんの話、訪問記者の話、それから俊吉と見に行った或外国の歌劇団*の話、――その外愉快なるべき話題が、彼女にはまだいろいろあるらしかった。が、信子の心は沈んでいた。彼女はふと気がつくと、何時も好い加減な返事ばかりしている彼女自身が其処にあった。それがとうとうしまいには、照子の眼にさえ止るようになった。妹は心配そうに彼女の顔を覗きこんで、「どうして？」と尋ねてくれたりした。しかし信子にもどうしたのだか、はっきりした事はわからなかった。

柱時計が十時を打った時、信子は懶《ものう》そうな眼を挙げて、「俊さんは中々帰りそうもないわね」と云った。照子も姉の言葉につれて、ちょいと時計を仰いだが、これは存外冷淡に、「まだ――」とだけしか答えなかった。信子にはその言葉の中に、夫の愛に飽き足りている新妻《しんさい》の心があるような気がした。そう思うと愈彼女の気もちは、憂《ゆう》鬱《うつ》に傾かずにはいられなかった。

「照さんは幸福ね」――信子は頤《あご》を半襟《はんえり》に埋《うず》めながら、冗談のようにこう云った。が、自然と其処へ忍びこんだ、真面目な羨望《せんぼう》の調子だけは、どうする事も出来なかった。照子はしかし無邪気らしく、やはり活き活きと微笑しながら、「覚えていらっしゃい」と睨《にら》む真似《まね》をした。それからすぐに又「御姉様だって幸福の癖に」と、甘えるようにつけ加えた。その言葉がぴしりと信子を打った。

彼女は心もち眶《まぶち》を上げて、「そう思って？」と問い返した。問い返して、すぐに後悔した。照子は一瞬間妙な顔をして、姉と眼を見合せた。その顔にも亦蔽《またおお》い難《がた》い後悔の色が動いていた。信子は強いて微笑した。――「そう思われるだけでも幸福ね」

二人の間には沈黙が来た。彼等は柱時計の時を刻む下に、長火鉢の鉄瓶《てつびん》がたぎる音を聞くともなく聞き澄ませていた。

「でも御兄様は御優しくはなくって？」――やがて照子は小さな声で、恐る恐るこう尋ねた。その声の中には明かに、気の毒そうな響《ひびき》が籠《こも》っていた。が、この場合信子の心は、何よりも憐憫《れんみん》を反撥《はんぱつ》した。彼女は新聞を膝《ひざ》の上へのせて、それに眼を落したなり、わざと何とも答えなかった。新聞には大阪と同じように、米価問題が掲げてあった。

その内に静な茶の間の中には、かすかに人の泣くけはいが聞え出した。信子は新聞から眼を離して、袂《たもと》を顔に当てた妹を長火鉢の向うに見出《みいだ》した。「泣かなくったって好《い》いのよ」――照子は姉にそう慰められても、容易に泣き止《や》もうとはしなかった。信子は残酷な喜びを感じながら、暫くは妹の震える肩へ無言の視線を注いでいた。それから女中の耳を憚《はばか》るように、照子の方へ顔をやりながら、「悪るかったら、私があやまるわ。私は照さんさえ幸福なら、何より有難《ありがた》いと思っているの。ほんとうよ。俊さんが照さんを愛していてくれれば――」と、低い声で云い続けた。云い続ける内に、彼女の声も、彼女自身の言葉に動かされて、だんだん感傷的になり始めた。すると突然照子は袖《そで》を落して、涙に濡《ぬ》れている顔を挙げた。彼女の眼の中には、意外な事に、悲しみも怒《いか》りも見えなかった。が、唯、抑え切れない嫉妬《しっと》の情が、燃えるように瞳《ひとみ》を火照《ほて》らせていた。「じゃ御姉様は——御姉様は何故昨夜《なぜゆうべ》も——」照子は皆まで云わない内に、又顔を袖に埋めて、発作的に烈しく泣き始めた。……

二三時間の後《のち》、信子は電車の終点に急ぐべく、幌俥《ほろぐるま》＊の上に揺られていた。彼女の眼にはいる外の世界は、前部の幌を切りぬいた、四角なセルロイドの窓だけであった。其処には場末らしい家々と色づいた雑木の梢《こずえ》とが、徐《おもむろ》にしかも絶え間なく、後へ後へと流れて行った。もしその中に一つでも動かないものがあれば、それは薄雲を漂わせた、冷やかな秋の空だけであった。

彼女の心は静かであった。が、その静かさを支配するものは、寂しい諦《あきら》めに外ならなかった。照子の発作が終った後、和解は新しい涙と共に、容易《たやす》く二人を元の通り仲の好い姉妹《きょうだい》に返していた。しかし事実は事実として、今でも信子の心を離れなかった。彼女は従兄の帰りも待たず、この俥上《しゃじょう》に身を托《たく》した時、既に妹とは永久に他人になったような心もちが、意地悪く彼女の胸の中に氷を張らせていたのであった。——

信子はふと眼を挙げた。その時セルロイドの窓の中には、ごみごみした町を歩いて来る、杖を抱《かか》えた従兄の姿が見えた。彼女の心は動揺した。俥を止めようか。それとももこの儘行き違おうか。彼女は動悸《どうき》を抑えながら、暫《しば》くは唯幌の下に、空《むな》しい逡巡《しゅんじゅん》を重ねていた。が、俊吉と彼女との距離は、見る見る内に近くなって来た。彼は薄日の光を浴びて、水溜《みずたま》りの多い往来にゆっくりと靴《くつ》を運んでいた。

「俊さん」――そう云う声が一瞬間、信子の脣から洩れようとした。実際俊吉はその時もう、彼女の俥のすぐ側《そば》に、見慣れた姿を現《あらわ》していた。が、彼女は又ためらった。その暇に何も知らない彼は、とうとうこの幌俥とすれ違った。薄濁った空、疎《まばら》な屋並《やなみ》、高い木々の黄ばんだ梢、――後《あと》には不相変《あいかわらず》人通りの少い場末の町があるばかりであった。

「秋――」

信子はうすら寒い幌の下に、全身で寂しさを感じながら、しみじみこう思わずにはいられなかった。


（大正九年四月号『中央公論』）

庭

上

昔はこの宿《しゅく》*の本陣*だった、中村と云《い》う旧家の庭である。

庭は御維新後十年ばかりの間は、どうにか旧態を保っていた。瓢簞《ひょうたん》なり*の池も澄んでいれば、築山《つきやま》*の松の枝もしだれていた。栖鶴軒《せいかくけん》、洗心亭《せんしんてい》、——そう云う四阿《あずまや》*も残っていた。池の窮《きわ》まる裏山の崖《がけ》には、白白《しろじろ》と滝も落ち続けていた。和《かず》の宮様《みやさま》御《ご》下《げ》向《こう》*の時、名を賜わったと云う石燈籠《いしどうろう》も、やはり年年に拡《ひろ》がり勝ちな山吹《やまぶき》の中に立っていた。しかしその何処《どこ》かにある荒廃の感じは隠せなかった。殊《こと》に春さき、——庭の内外《うちそと》の木木の梢《こずえ》に、一度に若芽の萌《も》え立つ頃《ころ》には、この明媚《めいび》な人工の景色の背後に、何か人間を不安にする、野蛮な力の迫って来た事が、一層露骨に感ぜられるのだった。

中村家の隠居、——伝法肌《でんぽうはだ》*の老人は、その庭に面した母屋《おもや》の炬燵《こたつ》に、頭瘡《ずそう》*を病んだ老妻と、碁を打ったり花合せをしたり、屈託のない日を暮らしていた。それでも時時は立て続けに、五六番老妻に勝ち越されると、むきになって怒り出す事もあった。家督を継いだ長男は、従兄妹《いとこ》同志の新妻《にいづま》と、廊下続きになっている、手狭い離れに住んでいた。長男は表徳《ひょうとく》*を文室《ぶんしつ》と云う、癇癖《かんぺき》*の強い男だった。病身な妻や弟たちは勿論《もちろん》、隠居さえ彼には憚《はば》かっていた。唯《ただ》その頃この宿にいた、乞食《こじき》宗匠の井月《せいげつ》*ばかりは、度《たび》度《たび》彼の所へ遊びに来た。長男も不思議に井月にだけは、酒を飲ませたり字を書かせたり、機嫌《きげん》の好《い》い顔を見せていた。『山はまだ花の香もあり時鳥《ほととぎす》、井月。ところどころに滝のほのめく、文室』――そんな附合《つけあい》*も残っている。その外にまだ弟が二人、――次男は縁家《えんか》の穀屋《こくや》へ養子に行き、三男は五六里離れた町の、大きい造り酒屋に勤めていた。彼等は二人とも云い合せたように、滅多に本家には近づかなかった。三男は居どころが遠い上に、もともと当主とは気が合わなかったから。次男は放蕩《ほうとう》に身を持ち崩した結果、養家にも殆《ほとん》ど帰らなかったから。

庭は二年三年と、だんだん荒廃を加えて行った。池には南京藻《なんきんも》が浮び始め、植込みには枯木が交るようになった。その内に隠居の老人は、或旱《あるひでり》の烈《はげ》しい夏、脳溢血《のういっけつ》の為《ため》に頓死《とんし》した。頓死する四五日前、彼が焼酎《しょうちゅう》を飲んでいると、池の向うにある洗心亭へ、白い装束をした公卿《くげ》が一人、何度も出たりはいったりしていた。少くとも彼には昼日なか、そんな幻が見えたのだった。翌年は次男が春の末に、養家の金をさらったなり、酌婦《しゃくふ》と一しょに駈落《かけお》ちをした。その又秋には長男の妻が、月足らずの男子《おとこのこ》を産み落した。

長男は父の死んだ後《のち》、母と母屋に住まっていた。その跡の離れを借りたのは、土地の小学校の校長だった。校長は福沢諭吉翁《おう》*の実利の説を奉じていたから、庭にも果樹を植えるように、何時《いつ》か長男を説き伏せていた。爾来《じらい》*庭は春になると、見慣れた松や柳の間に、桃《もも》だの杏《あんず》だの李《すもも》だの、雑色の花を盛るようになった。校長は時時長男と、新しい果樹園を歩きながら、「この通り立派に花見も出来る。一挙両得ですね」と批評したりした。しかし築山や池や四阿は、それだけに又以前よりも、一層影が薄れ出した。云わば自然の荒廃の外に、人工の荒廃も加わったのだった。

その秋は又裏の山に、近年にない山火事があった。それ以来池に落ちていた滝は、ぱったり水が絶えてしまった。と思うと雪の降る頃から、今度は当主が煩《わずら》い出した。医者の見立てでは昔の癆症《ろうしょう》、今の肺病とか云う事だった。彼は寝たり起きたりしながら、だんだん癇《かん》ばかり昂《たかぶ》らせて行った。現に翌年の正月には、年始に来た三男と激論の末、手炙《てあぶ》りを投げつけた事さえあった。三男はその時帰ったぎり、兄の死に目にも会わずにしまった。当主はそれから一年余り後、夜伽《よとぎ》の妻に守られながら、蚊帳《かや》の中に息をひきとった。「蛙《かえる》が啼《な》いているな。井月はどうしつら？*」――これが最期《さいご》の言葉だった。が、もう井月はとうの昔、この辺の風景にも飽きたのか、さっぱり乞食にも来なくなっていた。

三男は当主の一週忌をすますと、主人の末娘と結婚した。そうして離れを借りていた小学校長の転任を幸い、新妻と其処へ移って来た。離れには黒塗《くろぬり》の箪笥《たんす》が来たり、紅白の綿が飾られたりした。しかし母屋ではその間に、当主の妻が煩い出した。病名は夫と同じだった。父に別れた一粒種の子供、――廉一《れんいち》も母が血を吐いてからは、毎晩祖母と寝かせられた。祖母は床へはいる前に、必《かならず》頭に手拭《てぬぐい》をかぶった。それでも頭瘡《ずそう》の臭気をたよりに、夜更《よふけ》には鼠《ねずみ》が近寄って来た。勿論手拭を忘れでもすれば、鼠に頭を嚙《か》まれる事もあった。同じ年の暮に当主の妻は、油火《あぶらび》の消えるように死んで行った。その又野辺送り*の翌日には、築山の陰の栖鶴軒が、大雪の為につぶされてしまった。

もう一度春がめぐって来た時、庭は唯濁った池のほとりに、洗心亭の茅屋根《かややね》を残した、雑木原の木の芽に変ったのである。

中

或雪曇りの日の暮方、駈落ちをしてから十年目に、次男は父の家へ帰って来た。父の家——と云ってもそれは事実上、三男の家と同様だった。三男は格別嫌《いや》な顔もせず、しかし又格別喜びもせず、云わば何事もなかったように、道楽者の兄を迎え入れた。

　爾来次男は母屋の仏間に、悪疾のある体を横たえたなり、じっと炬燵《こたつ》を守っていた。仏間には大きい仏壇に、父や兄の位牌《いはい》が並んでいた。彼はその位牌の見えないように、仏壇の障子をしめ切って置いた。まして母や弟夫婦とは、三度の食事を共にする外は、殆ど顔も合せなかった。唯みなし児《ご》の廉一だけは、時時彼の居間へ遊びに行った。彼は廉一の紙石板《かみせきばん》*へ、山や船を描《か》いてやった。「向島《むこうじま》花ざかり、お茶屋の姐《ねえ》さんちょいとお出《い》で」——どうかするとそんな昔の唄《うた》が、覚束《おぼつか》ない筆蹟《ひっせき》を見せる事もあった。

　その内に又春になった。庭には生《お》い伸びた草木の中に、乏しい桃や杏が花咲き、どんより水光りをさせた池にも、洗心亭の影が映り出した。しかし次男は相不変《あいかわらず》、たった一人仏間に閉じこもったぎり、昼でも大抵はうとうとしていた。すると或日彼の耳には、かすかな三味線《しゃみせん》の音《ね》が伝わって来た。と同時に唄の声も、とぎれとぎれに聞え始めた。「この度諏訪《すわ》の戦いに、松本身内《みうち》の吉江様、大砲固《おおづつがた》めにおわします。*……」次男は横になった儘《まま》、心もち首を擡《もた》げて見た。と、唄も三味線も、茶の間にいる母に違いなかった。「その日の出《い》で立ち花やかに、勇み進みし働きは、天《あ》っ晴《ぱれ》勇士と見えにける。……」母は孫にでも聞かせているのか、大津絵*の替え唄を唄い続けた。しかしそれは伝法肌の隠居が、何処かの花魁《おいらん》*に習ったと云う、二三十年以前の流行唄《はやりうた》だった。「敵の大玉身に受けて、是非もなや、惜しき命を豊橋《とよはし》に、草葉の露と消えぬとも、末世末代名は残る。……」次男は無精髭《ぶしょうひげ》の伸びた顔に、何時か妙な眼《め》を輝かせていた。

それから二三日たった後《のち》、三男は蕗《ふき》の多い築山の陰に、土を掘っている兄を発見した。次男は息を切らせながら、不自由そうに鍬《くわ》を揮《ふる》っていた。その姿は何処か滑稽《こっけい》な中に、真剣な意気組みもあるものだった。「あに様、何をしているだ？」――三男は巻煙草《まきたばこ》を啣《くわ》えたなり、後《うしろ》から兄へ声をかけた。「おれか？」――次男は眩《まぶ》しそうに弟を見上げた。「こけへ今せんげ*（小流れ）を造らっと思う」「せんげを造って何しるだ？」「庭をもとのようにしっと思うだ」――三男はにやにや笑ったぎり、何ともその先は尋ねなかった。

次男は毎日鍬を持っては、熱心にせんげを造り続けた。が、病《やまい》に弱った彼には、それだけでも容易な仕事ではなかった。彼は第一に疲れ易《やす》かった。その上慣れない仕事だけに、豆を拵《こしら》えたり、生爪《なまづめ》を剝《は》いだり、何かと不自由も起り勝ちだった。彼は時時鍬を捨てると、死んだように其処へ横になった。彼のまわりには何時になっても、庭をこめた陽炎《かげろう》の中に、花や若葉が煙っていた。しかし静かな何分かの後、彼は又蹌踉《よろよろ》と立ち上ると、執拗《しつよう》に鍬を使い出すのだった。

しかし庭は幾日たっても、捗捗《はかばか》しい変化を示さなかった。池には相不変草が茂り、植込みにも雑木が枝を張っていた。殊に果樹の花の散った後は、前よりも荒れたかと思う位だった。のみならず一家の老若《ろうにゃく》も、次男の仕事には同情がなかった。山気《やまぎ》に富んだ三男は、＊米相場や蚕《かいこ》に没頭していた。三男の妻は次男の病に、女らしい嫌悪《けんお》を感じていた。母も、――母は彼の体の為に、土いじりの過ぎるのを惧《おそ》れていた。次男はそれでも剛情に、人間と自然とへ背を向けながら、少しずつ庭を造り変えて行った。

その内に或雨上りの朝、彼は庭へ出かけて見ると、蕗の垂れかかったせんげの縁《ふち》に、石を並べている廉一を見つけた。「叔父さん」――廉一は嬉《うれ》しそうに彼を見上げた。「おれにも今日から手伝わせておくりゃ」「うん、手伝ってくりゃ」次男もこの時は久しぶりに、晴れ晴れした微笑を浮べていた。それ以来廉一は、外へも出ずにせっせと叔父の手伝いをし出した。――次男は又甥《おい》を慰める為に、木かげに息を入れる時には、海とか東京とか鉄道とか、廉一の知らない話をして聞かせた。廉一は青梅を噛じりながら、まるで催眠術にでもかかったように、じっとその話に聞き入っていた。

その年の梅雨《つゆ》は空《から》梅雨だった。彼等、――年とった癈人《はいじん》と童子《どうじ》とは、烈しい日光や草いきれにもめげず、池を掘ったり木を伐《き》ったり、だんだん仕事を拡げて行った。が、外界の障害にはどうにかこうにか打ち克《か》って行っても、内面の障害だけは仕方がなかった。次男は殆ど幻のように昔の庭を見る事が出来た。しかし庭木の配りとか、或《あるい》は径《みち》のつけ方とか、細かい部分の記憶になると、はっきりした事はわからなかった。彼は時時仕事の最中、突然鍬を杖《つえ》にした儘、ぼんやりあたりを見廻《みまわ》す事があった。「何《こ》したどい？」——廉一は必ず叔父の顔へ、不安らしい目付きを挙げるのだった。「此《こ》処はもとどうなっていつらなあ？」——汗になった叔父はうろうろしながら、何時も亦独《またひと》り語《ごと》しか云わなかった。「この楓《かえで》は此処になかつらと思うがなあ」廉一は唯泥《どろ》まみれの手に、蟻《あり》でも殺すより外はなかった。

内面の障害はそればかりではなかった。次第に夏も深まって来ると、次男は絶え間ない過労の為か頭も何時か混乱して来た。一度掘った池を埋《うず》めたり、松を抜いた跡へ松を植えたり、——そう云う事も度度あった。殊に廉一を怒らせたのは、池の杭《くい》を造る為めに、水際《みずぎわ》の柳を伐った事だった。「この柳はこの間植えたばっかだに」——廉一は叔父を睨《にら》みつけた。「そうだったかなあ。おれには何だかわからなくなってしまった」——叔父は憂鬱《ゆううつ》な目をしながら、日盛りの池を見つめていた。

それでも秋が来た時には、草や木の簇《むら》がった中から、朧《おぼろ》げに庭も浮き上って来た。勿論《もちろん》昔に比べれば、栖鶴軒も見えなかったし、滝の水も落ちてはいなかった。いや、名高い庭師の造った、優美な昔の趣《おもむき》は、殆ど何処にも見えなかった。しかし「庭」は其処にあった。池はもう一度澄んだ水に、円い築山を映していた。松ももう一度洗心亭の前に、悠悠《ゆうゆう》と枝をさしのべていた。が、庭が出来ると同時に、次男は床につき切りになった。熱も毎日下らなければ、体の節節《ふしぶし》も痛むのだった。「あんまり無理ばっかしるせいじゃ」——枕《まくら》もとに坐《すわ》った母は、何度も同じ愚痴を繰り返した。しかし次男は幸福だった。庭には勿論何箇所でも、直したい所が残っていた。が、それは仕方がなかった。兎《と》に角《かく》骨を折った甲斐《かい》だけはある。——其処に彼は満足していた。十年の苦労は諦《あきら》めを教え、諦めは彼を救ったのだった。

その秋の末、次男は誰も気づかない内に、何時か息を引きとっていた。それを見つけたのは廉一だった。彼は大声を挙げながら、縁続きの離れへ走って行った。一家は直《す》ぐに死人のまわりへ、驚いた顔を集めていた。「見ましょ。兄様《あにさま》は笑っているようだに」——三男は母をふり返った。「おや、今日は仏様の障子が明いている」——三男の妻は死人を見ずに、大きい仏壇を気にしていた。

次男の野辺送りをすませた後、廉一はひとり洗心亭に、坐っている事が多くなった。何時も途方に暮れたように、晩秋の水や木を見ながら、………

下

昔はこの宿《しゅく》の本陣だった、中村と云う旧家の庭である。それが旧に復した後《のち》、まだ十年とたたない内に、今度は家ぐるみ破壊された。破壊された跡には停車場《ていしゃば》が建ち、停車場の前には小料理屋が出来た。

中村の本家はもうその頃《ころ》、誰も残っていなかった。母は勿論とうの昔、亡《な》い人の数にはいっていた。三男も事業に失敗した揚句、大阪へ行ったとか云う事だった。

汽車は毎日停車場へ来ては、又停車場を去って行った。停車場には若い駅長が一人、大きい机に向っていた。彼は閑散な事務の合い間に、青い山山を眺《なが》めやったり、土地ものの駅員と話したりした。しかしその話の中にも、中村家の噂《うわさ》は上《のぼ》らなかった。況《いわん》や彼等のいる所に、築山や四阿のあった事は、誰一人考えもしないのだった。

が、その間に廉一は、東京赤坂《あかさか》の或洋画研究所に、油画《あぶらえ》の画架に向っていた。天窓の光、油絵の具の匂《におい》、桃割《ももわれ》に結ったモデルの娘、――研究所の空気は故郷の家庭と、何の連絡もないものだった。しかしブラッシュ*を動かしていると、時時彼の心に浮ぶ、寂しい老人の顔があった。その顔は又微笑しながら、不断の制作に疲れた彼へ、きっとこう声をかけるのだった。「お前はまだ子供の時に、おれの仕事を手伝ってくれた。今度はおれに手伝わせてくれ」……………………

廉一は今でも貧しい中に、毎日油画を描き続けている。三男の噂は誰も聞かない。

（大正十一年七月号『中央公論』）

お富の貞操

一

明治元年五月十四日の午過《ひるす》ぎだった。「官軍は明日夜《あすよ》の明け次第、東叡山彰義隊《とうえいざんしょうぎたい》*を攻撃する。上野界隈《かいわい》の町家《ちょうか》のものは匆匆《そうそう》何処《どこ》へでも立ち退《の》いてしまえ」——そう云《い》う達《たっ》しのあった午過ぎだった。下谷町《したやまち》二丁目*の小間物店《こまものみせ》、古河屋政兵衛《こがやまさべえ》の立ち退いた跡には、台所の隅《すみ》の蚫貝《あわびがい》の前に大きい牡《おす》の三毛猫《みけねこ》が一匹静かに香箱《こうばこ》をつくっていた。*

戸をしめ切った家の中は勿論《もちろん》午過ぎでもまっ暗だった。人音《ひとおと》も全然聞えなかった。唯《ただ》耳にはいるものは連日の雨の音ばかりだった。雨は見えない屋根の上へ時時急に降り注いでは、何時《いつ》か又中空《なかぞら》へ遠のいて行った。猫はその音の高まる度に、琥珀色《こはくいろ》の眼《め》をまん円《まる》にした。竈《かまど》さえわからない台所にも、この時だけは無気味な燐光《りんこう》が見えた。が、ざあっと云う雨音《あまおと》以外に何も変化のない事を知ると、猫はやはり身動きもせずもう一度眼を糸のようにした。

そんな事が何度か繰り返される内に、猫はとうとう眠ったのか、眼を明ける事もしなくなった。しかし雨は相不変《あいかわらず》急になったり静まったりした。八つ、八つ半、*――時はこの雨音の中にだんだん日の暮へ移って行った。

するとセつに迫った時、猫は何かに驚いたように突然眼を大きくした。同時に耳も立てたらしかった。が、雨は今までよりも遥《はる》かに小降りになっていた。往来を馳《は》せ過ぎる駕籠《かご》舁きの声、――その外には何も聞えなかった。しかし数秒の沈黙の後《のち》、まっ暗だった台所は何時《いつ》の間にかぼんやり明るみ始めた。狭い板の間を塞《ふさ》いだ竈、蓋《ふた》のない水瓶《みずがめ》の水光り、荒神《こうじん》の松、*引き窓の綱、――そんな物も順順に見えるようになった。猫は愈《いよいよ》不安そうに、戸を明いた水口《みずぐち》*を睨《にら》みながら、のそりと大きい体を起した。

この時この水口の戸を開いたのは、――いや戸を開いたばかりではない、腰障子《こししょうじ》*もしまいに明けたのは、濡《ぬ》れ鼠《ねずみ》になった乞食《こじき》だった。彼は古い手拭《てぬぐい》をかぶった首だけ前へ伸ばしたなり、少時《しばらく》は静かな家のけはいにじっと耳を澄ませていた。が、人音のないのを見定めると、これだけは真新しい酒筵《さかむしろ》*に鮮かな濡れ色を見せた儘《まま》、そっと台所へ上って来た。猫は耳を平《ひら》めながら、二足三足跡ずさりをした。しかし乞食は驚きもせず後手《うしろで》に障子をしめてから、徐《おもむ》ろに顔の手拭をとった。顔は髭《ひげ》に埋《うず》まった上、膏薬《こうやく》も二三個所貼《かしょは》ってあった。しかし垢《あか》にはまみれていても、眼鼻立ちは寧《むし》ろ尋常だった。

「三毛《みけ》。三毛」

乞食は髪の水を切ったり、顔の滴《しずく》を拭《ぬぐ》ったりしながら、小声に猫の名前を呼んだ。猫はその声に聞き覚えがあるのか、平めていた耳をもとに戻《もど》した。が、まだ其処《そこ》に佇《たたず》んだなり、時時はじろじろ彼の顔へ疑《うたがい》深い眼を注いでいた。その間《あいだ》に酒筵を脱いだ乞食は脛《すね》の色も見えない泥足《どろあし》の儘、猫の前へどっかりあぐらをかいた。

「三毛公。どうした?――誰もいない所を見ると、貴様《きさま》だけ置き去りを食わされたな」

乞食は独り笑いながら、大きい手に猫の頭を撫《な》でた。猫はちょいと逃げ腰になった。が、それぎり飛び退《の》きもせず、反《かえ》って其処へ坐《すわ》ったなり、だんだん眼さえ細め出した。乞食は猫を撫でやめると、今度は古湯《ふるゆ》帷子《かた》の懐《ふところ》から、油光りのする短銃を出した。そうして覚束《おぼつか》ない薄明りの中に、引き金の具合を検《しら》べ出した。「いくさ」の空気の漂った、人気《ひとけ》のない家の台所に短銃をいじっている一人の乞食――それは確かに小説じみた、物珍らしい光景に違いなかった。しかし薄眼になった猫はやはり背中を円くした儘、一切《いっさい》の秘密を知っているように、冷然と坐っているばかりだった。

「明日《あす》になるとな、三毛公、この界隈《かいわい》へも雨のように鉄砲の玉が降って来るぞ。そいつに中《あた》ると死んじまうから、明日はどんな騒ぎがあっても、一日縁の下に隠れていろよ。……」

乞食は短銃を検べながら、時時猫に話しかけた。

「お前とも永い御馴染《おなじみ》だな。が、今日が御別れだぞ、明日はお前にも大厄日《だいやくび》だ。おれも明日は死ぬかも知れない。よし又死なずにすんだところが、この先二度とお前と一しょに掃溜《はきだ》めあさりはしないつもりだ。そうすればお前は大喜びだろう」

その内に雨は又一きり、騒がしい音を立て始めた。雲も棟瓦《むねがわら》を煙らせる程、近近《ちかぢか》と屋根に押し迫ったのであろう。台所に漂った薄明りは、前よりも一層かすかになった。が、乞食は顔も挙げず、やっと検べ終った短銃へ、丹念に弾薬を装塡《そうてん》していた。

「それとも名残《なご》りだけは惜しんでくれるか？ いや、猫と云うやつは三年の恩も忘れると云うから、お前も当てにはならなそうだな。——が、まあ、そんな事はどうでも好《い》いや。唯《ただ》おれもいないとすると、——」

乞食は急に口を噤《つぐ》んだ。途端に誰か水口の外へ歩み寄ったらしいけはいがした。短銃をしまうのと振り返るのと、乞食にはそれが同時だった。いや、その外に水口の障子ががらりと明けられたのも同時だった。乞食は咄嗟《とっさ》に身控《みびか》えながら、まともに闖入《ちんにゅう》者《しゃ》と眼を合せた。

すると障子を明けた誰かは乞食の姿を見るが早いか、反って不意を打《う》たれたように、「あっ」とかすかな叫び声を洩《も》らした。それは素裸足《すはだし》に大黒傘《だいこくがさ》*を下げた、まだ年の若い女だった。彼女は殆《ほとん》ど衝動的に、もと来た雨の中へ飛び出そうとした。が、最初の驚きから、やっと勇気を恢復《かいふく》すると、台所の薄明りに透かしながら、じっと乞食の顔を覗《のぞ》きこんだ。

乞食は呆気《あっけ》にとられたのか、古湯帷子の片膝《かたひざ》を立てた儘、まじまじ相手を見守っていた。もうその眼にもさっきのように、油断のない気色《けしき》は見えなかった。二人は黙然《もくねん》と少時《しばらく》の間、互《たがい》に眼と眼を見合せていた。

「何だい、お前は新公《しんこう》じゃないか？」

彼女は少し落ち着いたように、こう乞食へ声をかけた。乞食はにやにや笑いながら、二三度彼女へ頭を下げた。

「どうも相済《あいす》みません。あんまり降りが強いもんだから、つい御留守《おるす》へはいこみましたがね、――何、格別明き巣狙《ねら》いに宗旨《しゅうし》を変えた訳でもないんです」＊

「驚かせるよ、ほんとうに。――いくら明き巣狙いじゃないと云ったって、図図《ずうずう》しいにも程があるじゃないか？」

彼女は傘《かさ》の滴を切り切り、腹立たしそうにつけ加えた。

「さあ、こっちへ出ておくれよ。わたしは家《うち》へはいるんだから」

「へえ、出ます。出ろと仰有《おっしゃ》らないでも出ますがね。姐《ねえ》さんはまだ立ち退《の》かなかったんですかい？」

「立ち退いたのさ。立ち退いたんだけれども、――そんな事はどうでも好《い》いじゃないか？」

「すると何か忘れ物でもしたんですね。――まあ、こっちへおはいんなさい。其処では雨がかかりますぜ」

彼女はまだ業腹《ごうはら》そうに、乞食の言葉には返事もせず、水口の板の間へ腰を下した。それから流しへ泥足を伸ばすと、ざあざあ水をかけ始めた。平然とあぐらをかいた乞食は髭《ひげ》だらけの顋《あご》をさすりながら、じろじろその姿を眺《なが》めていた。彼女は色の浅黒い、鼻のあたりに雀斑《そばかす》のある、田舎者らしい小女《こおんな》だった。なりも召使いに相応な手織木綿《ておりもめん》の一重物《ひとえもの》に、小倉《こくら》の帯しか＊していなかった。が、活《い》き活きした眼鼻立ちや、堅肥《かたぶと》りの体つきには、何処か新しい桃《もも》や梨《なし》を聯想《れんそう》させる美しさがあった。

「この騒ぎの中を取りに返るのじゃ、何か大事の物を忘れたんですね。何です、その忘れ物は？　え、姐《ねえ》さん。――お富《とみ》さん」

新公は又尋ね続けた。

「何だって好いじゃないか？　それよりさっさと出て行っておくれよ」

お富の返事は突慳貪《つっけんどん》だった。が、ふと何か思いついたように、新公の顔を見上げると、真面目《まじめ》にこんな事を尋ね出した。

「新公、お前、家《うち》の三毛を知らないかい？」

「三毛？　三毛は今此処《ここ》に、――おや、何処へ行きやがったろう？」

乞食はあたりを見廻《みまわ》した。すると猫は何時の間にか、棚《たな》の擂鉢《すりばち》や鉄鍋《てつなべ》の間に、ちゃんと香箱をつくっていた。その姿は新公と同時に、忽《たちま》ちお富にも見つかったのであろう。彼女は柄杓《ひしゃく》を捨てるが早いか、乞食の存在も忘れたように、板の間の上に立ち上った。そうして晴れ晴れと微笑しながら、棚の上の猫を呼ぶようにした。

新公は薄暗い棚の上の猫から、不思議そうにお富へ眼を移した。

「猫ですかい、姐さん、忘れ物と云うのは？」

「猫じゃ悪いのかい？――三毛、三毛、さあ、下りて御出《おい》で」

新公は突然笑い出した。その声は雨音の鳴り渡る中に殆ど気味の悪い反響を起した。と、お富はもう一度、腹立たしさに頰《ほお》を火照《ほて》らせながら、いきなり新公に怒鳴《どな》りつけた。

「何が可笑《おか》しいんだい？　家《うち》のお上《かみ》さんは三毛を忘れて来たって、気違いの様になっているんじゃないか？　三毛が殺されたらどうしようって、泣き通しに泣いているんじゃないか？　わたしもそれが可哀《かあい》そうだから、雨の中をわざわざ帰って来たんじゃないか？——」

「ようござんすよ、もう笑いはしませんよ」

新公はそれでも笑い笑い、お富の言葉を遮《さえぎ》った。

「もう笑いはしませんがね。まあ、考えて御覧なさい。明日《あす》にも『いくさ』が始まろうと云うのに、高が猫の一匹や二匹——これはどう考えたって、可笑しいのに違いありませんや。お前さんの前だけれども、一体此処のお上さん位、わからずやのしみったれはありませんぜ。第一あの三毛公を探しに、……」

「お黙りよ！　お上さんの讒訴《ざんそ》*なぞは聞きたくないよ！」

お富は殆どじだんだを踏んだ。が、乞食は思いの外彼女の権幕には驚かなかった。のみならずしげしげ彼女の姿に無遠慮な視線を注いでいた。実際その時の彼女の姿は野蛮な美しさそのものだった。雨に濡《ぬ》れた着物や湯巻《ゆまき》*、——それらは何処を眺めても、ぴったり肌《はだ》についているだけ、露《あら》わに肉体を語っていた。しかも一目《ひとめ》に処女を感ずる、若若しい肉体を語っていた。新公は彼女に目を据《す》えたなり、やはり笑い声に話し続けた。

「第一あの三毛公を探しに、お前さんをよこすのでもわかっていまさあ。ねえ、そうじゃありませんか？　今じゃもう上野界隈、立ち退かない家《うち》はありませんや。して見れば町家《ちょうか》は並んでいても、人のいない町原《まちばら》と同じ事だ。まさか狼《おおかみ》も出まいけれども、どんな危《あぶな》い目に遇《あ》うかも知れない。——と、まず云ったものじゃありませんか？」

「そんな余計な心配をするより、さっさと猫をとっておくれよ。——これが『いくさ』でも始まりゃしまいし、何が危い事があるものかね」

「冗談云っちゃいけません。若い女の一人歩きが、こう云う時に危くなけりゃ、危いと云う事はありませんや。早い話が此処にいるのは、お前さんとわたしと二人っきりだ。万一わたしが妙な気でも出したら、姐《ねえ》さん、お前さんはどうしなさるね？」

新公はだんだん冗談だか、真面目だか、わからない口調になった。しかし澄んだお富の目には、恐怖らしい影さえ見えなかった。唯その頬には、さっきよりも、一層血の色がさしたらしかった。

「何だい、新公、——お前はわたしを嚇《おど》かそうって云うのかい？」

お富は彼女自身嚇かすように、一足新公の側《そば》へ寄った。

「嚇かすえ？　嚇かすだけならば好《い》いじゃありませんか？　肩に金切《きんぎ》れなんぞくっつけていたって、風《ふう》の悪いやつらも多い世の中だ。ましてわたしは乞食ですぜ。嚇かすばかりとは限りませんや。もしほんとうに妙な気を出したら、……」

新公は残らず云わない内に、したたか頭を打ちのめされた。お富は何時《いつ》か彼の前に、大黒傘をふり上げていたのだった。

「生意気な事をお云いでない」

お富は又新公の頭へ、力一ぱい傘を打ち下した。新公は咄嗟《とっさ》に身を躱《かわ》そうとした。が、傘はその途端に、古湯帷子《ふるゆかた》の肩を打ち据えていた。この騒ぎに驚いた猫は、鉄鍋を一つ蹴落《けおと》しながら、荒神の棚へ飛び移った。と同時に荒神の松や油光りのする燈明《とうみょう》皿《ざら》も、新公の上へ転げ落ちた。新公はやっと飛び起きる前に、まだ何度もお富の傘に、打ちのめされずにはすまなかった。

「こん畜生！　こん畜生！」

お富は傘を揮《ふる》い続けた。が、新公は打たれながらも、とうとう傘を引ったくった。のみならず傘を投げ出すが早いか猛然とお富に飛びかかった。二人は狭い板の間の上に、少時《しばらく》の間掴《つか》み合った。この立ち廻りの最中に、雨は又台所の屋根へ、凄《すさ》まじい音を輳《あつ》め出した。光も雨音の高まるのと一しょに、見る見る薄暗さを加えて行った。新公は打たれても、引っ掻《か》かれても、遮二無二《しゃにむに》お富を扭《ね》じ伏せようとした。しかし何度か仕損じた後、やっと彼女に組み付いたと思うと、突然又弾《はじ》かれたように、水口の方へ飛びすさった。

「この阿魔《あま》あ！………」

新公は障子を後ろにしたなり、じっとお富を睨《にら》みつけた。何時か髪も壊《こわ》れたお富は、べったり板の間に坐りながら、帯の間に挟《はさ》んで来たらしい剃刀《かみそり》を逆手《さかて》に握っていた。それは殺気を帯びてもいれば、同時に又妙に艶《なま》めかしい、云わば荒神の棚の上に、背を高めた猫と似たものだった。二人はちょいと無言の儘、相手の目の中《うち》を窺《うかが》い合った。が、新公は一瞬の後《のち》、わざとらしい冷笑を見せると、懐《ふところ》からさっきの短銃を出した。

「さあ、いくらでもじたばたして見ろ」

短銃の先は徐《おもむ》ろに、お富の胸のあたりへ向った。それでも彼女は口惜《くや》しそうに、新公の顔を見つめたきり、何とも口を開かなかった。新公は彼女が騒がないのを見ると、今度は何か思いついたように、短銃の先を上に向けた。その先には薄暗い中に、琥珀《こはく》色《いろ》の猫の目が仄《ほの》めいていた。

「好《い》いかい？　お富さん。――」

新公は相手をじらすように、笑いを含んだ声を出した。

「この短銃がどんと云うと、あの猫が逆様《さかさま》に転げ落ちるんだ。お前さんにしても同じ事だぜ、そら好いかい？」

引き金はすんでに落ちようとした。

「新公！」

突然お富は声を立てた。

「いけないよ。打っちゃいけない」

新公はお富へ目を移した。しかしまだ短銃の先は、三毛猫に狙《ねら》いを定めていた。

「いけないのは知れた事だ」

「打っちゃ可哀そうだよ。三毛だけは助けてやっておくれ」

お富は今までとは打って変った、心配そうな目つきをしながら、心もち震える脣《くちびる》の間に、細かい歯並みを覗《のぞ》かせていた。新公は半ば嘲《あざけ》るように、又半ば訝《いぶか》るように、彼女の顔を眺めたなり、やっと短銃の先を下げた。と同時にお富の顔には、ほっとした色が浮んで来た。

「じゃ猫は助けてやろう。その代り。――」

新公は横柄《おうへい》に云い放った。

「その代りお前さんの体を借りるぜ」

お富はちょいと目を外《そ》らせた。一瞬間彼女の心の中《うち》には、憎しみ、怒り、嫌悪《けんお》、悲哀、その外いろいろの感情がごったに燃え立って来たらしかった。新公はそう云う彼女の変化に注意深い目を配りながら、横歩きに彼女の後ろへ廻ると茶の間の障子を明け放った。茶の間は台所に比べれば、勿論《もちろん》一層薄暗かった。が、立ち退《の》いた跡と云う条《じょう》、取り残した茶簞笥《ちゃだんす》や長火鉢《ながひばち》は、その中にもはっきり見る事が出来た。新公は其処に佇《たたず》んだ儘、かすかに汗ばんでいるらしい、お富の襟《えり》もとへ目を落した。するとそれを感じたのか、お富は体を捻《ねじ》るように、後ろにいる新公の顔を見上げた。彼女の顔にはもう何時の間にか、さっきと少しも変らない、活き活きした色が返っていた。しかし新公は狼狽《ろうばい》したように、妙な瞬《また》きを一つしながら、いきなり又猫へ短銃を向けた。

「いけないよ。いけないってば。――」

お富は彼を止めると同時に、手の中《うち》の剃刀《かみそり》を板の間へ落した。

「いけなけりゃあすこへお行きなさいな」

新公は薄笑いを浮べていた。

「いけ好かない!」

お富は忌忌《いまいま》しそうに呟《つぶや》いた。が、突然立上ると、ふて腐れた女のするように、さっさと茶の間へはいって行った。新公は彼女の諦《あきら》めの好《い》いのに、多少驚いた容子《ようす》だった。雨はもうその時には、ずっと音をかすめていた。おまけに雲の間には、夕日の光でもさし出したのか、薄暗かった台所も、だんだん明るさを加えて行った。新公はその中に佇《たたず》みながら、茶の間のけはいに聞き入っていた。小倉《こくら》の帯の解かれる音、畳の上へ寝たらしい音。――それぎり茶の間はしんとしてしまった。

新公はちょいとためらった後、薄明るい茶の間へ足を入れた。茶の間のまん中にはお富が一人、袖《そで》に顔を蔽《おお》った儘、じっと仰向けに横たわっていた。（四十一字欠）新公はその姿を見るが早いか、逃げるように台所へ引き返した。彼の顔には形容の出来ない、妙な表情が漲《みなぎ》っていた。それは嫌悪のようにも見えれば、恥じたようにも見える色だった。彼は板の間へ出たと思うと、まだ茶の間へ背を向けたなり、突然苦しそうに笑い出した。

「冗談だ。お富さん。冗談だよ。もうこっちへ出て来ておくんなさい。……」

——何分かの後、懐に猫を入れたお富は、もう傘を片手にしながら、破《や》れ筵《むしろ》を敷いた新公と、気軽に何か話していた。

「姐《ねえ》さん。わたしは少しお前さんに、訊《き》きたい事があるんですがね。——」

新公はまだ間《ま》が悪そうに、お富の顔を見ないようにしていた。

「何をさ！」

「何をって事もないんですがね。——まあ肌身を任せると云えば、女の一生じゃ大変な事だ。それをお富さん、お前さんは、その猫の命と懸《か》け替《がえ》に、——こいつはどうもお前さんにしちゃ、乱暴すぎるじゃありませんか？」

新公はちょいと口を噤《つぐ》んだ。がお富は頬笑《ほほえ》んだぎり、懐の猫を劬《いたわ》っていた。

「そんなにその猫が可愛《かあい》いんですかい？」

「そりゃ三毛も可愛いしね。――」

お富は煮え切らない返事をした。

「それとも又お前さんは、近所でも評判の主人思いだ。三毛が殺されたとなった日にゃ、この家《うち》の上《かみ》さんに申し訳がない。――と云う心配でもあったんですかい？」

「ああ、三毛も可愛いしね。お上さんも大事にゃ違いないんだよ。けれどもただわたしはね。――」

お富は小首を傾けながら、遠い所でも見るような目をした。

「何と云えば好いんだろう？　唯あの時はああしないと、何だかすまない気がしたのさ」

――更に又何分かの後、一人になった新公は、古湯帷子の膝《ひざ》を抱いた儘、ぼんやり台所に坐っていた。暮色《ぼしょく》は疎《まば》らな雨の音の中に、だんだん此処へも迫って来た。引き窓の綱、流し元の水瓶《みずがめ》、――そんな物も一つずつ見えなくなった。と思うと上野の鐘が、一杵《いっしょ》*ずつ雨雲にこもりながら、重苦しい音を拡《ひろ》げ始めた。新公はその音に驚いたように、ひっそりしたあたりを見廻した。それから手さぐりに流し元へ下りると、柄《ひ》杓《しゃく》になみなみと水を酌《く》んだ。

「村上新三郎源《むらかみしんざぶろうみなもと》の繁光《しげみつ》、今日だけは一本やられたな」

彼はそう呟きざま、うまそうに黄昏《たそがれ》の水を飲んだ。……………………

＊　　＊　　＊　　＊　　＊

明治二十三年三月二十六日、お富は夫や三人の子供と、上野の広小路《ひろこうじ》を歩いていた。その日は丁度竹《たけ》の台《だい》＊に、第三回内国博覧会＊の開会式が催される当日だった。おまけに桜も黒門《くろもん》＊のあたりは、もう大抵開いていた。だから広小路の人通りは、殆《ほと》ど押し返さないばかりだった。其処へ上野の方からは、開会式の帰りらしい馬車や人力車《じんりきしゃ》の行列が、しっきりなしに流れて来た。前田正名《まえだまさな》＊、田口卯吉《たぐちうきち》＊、渋沢栄一《しぶさわえいいち》＊、辻新次《つじしんじ》＊、岡倉覚三《おかくらかくぞう》＊、下条正雄《しもじょうまさお》＊――その馬車や人力車の客には、そう云う人人も交《まじ》っていた。

五つになる次男を抱いた夫は、袂《たもと》に長男を縋《すが》らせた儘、目まぐるしい往来の人通りをよけよけ、時時ちょいと心配そうに、後ろのお富を振り返った。お富は長女の手をひきながら、その度に晴れやかな微笑《ほほえみ》を見せた。勿論《もちろん》二十年の歳月は、彼女にも老《おい》を齎《もたら》していた。しかし目の中《うち》に冴《さ》えた光は昔と余り変らなかった。彼女は明治四五《しご》年頃に、古河屋政兵衛の甥《おい》に当る、今の夫と結婚した。夫はその頃は横浜に、今は銀座の何丁目かに、小さい時計屋の店を出していた。……………

お富はふと目を挙げた。その時丁度さしかかった、二頭立ちの馬車の中には、新公が悠悠《ゆうゆう》と坐《すわ》っていた。新公が、――尤《もっと》も今の新公の体は、駝鳥《だちょう》の羽根の前立《まえだて》*だの、厳《いか》めしい金モオルの飾緒《かざりお》*だの、大小幾つかの勲章だの、いろいろの名誉の標章に埋《うず》まっているようなものだった。しかし半白《はんぱく》の髯《ひげ》の間に、こちらを見ている赭《あか》ら顔《がお》は、往年の乞食に違いなかった。お富は思わず足を緩《ゆる》めた。が、不思議にも驚かなかった。新公は唯《ただ》の乞食ではない。――そんな事はなぜかわかっていた。顔のせいか、言葉のせいか、それとも持っていた短銃のせいか、兎《と》に角《かく》わかってはいたのだった。お富は眉《まゆ》も動かさずに、じっと新公の顔を眺めた。新公も故意か偶然か、彼女の顔を見守っていた。二十年以前の雨の日の記憶は、この瞬間お富の心に、切《せつ》ない程はっきり浮んで来た。彼女はあの日無分別《むふんべつ》にも、一匹の猫を救う為に、新公に体を任《まか》そうとした。その動機は何だったか、――彼女はそれを知らなかった。新公は亦《また》そう云う羽目にも、彼女が投げ出した体には、指さえ触れる事を肯《がえん》じなかった。その動機は何だったか、――それも彼女は知らなかった。が、知らないのにも関《かかわ》らず、それらは皆お富には、当然すぎる程当然だった。彼女は馬車とすれ違いながら、何か心の伸びるような気がした。

新公の馬車の通り過ぎた時、夫は人ごみの間から、又お富を振り返った。彼女はやはりその顔を見ると、何事もないように頬笑んで見せた。活き活きと、嬉《うれ》しそうに。

…………

（大正十一年五、九月号『改造』）

雛《ひな》

箱を出る顔忘れめや雛二対《につい》

蕪《ぶ》村《そん》

これは或《ある》老女の話である。

……横浜の或亜米利加《アメリカ》人へ雛《ひな》を売る約束の出来たのは十一月頃《ごろ》のことでございます。紀《き》の国屋《くにや》と申したわたしの家は親代代諸大名のお金御用*を勤めて居《お》りましたし、殊《こと》に紫竹《しちく》とか申した祖父は大通《だいつう》*の一人にもなって居りましたから、雛もわたしのではございますが、中中見事に出来て居りました。まあ、申さば、内裏雛《だいりびな》は女雛《めびな》の冠《かんむり》の瓔《よう》珞《らく》*にも珊瑚《さんご》がはいって居りますとか、男雛《おびな》の塩瀬《しおぜ》*の石帯《せきたい》*にも定紋《じょうもん》と替え紋*とが互違いに繡《ぬ》いになって居りますとか、――そう云《い》う雛だったのでございます。

それさえ売ろうと申すのでございますから、わたしの父、――十二代目の紀の国屋伊兵衛《いへえ》はどの位手もとが苦しかったか、大抵御推量にもなれるでございましょう。何しろ徳川家の御瓦解《ごがかい》*以来、御用金*を下げて下すったのは加州様*ばかりでございます。それも三千両の御用金の中《うち》、百両しか下げては下さいません。因州様*などになりますと、四百両ばかりの御用金のかたに*赤間《あかま》が石《せき》の硯《すずり》*を一つ下すっただけでございました。

その上火事には二三度も遇《あ》いますし、蝙蝠傘屋《こうもりがさや》などをやりましたのも皆手違いになりますし、当時はもう目ぼしい道具もあらかた一家の口すごしに売り払っていたのでございます。

其処《そこ》へ雛でも売ったらと父へ勧めてくれましたのは丸佐《まるさ》と云う骨董屋《こっとうや》の、……もう故人になりましたが、禿《は》げ頭《あたま》の主人でございます。この丸佐の禿げ頭位、可笑《おか》しかったものはございません。と申すのは頭のまん中に丁度按摩膏《あんまこう》*を貼《は》った位、入れ墨*がしてあるのでございます。これは何でも若い時分、ちょいと禿げを隠す為《ため》に彫らせたのだそうでございますが、生憎《あいにく》その後頭の方は遠慮なしに禿げてしまいましたから、この脳天の入れ墨だけ取り残されることになったのだとか、当人自身申して居りました。……そう云うことは兎《と》も角《かく》も、父はまだ十五のわたしを可哀《かわい》そうに思ったのでございましょう、度度《たびたび》丸佐に勧められても、雛を手放すことだけはためらっていたようでございます。

それをとうとう売らせたのは英吉《えいきち》と申すわたしの兄、……やはり故人になりましたが、その頃まだ十八だった、癇《かん》の強い兄でございます。兄は開化人*とでも申しましょうか、英語の読本《とくほん》を離したことのない政治好きの青年でございました。これが雛の話になると、雛祭などは旧弊だとか、あんな実用にならない物は取って置いても仕方がないとか、いろいろけなすのでございます。その為に兄は昔風の母とも何度口論をしたかわかりません。しかし雛を手放しさえすれば、この大歳《おおとし》の凌《しの》ぎ*だけはつけられるのに違いございませんから、母も苦しい父の手前、そうは強いことばかりも申されなかったのでございましょう。雛は前にも申しました通り、十一月の中旬にはとうとう横浜の亜米利加人へ売り渡すことになってしまいました。何、わたしでございますか？　それは駄駄《だだ》もこねましたが、お転婆《てんば》だったせいでございましょう。その割にはあまり悲しいとも思わなかったものでございます。父は雛を売りさえすれば、紫繻子《むらさきじゅす》の帯を一本買ってやると申して居りましたから。……

その約束の出来た翌晩、丸佐は横浜へ行った帰りに、わたしの家へ参りました。

わたしの家と申しましても、三度目の火事に遇った後《のち》は普請《ふしん》もほんとうには参りません。焼け残った土蔵を一家の住居《すまい》に、それへさしかけて仮普請を見世《みせ》にしていたのでございます。尤《もっと》も当時は俄仕込《にわかじこ》みの薬屋をやって居りましたから、正徳丸《しょうとくがん》*とか安経《あんけい》湯《とう》*とか或《あるい》は又胎毒散《たいどくさん》*とか、——そう云う薬の金看板*だけは薬箪笥《くすりだんす》の上に並んで居りました。其処に又無尽燈《むじんとう》*がともっている、……と申したばかりでは多分おわかりになりますまい。無尽燈と申しますのは石油の代りに種油を使う旧式のランプでございます。可笑しい話でございますが、わたしは未《いま》だに薬種《やくしゅ》の匂《におい》、——陳皮《ちんぴ》*や大黄《だいおう》*の匂がすると、必《かならず》この無尽燈を思い出さずには居られません。現にその晩も無尽燈は薬種の匂の漂った中に、薄暗い光を放って居りました。

頭の禿げた丸佐の主人はやっと散切《ざんぎ》りになった父と、無尽燈を中に坐《すわ》りました。

「では確かに半金だけ、……どうかちょいとお検《あらた》め下さい」

時候の挨拶《あいさつ》をすませて後《のち》、丸佐の主人がとり出したのは紙包みのお金でございます。その日に手つけを貰《もら》うことも約束だったのでございましょう。父は火鉢《ひばち》へ手をやったなり、何も云わずに時儀《じぎ》*をしました。丁度この時でございます。わたしは母の云いつけ通り、お茶のお給仕に参りました。ところがお茶を出そうとすると、丸佐の主人は大声で、「そりゃあいけません。それだけはいけません」と、突然こう申すではございませんか？　わたしはお茶がいけないのかと、ちょいと呆気《あっけ》にもとられましたが、丸佐の主人の前を見ると、もう一つ紙に包んだお金がちゃんと出ているのでございます。

「これゃあほんの軽少だが、志《こころざし》はまあ志だから、……」

「いえ、もうお志は確かに頂きました。が、こりゃあどうかお手もとへ、……」

「まあさ、……そんなに又恥をかかせるもんじゃあない」

「冗談仰有《おっしゃ》っちゃあいけません。檀那《だんな》こそ恥をおかかせなさる。何も赤の他人じゃあなし、大檀那以来お世話になった丸佐のしたことじゃあごわせんか？　まあ、そんな水っ臭いことを仰有らずに、これだけはそちらへおしまいなすって下さい。……おや、お嬢さん。今晩は、おうおう、今日は蝶蝶髷《ちょうちょうまげ》*が大へん綺麗《きれい》にお出来なすった！」

わたしは別段何の気なしに、こう云う押し問答を聞きながら、土蔵の中へ帰って来ました。

土蔵は十二畳も敷かりましょうか？　可也《かなり》広うございましたが、簞笥もあれば長火鉢《ながひばち》もある、長持《ながもち》もあれば置戸棚《おきとだな》もある、——と云う体裁《ていさい》でございましたから、ずっと手狭な気がしました。そう云う家財道具の中にも、一番人目につき易《やす》いのは都合三十幾つかの総桐《そうぎり》の箱でございます。もとより雛の箱と申すことは申し上げるまでもございますまい。これが何時《いつ》でも引き渡せるように、窓した壁に積んでございました。こう云う土蔵のまん中に、無尽燈は見世へとられましたから、ぼんやり行燈《あんどう》がともっている、——その昔じみた行燈の光に、母は振り出しの袋を縫い、*兄は小さい古机に例の英語の読本か何か調べているのでございます。それには変ったこともございません。が、ふと母の顔を見ると、母は針を動かしながら、伏し眼《め》になった睫毛《まつげ》の裏に涙を一ぱいためて居ります。

お茶のお給仕をすませたわたしは母に褒《ほ》めて貰うことを楽しみに……と云うのは大《おお》

袈裟《げさ》にしろ、待ち設ける気もちはございました。其処へこの涙でございましょう？　わたしは悲しいと思うよりも、取りつき端《は》に困ってしまいましたから、出来るだけ母を見ないように、兄のいる側《そば》へ坐りました。すると急に眼を挙げたのは兄の英吉でございます。兄はちょいとけげんそうに母とわたしとを見比べましたが、忽《たちま》ち妙な笑い方をすると、又横文字を読み始めました。わたしはまだこの時位、開化を鼻にかける兄を憎んだことはございません。お母さんを莫迦《ばか》にしている、——一図《いちず》にそう思ったのでございます。わたしはいきなり力一ぱい、兄の背中をぶってやりました。

「何をする？」

兄はわたしを睨《にら》みつけました。

「ぶってやる！　ぶってやる！」

わたしは泣き声を出しながら、もう一度兄をぶとうとしました。その時はもう何時の間にか、兄の癇癖《かんぺき》の強いことも忘れてしまったのでございます。が、まだ挙げた手を下さない中《うち》に、兄はわたしの横鬢《よこびん》へぴしゃりと平手を飛ばせました。

「わからず屋！」

わたしは勿論《もちろん》泣き出しました。と同時に兄の上にも物差しが降ったのでございましょう。兄は直《すぐ》と威《い》丈高《たけだか》に母へ食ってかかりました。母もこうなれば承知しません。低い声を震わせながら、さんざと兄と云い合いました。

そう云う口論の間中、わたしは唯《ただ》悔やし泣きに泣き続けていたのでございます。丸佐の主人を送り出した父が無尽燈を持った儘《まま》、見世からこちらへはいって来る迄《まで》は。……いえ、わたしばかりではございません。兄も父の顔を見ると、急に黙ってしまいました。口数を利《き》かない父位、わたしはもとより当時の兄にも、恐しかったものはございませんから。……

その晩雛は今月の末、残りの半金を受け取ると同時に、あの横浜の亜米利加人へ渡してしまうことにきまりました。何、売り価《ね》でございますか？　今になって考えますと、莫迦莫迦しいようでございますが、確か三十円とか申して居りました。それでも当時の諸式*にすると、ずいぶん高価には違いございません。

その内に雛を手放す日はだんだん近づいて参りました。わたしは前にも申しました通り、格別それを悲しいとは思わなかったものでございます。ところが一日一日と約束の日が迫って来ると、何時か雛と別れるのはつらいように思い出しました。しかし如何《いか》に子供とは申せ、一旦《いったん》手放すときまった雛を手放さずにすもうとは思いません。唯人手に渡す前に、もう一度よく見て置きたい。内裏雛、五人囃《ごにんばや》し、左近《さこん》の桜、右近《うこん》の橘《たちばな》、雪洞《ぼんぼり》、屛風《びょうぶ》、蒔絵《まきえ》の道具、*――もう一度この土蔵の中にそう云う物を飾って見たい、――と申すのが心願でございました。が、性来一徹な父は何度わたしにせがまれても、これだけのことを許しません。「一度手附けをとったとなりゃあ、何処《どこ》にあろうが人様のものだ。人様のものはいじるもんじゃあない」――こう申すのでございます。

　するともう月末に近い、大風の吹いた日でございます。母は風邪《ふうじゃ》に罹《かか》ったせいか、それとも又下脣《したくちびる》に出来た粟粒程《あわつぶほど》の腫物《はれもの》のせいか、気持が悪いと申したぎり、朝の御飯も頂きません。わたしと台所を片づけた後《のち》は片手に額を抑えながら、唯《ただ》じっと長火鉢の前に俯向《うつむ》いているのでございます。ところがかれこれお午《ひる》時分、ふと顔を擡《もた》げたのを見ると、腫物のあった下脣だけ、丁度赤いお薩*のように脹《は》れ上っているではございませんか？　しかも熱の高いことは妙に輝いた眼の色だけでも、直《すぐ》とわかるのでございます。これを見たわたしの驚きは申す迄もございません。わたしは殆《ほとん》ど無我夢中に、父のいる見世へ飛んで行きました。

「お父さん！　お父さん！　お母さんが大変ですよ」

　父は、……それから其処にいた兄も父と一しょに奥へ来ました。が、恐しい母の顔には呆気にとられたのでございましょう。ふだんは物に騒がぬ父さえ、この時だけは茫然《ぼうぜん》としたなり、口も少時《しばらく》は利かずに居りました。しかし母はそう云う中にも、一生懸命に微笑しながら、こんなことを申すのでございます。

「何、大したことはありますまい。唯ちょいとこのお出来に爪《つめ》をかけただけなのですから、……今御飯の支度《したく》をします」

「無理をしちゃあいけない。御飯の支度なんぞはお鶴《つる》にも出来る」

父は半ば叱《しか》るように、母の言葉を遮《さえぎ》りました。

「英吉！　本間さんを呼んで来い！」

兄はもうそう云われた時には、一散《いっさん》に大風の見世の外へ飛び出して居《お》ったのでございます。

本間さんと申す漢法医、――兄は始終藪医者《やぶいしゃ》などと莫迦にした人でございますが、その医者も母を見た時には、当惑そうに、腕組みをしました。聞けば母の腫物は面疔《めんちょう》*だと申すのでございますから。……もとより面疔も手術さえ出来れば、恐しい病気ではございますまい。が、当時の悲しさには手術どころの騒ぎではございません。唯煎薬《せんやく》を飲ませたり、蛭《ひる》に血を吸わせたり、――そんなことをするだけでございます。父は毎日枕《まくら》もとに、本間さんの薬を煎じました。兄も毎日十五銭ずつ、蛭を買いに出かけました。わたしも、……わたしは兄に知れないように、つい近所のお稲荷様《いなりさま》へお百度を践《ふ》みに通いました。*――そう云う始末でございますから、雛のことも申しては居られません。いえ、一時わたしを始め、誰もあの壁側に積んだ三十ばかりの総桐の箱には眼もやらなかったのでございます。

ところが十一月の二十九日、——愈《いよいよ》雛と別れると申す一日前のことでございます。わたしは雛と一しょにいるのも、今日が最後だと考えると、殆ど矢も楯《たて》もたまらない位、もう一度箱が明けたくなりました。が、どんなにせがんだにしろ、父は不承知に違いありません。すると母に話して貰う、——わたしは直《すぐ》にそう思いましたが、何しろその後母の病気は前よりも一層重《おも》って居ります。食べ物もおも湯を啜《すす》る外は一切《いっさい》喉《のど》を通りません。殊にこの頃は口中へも、絶えず血の色を交えた膿《うみ》がたまるようになったのでございます。こう云う母の姿を見ると、如何に十五の小娘にもせよ、わざわざ雛を飾りたいなどとは口へ出す勇気も起りません。わたしは朝から枕もとに、母の機《き》嫌《げん》を伺い伺い、とうとうお八《や》つになる頃迄は何も云い出さずにしまいました。

しかしわたしの眼の前には金網を張った窓の下に、例の総桐の雛の箱が積み上げてあるのでございます。そうしてその雛の箱は今夜一晩過ごしたが最後、遠い横浜の異人屋敷へ、……ことによれば亜米利加へも行ってしまうのでございます。そんなことを考えると、愈我慢は出来ますまい。わたしは母の眠ったのを幸い、そっと見世へ出かけました。見世は日当りこそ悪いものの、土蔵の中に比べれば、往来の人通りが見えるだけでも、まだしも陽気でございます。其処に父は帳合い*を検《しら》べ、兄はせっせと片隅《かたすみ》の薬研《やげん》*に甘草《かんぞう》*か何かを下《おろ》して居りました。

「ねえ、お父さん。後生《ごしょう》一生のお願いだから、……」

わたしは父の顔を覗《のぞ》きこみながら、毎時《いつ》もの頼みを持ちかけました。が、父は承知するどころか、相手になる気色《けしき》もございません。

「そんなことはこの間も云ったじゃあないか？……おい、英吉！　お前、今日は明るい内に、ちょいと丸佐へ行って来てくれ」

「丸佐へ？……来てくれと云うんですか？」

「何、ランプを一つ持って来て貰うんだが、……お前、帰りに貰って来ても好《い》い」

「だって丸佐にランプはないでしょう？」

父はわたしをそっちのけに、珍しい笑い顔を見せました。

「燭台《しょくだい》か何かじゃああるまいし、……ランプは買ってくれって頼んであるんだ。わたしが買うよりゃあ確《たしか》だから」

「じゃあもう無尽燈はお廃止ですか？」

「あれももうお暇の出し時だろう」

「古いものはどしどし止《や》めることです。第一お母さんもランプになりゃあ、ちっとは気も晴れるでしょうから」

　父はそれぎり元のように、又算盤《そろばん》を弾《はじ》き出しました。が、わたしの念願は相手にされなければされないだけ、強くなるばかりでございます。わたしはもう一度後ろから父の肩を揺すぶりました。

「よう。お父さんってば。よう」

「うるさい！」

　父は後ろを振り向きもせずに、いきなりわたしを叱りつけました。のみならず兄も意地悪そうに、わたしの顔を睨《にら》めて居ります。わたしはすっかり悄気《しょげ》返《かえ》った儘、そっと又奥へ帰って来ました。すると母は何時《いつ》の間にか、熱のある眼を挙げながら、顔の上にかざした手の平を眺めているのでございます。それがわたしの姿を見ると、思いの外《ほか》はっきりこう申しました。

「お前、何をお父さんに叱られたのだえ？」

　わたしは返事に困りましたから、枕もとの羽根《はね》楊枝《ようじ》をいじって居りました。

「又何か無理を云ったのだろう？……」

　母はじっとわたしを見たなり、今度は苦しそうに言葉を継ぎました。

「わたしはこの通りの体だしね、何もかもお父さんがなさるのだから、おとなしくしなけりゃあいけませんよ。そりゃあお隣の娘さんは芝居へも始終お出《い》でなさるさ。……」

「いえ、芝居に限らずさ。簪《かんざし》だとか半襟《はんえり》だとか、お前にゃあ欲しいものだらけでもね、……」

わたしはそれを聞いている中に、悔やしいのだか悲しいのだか、とうとう涙をこぼしてしまいました。

「あのねえ、お母さん。……わたしはねえ、……何も欲しいものはないんだけれどねえ、唯あのお雛様を売る前にねえ、……」

「お雛様かえ？　お雛様を売る前に？」

母は一層大きい眼にわたしの顔を見つめました。

「お雛様を売る前にねえ、……」

わたしはちょいと云い渋りました。その途端にふと気がついて見ると、何時の間にか後ろに立っているのは兄の英吉でございます。兄はわたしを見下《みおろ》しながら、不相変《あいかわらず》慳貪《けんどん》＊にこう申しました。

「わからず屋！　又お雛様のことだろう？　お父さんに叱られたのを忘れたのか？」

「まあ、好いじゃあないか？　そんなにがみがみ云わないでも」

母はうるさそうに眼を閉じました。が、兄はそれも聞えぬように叱り続けるのでございます。

「十五にもなっている癖に、ちっとは理窟《りくつ》もわかりそうなもんだ？　高があんなお雛様位！　惜しがりなんぞするやつがあるもんか？」

「お世話焼きじゃ！　兄さんのお雛様じゃあないじゃあないか？」

わたしも負けずに云い返しました。その先は何時も同じでございます。二言《ふたこと》三言《みこと》云い合う中に、兄はわたしの襟上《えりがみ》を摑《つか》むと、いきなり其処へ引き倒しました。

「お転婆！」

兄は母さえ止めなければ、この時もきっと二つ三つは折檻《せっかん》して居ったでございましょう。が、母は枕の上に半ば頭を擡《もた》げながら、喘《あえ》ぎ喘ぎ兄を叱りました。

「お鶴が何をしやあしまいし、そんな目に遇わせるにゃあ当らないじゃあないか」

「だってこいつはいくら云っても、あんまり聞き分けがないんですもの」

「いいえ、お鶴ばかり憎いのじゃあないだろう？　お前は……お前は……」

母は涙をためた儘、悔やしそうに何度も口ごもりました。

「お前はわたしが憎いのだろう？　さもなけりゃあわたしが病気だと云うのに、お雛様を……お雛様を売りたがったり、罪もないお鶴をいじめたり、……そんなことをする筈《はず》はないじゃあないか？　そうだろう？　それならなぜ憎いのだか、……」

「お母さん！」

兄は突然こう叫ぶと、母の枕もとに突立ったなり、肘《ひじ》に顔を隠しました。その後父《ちち》母《はは》の死んだ時にも、涙一つ落さなかった兄、――永年政治に奔走してから、癲狂院《てんきょういん》へ*送られる迄、一度も弱みを見せなかった兄、――そう云う兄がこの時だけは啜り泣きを始めたのでございます。これは興奮し切った母にも、意外だったのでございましょう。母は長い溜息《ためいき》をしたぎり、申しかけた言葉も申さずに、もう一度枕をしてしまいました。……………

こう云う騒ぎがあってから、一時間程後《あと》でございましょう。久しぶりに見世へ顔を出したのは肴屋《さかなや》の徳蔵《とくぞう》でございます。いえ、肴屋ではございません。以前は肴屋でございましたが、今は人力車《じんりきしゃ》の車夫になった、出入りの若いものでございます。この徳蔵には可笑《おか》しい話が幾つあったかわかりません。その中でも未《いまだ》に思い出すのは苗字《みょうじ》の話でございます。徳蔵もやはり御一新*以後、苗字をつけることになりましたが、どうせつける位ならばと大束《おおたば》をきめたのでございましょう、徳川*と申すのをつけることにしました。ところがお役所へ届けに出ると、叱られたの叱られないのではございません。何でも徳蔵の申しますには、今にも斬罪《ざんざい》にされ兼ねない険驀《けんまく》だったそうでございます。……その徳蔵が気楽そうに、牡丹《ぼたん》に唐獅子《からじし》の画《え》を描《か》いた当時の人力車を引張りながら、ぶらりと見世先へやって来ました。それが又何しに来たのかと思うと、今日は客のないのを幸い、お嬢さんを人力車にお乗せ申して、会津《あいづ》っ原《ぱら》*から煉瓦《れんが》通《どお》りへでもお伴をさせて頂きたい、――こう申すのでございます。

「どうする？　お鶴」

父はわざと真面目《まじめ》そうに、人力車を見に見世へ出ていたわたしの顔を眺めました。今日《こんにち》では人力車に乗ることなどはさ程子供も喜びますまい。しかし当時のわたしたちには丁度自働車に乗せて貰う位、嬉《うれ》しいことだったのでございます。が、母の病気と申し、殊《こと》にああ云う大騒ぎのあった直《すぐ》あとのことでございますから、一概に行きたいとも申されません。わたしはまだ悄気《しょげ》切ったなり、「行きたい」と小声に答えました。

「じゃあお母さんに聞いて来い。折角徳蔵もそう云うものだし」

母はわたしの考え通り、眼も明かずにほほ笑みながら、「上等だね」と申しました。意地の悪い兄は好い塩梅《あんばい》に、丸佐へ出かけた留守でございます。わたしは泣いたのも忘れたように、早速人力車に飛び乗りました。赤毛布《あかケット》を膝掛《ひざか》けにした、輪のがらがらと鳴る人力車に。

その時見て歩いた景色などは申し上げる必要もございますまい。唯今でも話に出るのは徳蔵の不平でございます。徳蔵はわたしを乗せた儘、煉瓦の大通りにさしかかるが早いか、西洋の婦人を乗せた馬車とまともに衝突しかかりました。それはやっと助かりましたが、忌忌《いまいま》しそうに舌打ちをすると、こんなことを申すのでございます。

「どうもいけねえ。お嬢さんはあんまり軽過ぎるから、肝腎《かんじん》の足が踏ん止《どま》らねえ。……お嬢さん。乗せる車屋が可哀そうだから、二十前《はたち》にゃあ車へお乗んなさんなよ」

人力車は煉瓦の大通りから、家の方へ横町を曲りました。すると忽ち出遇ったのは兄の英吉でございます。兄は煤竹《すすたけ》の柄《え》のついた置きランプを一台《だい》さげた儘、急ぎ足に其処《そこ》を歩いて居りました。それがわたしの姿を見ると、「待て」と申す相図でございましょう、ランプをさし挙げるのでございます。が、もうその前に徳蔵はぐるりと梶《かじ》棒《ぼう》をまわしながら、兄の方へ車を寄せて居りました。

「御苦労だね。徳さん。何処《どこ》へ行ったんだい？」

「へえ、何、今日はお嬢さんの江戸見物です」

兄は苦笑を洩《も》らしながら、人力車の側へ歩み寄りました。

「お鶴。お前、先へこのランプを持って行ってくれ。わたしは油屋へ寄って行くから」

わたしはさっきの喧嘩《けんか》の手前、わざと何とも返事をせずに、唯ランプだけ受け取りました。兄はそれなり歩きかけましたが、急に又こちらへ向き変えると、人力車の泥《どろ》除《よ》けに手をかけながら、「お鶴」と申すのでございます。

「お鶴、お前、又お父さんにお雛様のことなんぞ云うんじゃあないぞ」

わたしはそれでも黙って居りました。あんなにわたしをいじめた癖に、又かと思ったのでございます。しかし兄は頓着《とんじゃく》せずに、小声の言葉を続けました。

「お父さんが見ちゃあいけないと云うのは手附けをとったからばかりじゃあないぞ。見りゃあみんなに未練が出る、――其処も考えているんだぞ。好《い》いか？　わかったか？　わかったら、もうさっきのように見たいの何のと云うんじゃあないぞ」

わたしは兄の声の中に何時にない情あいを感じました。が、兄の英吉位、妙な人間はございません。優しい声を出したかと思うと、今度は又ふだんの通り、突然わたしを嚇《おどか》すようにこう申すのでございます。

「そりゃあ云いたけりゃあ云っても好い。その代り痛い目に遇わされると思え」

兄は憎体《にくてい》に云い放ったなり、徳蔵には挨拶も何もせずに、さっさと何処かへ行ってしまいました。

その晩のことでございます。わたしたち四人は土蔵の中に、夕飯の膳《ぜん》を囲みました。

尤《もっと》も母は枕の上に顔を挙げただけでございますから、囲んだものの数にははいりません。しかしその晩の夕飯は何時もより花やかな気がしました。それは申す迄もございません。あの薄暗い無尽燈の代りに、今夜は新しいランプの光が輝いているからでございます。兄やわたしは食事のあい間も、時時ランプを眺《なが》めました。石油を透かした硝子《ガラス》の壺《つぼ》＊、動かない焔《ほのお》を守った火屋《ほや》＊、――そう云うものの美しさに満ちた珍しいランプを眺めました。

「明るいな。昼のようだな」

父も母をかえり見ながら、満足そうに申しました。

「眩《まぶ》し過ぎる位ですね」

こう申した母の顔には、殆ど不安に近い色が浮んでいたものでございます。

「そりゃあ無尽燈に慣れていたから……だが一度ランプをつけちゃあ、もう無尽燈はつけられない」

「何でも始《はじめ》は眩し過ぎるんですよ。ランプでも、西洋の学問でも、……」

兄は誰よりもはしゃいで居りました。

「それでも慣れりゃあ同じことですよ。今にきっとこのランプも暗いと云う時が来るんです」

「大きに*そんなものかも知れない。……お鶴。お前、お母さんのおも湯はどうしたんだ？」

「お母さんは今夜は沢山なんですって」

わたしは母の云った通り、何の気もなしに返事をしました。

「困ったな。ちっとも食気《しょくけ》がないのかい？」

母は父に尋ねられると、仕方がなさそうに溜息《ためいき》をしました。

「ええ、何だかこの石油の匂《におい》が、……旧弊人《きゅうへいじん》の証拠ですね」

それぎりわたしたちは言葉少なに、箸《はし》ばかり動かし続けました。しかし母は思い出したように、時時ランプの明るいことを褒《ほ》めていたようでございます。あの腫《は》れ上った脣の上にも微笑らしいものさえ浮べながら。

その晩も皆休んだのは十一時過ぎでございます。しかしわたしは眼をつぶっても、容易に寐《ね》つくことが出来ません。兄はわたしに雛のことは二度と云うなと申しました。わたしも雛を出して見るのは出来ない相談とあきらめて居ります。が、出して見たいことはさっきと少しも変りません。雛は明日《あした》になったが最後、遠いところへ行ってしまう、――そう思えばつぶった眼の中にも、自然と涙がたまって来ます。一《いっ》そみんなの寐ている中に、そっと一人出して見ようか？――そうもわたしは考えて見ました。

それともあの中の一つだけ、何処か外《ほか》へ隠して置こうか？——そうも亦《また》わたしは考えて見ました。しかしどちらも見つかったら、——と思うとさすがにひるんでしまいます。わたしは正直にその晩位、いろいろ恐しいことばかり考えた覚えはございません。今夜もう一度火事があれば好い。そうすれば人手に渡らぬ前に、すっかり雛も焼けてしまう。さもなければ亜米利加人も頭の禿げた丸佐の主人もコレラになってしまえば好い。そうすれば雛は何処へもやらずに、この儘大事にすることが出来る。——そんな空想も浮んで参ります。が、まだ何と申しても、其処は子供でございますから、一時間たつかたたない中に、何時かうとうと眠ってしまいました。

それからどの位たちましたか、ふと眠りがさめて見ますと、薄暗い行燈《あんどう》をともした土蔵に誰か人の起きているらしい物音が聞えるのでございます。鼠《ねずみ》かしら、泥坊かしら、又はもう夜明けになったのかしら？——わたしはどちらかと迷いながら、怯《お》ず怯ず細眼を明いて見ました。するとわたしの枕もとには、寝間着の儘の父が一人、こちらへ横顔を向けながら、坐っているのでございます。父が！……しかしわたしを驚かせたのは父ばかりではございません。父の前にはわたしの雛が、——お節句《せっく》以来見なかった雛が並べ立ててあるのでございます。

夢かと思うと申すのはああ云う時でございましょう。わたしは殆《ほとん》ど息もつかずに、この不思議を見守りました。覚束《おぼつか》ない行燈の光の中に、象牙《ぞうげ》の笏《しゃく》*をかまえた男雛《おびな》を、冠《かんむり》の瓔珞《ようらく》を垂れた女雛《めびな》を、右近《うこん》の橘《たちばな》を、左近《さこん》の桜を、柄《え》の長い日傘《ひがさ》を担《かつ》いだ仕丁《じちょう》*を、*眼八分に高坏《たかつき》*を捧《ささ》げた官女を、小さい蒔絵《まきえ》の鏡台や箪笥《たんす》を、貝殻尽《かいがらづく》しの雛屏風《びょうぶ》を、膳《ぜん》椀《わん》を、画雪洞《えぼんぼり》を、色糸の手鞠《てまり》を、そうして又父の横顔を、………

夢かと思うと申すのは、……ああ、それはもう前に申し上げました。が、ほんとうにあの晩の雛は夢だったのでございましょうか？　一図に雛を見たがった余り、知らず識《し》らず造り出した幻ではなかったのでございましょうか？　わたしは未《いま》だにどうかすると、わたし自身にもほんとうかどうか、返答に困るのでございます。

しかしわたしはあの夜更《よふ》けに、独り雛を眺めている、年とった父を見かけました。これだけは確かでございます。そうすればたとい夢にしても、別段悔やしいとは思いません。兎《と》に角《かく》わたしは眼《ま》のあたりに、わたしと少しも変らない父を見たのでございますから、女女《めめ》しい、……その癖おごそかな父を見たのでございますから。

「雛」の話を書きかけた*のは何年か前のことである。それを今書き上げたのは滝田《たきた》氏*の勧めによるのみではない。同時に又四五日前、横浜の或英吉利《イギリス》人の客間に、古雛の首を玩具《おもちゃ》にしている紅毛《こうもう》の童女に遇ったからである。今はこの話に出て来る雛も、鉛《なまり》の兵隊やゴムの人形と一つ玩具箱に投げこまれながら、同じ憂《う》きめを見ているのかも知れない。

（大正十二年三月号『中央公論』）

あばばば

保吉《やすきち》はずっと以前からこの店《みせ》の主人を見知っている。

ずっと以前から、——或《あるい》はあの海軍の学校へ赴任した当日だったかも知れない。彼はふとこの店へマッチを一つ買いにはいった。店には小さい飾り窓があり、窓の中には大将旗*を掲げた軍艦三笠《みかさ》*の模型のまわりにキュラソオ*の壜《びん》だのココアの缶《かん》だの干《ほ》し葡萄《ぶどう》の箱だのが並べてある。が、軒先に「たばこ」と抜いた赤塗りの看板が出ているから、勿論《もちろん》マッチも売らない筈《はず》はない。彼は店を覗《のぞ》きこみながら、「マッチを一つくれ給《たま》え」と云《い》った。店先には高い勘定台の後ろに若い眇《すがめ》の男が一人、つまらなそうに佇《たたず》んでいる。それが彼の顔を見ると、算盤《そろばん》を竪《たて》に構えたまま、にこりともせずに返事をした。

「これをお持ちなさい。生憎《あいにく》マッチを切らしましたから」

お持ちなさいと云うのは煙草《たばこ》に添える一番小型のマッチである。

「貰《もら》うのは気の毒だ。じゃ朝日*を一つくれ給え」

「何、かまいません。お持ちなさい」

「いや、まあ朝日をくれ給え」

「お持ちなさい。これでよろしけりゃ、――入《い》らぬ物をお買いになるには及ばないです」

　眇の男の云うことは親切ずくなのには違いない。が、その声や顔色は如何《いか》にも無愛想を極《きわ》めている。素直に貰うのは忌《いま》いましい。と云って店を飛び出すのは多少相手に気の毒である。保吉はやむを得ず勘定台の上へ一銭の銅貨を一枚出した。

「じゃそのマッチを二つくれ給え」

「二つでも三つでもお持ちなさい。ですが代《だい》は入りません」

　其処《そこ》へ幸い戸口に下げた金線《きんせん》サイダア*のポスタアの蔭《かげ》から、小僧が一人首を出した。これは表情の朦朧《もうろう》とした、面皰《にきび》だらけの小僧である。

「檀那《だんな》、マッチは此処《ここ》にありますぜ」

　保吉は内心凱歌《がいか》を挙げながら、大型のマッチを一箱買った。代は勿論一銭である。しかし彼はこの時ほど、マッチの美しさを感じたことはない。殊《こと》に三角の波の上に帆前船《まえせん》を浮べた商標は額縁へ入れても好《い》い位である。彼はズボンのポケットの底へちゃんとそのマッチを落した後《のち》、得得《とくとく》とこの店を後ろにした。……

　保吉は爾来半年《じらいはんとし》ばかり、学校へ通う往復に度《たび》たびこの店へ買い物に寄った。もう今では目をつぶっても、はっきりこの店を思い出すことが出来る。天井《てんじょう》の梁《はり》からぶら下ったのは鎌倉《かまくら》のハムに違いない。欄間《らんま》の色硝子《いろガラス》は漆喰塗《しっくいぬ》りの壁へ緑色の日の光を映している。板張りの床に散らかったのはコンデンスド・ミルク*の広告であろう。正面の柱には時計の下に大きい日暦《ひごよみ》がかかっている。その外《ほか》飾り窓の中の軍艦三笠も、金線サイダアのポスタアも、椅子《いす》も、電話も、自転車も、スコットランドのウイスキイも、アメリカの乾《ほ》し葡萄も、マニラの葉巻も、エジプトの紙巻も、燻製《くんせい》の鰊《にしん》も、牛肉の大和煮《やまとに》も、殆《ほとん》ど見覚えのないものはない。殊に高い勘定台の後ろに仏頂面《ぶっちょうづら》を曝《さら》した主人は飽き飽きするほど見慣れている。いや、見慣れているばかりではない。彼は如何に咳《せき》をするか、如何に小僧に命令をするか、ココアを一缶買うにしても、「Fry*よりはこちらになさい。これはオランダのDroste*です」などと、如何に客を悩ませるか、——主人の一挙一動さえ悉《ことごと》くとうに心得ている。心得ているのは悪いことではない。しかし退屈なことは事実である。保吉は時時この店へ来ると、妙に教師をしているのも久しいものだなと考えたりした。（その癖前にも云った通り、彼の教師の生活はまだ一年にもならなかったのである！）

　けれども万法を支配する変化はやはりこの店にも起らずにはすまない。保吉は或《ある》初夏の朝、この店へ煙草を買いにはいった。店の中はふだんの通りである。水を撒《う》った床の上にコンデンスド・ミルクの広告の散らかっていることも変りはない。が、あの眇の主人の代りに勘定台の後ろに坐《すわ》っているのは西洋髪に結《ゆ》った女である。年はやっと十九位であろう。En face*に見た顔は猫《ねこ》に似ている。日の光にずっと目を細めた、一筋もまじり毛のない白猫に似ている。保吉はおやおやと思いながら、勘定台の前へ歩み寄った。

「朝日を二つくれ給え」

「はい」

女の返事は羞《はず》かしそうである。のみならず出したのも朝日ではない。二つとも箱の裏側に旭日旗《きょくじつき》*を描《えが》いた三笠*である。保吉は思わず煙草から女の顔へ目を移した。同時に又女の鼻の下に長い猫の髭《ひげ》を想像した。

「朝日を、――こりゃ朝日じゃない」

「あら、ほんとうに。――どうもすみません」

猫――いや、女は赤い顔をした。この瞬間の感情は正真正銘に娘じみている。それも当世のお嬢さんではない。五六年来迹《あと》を絶った硯友社《けんゆうしゃ》趣味の娘*である。保吉はばら銭《せん》を探りながら、「たけくらべ」*、乙鳥口《つばくろぐち》の風呂敷包《ふろしきづつ》み*、燕子花《かきつばた》、両国《りょうごく》*、鏑木清《かぶらぎきよ》方《かた》*、――その外いろいろのものを思い出した。女は勿論この間《ま》も勘定台の下を覗《のぞ》きこんだなり、一生懸命に朝日を捜している。

するとと奥から出て来たのは例の眇の主人である。三笠を一目見ると、大抵様子を察したらしい。きょうも不相変《あいかわらず》苦り切ったまま、勘定台の下へ手を入れるが早いか、朝日を二つ保吉へ渡した。しかしその目にはかすかにもしろ、頬笑《ほほえ》みらしいものが動いている。

「マッチは？」

女の目も亦《また》猫とすれば、喉《のど》を鳴らしそうに媚《こび》を帯びている。主人は返事をする代りにちょいと唯点頭《ただてんとう》*した。女は咄嗟《とっさ》に（！）勘定台の上へ小型のマッチを一つ出した。それから――もう一度羞《はずか》しそうに笑った。

「どうもすみません」

すまないのは何も朝日を出さずに三笠を出したばかりではない。保吉は二人を見比べながら、彼自身もいつか微笑したのを感じた。

女はその後いつ来て見ても、勘定台の後ろに坐っている。尤《もっと》も今では最初のように西洋髪などには結っていない。ちゃんと赤い手絡《てがら》*をかけた、大きい円髷《まるまげ》に変っている。しかし客に対する態度は不相変妙にういういしい。応対はつかえる。品物は間違える。おまけに時時は赤い顔をする。――全然お上《かみ》さんらしい面影《おもかげ》は見えない。保吉はだんだんこの女に或好意を感じ出した。と云っても恋愛に落ちた訳ではない。唯如何にも人慣れない所に気軽い懐《なつか》しみを感じ出したのである。

或残暑の厳しい午後、保吉は学校の帰りがけにこの店へココアを買いにはいった。女はきょうも勘定台の後ろに講談倶楽部《くらぶ》*か何かを読んでいる。保吉は面皰の多い小僧にVan Houten*はないかと尋ねた。

「唯今あるのはこればかりですが」

小僧の渡したのはFryである。保吉は店を見渡した。すると果物の缶詰めの間に西洋の尼さんの商標をつけたDrosteも一缶まじっている。

「あすこにDrosteもあるじゃないか？」

小僧はちょいとそちらを見たきり、やはり漠然《ばくぜん》とした顔をしている。

「ええ、あれもココアです」

「じゃこればかりじゃないじゃないか？」

「ええ、でもまあこれだけなんです。――お上さん、ココアはこれだけですね？」

保吉は女をふり返った。心もち目を細めた女は美しい緑色の顔をしている。尤もこれは不思議ではない。全然欄間《らんま》の色硝子《いろガラス》を透かした午後の日の光の作用である。女は雑誌を肘《ひじ》の下にしたまま、例の通りためらい勝ちな返事をした。

「はあ、それだけだったと思うけれども」

「実は、このFryのココアの中には時時虫が湧《わ》いているんだが、――」

保吉は真面目《まじめ》に話しかけた。しかし実際虫の湧いたココアに出合った覚えのある訳ではない。唯何でもこう云いさえすれば、Van Houtenの有無《うむ》を確かめさせる上に効能のあることを信じたからである。

「それもずいぶん大きいやつがいるもんだからね。丁度この小指位ある、……」

女は聊《いささ》か驚いたように勘定台の上へ半身をのばした。

「そっちにもまだありゃしないかい？　ああ、その後ろの戸棚《とだな》の中にも」

「赤いのばかりです。此処《ここ》にあるのも」

「じゃこっちには？」

女は吾妻下駄《あずまげた》＊を突かけると、心配そうに店へ捜しに来た。ぼんやりした小僧もやむを得ず缶詰めの間などを覗いて見ている。保吉は煙草へ火をつけた後《のち》、彼等へ拍車を加えるように考え考えしゃべりつづけた。

「虫の湧いたやつを飲ませると、子供などは腹を痛めるしね。（彼は或避暑地の貸し間にたった一人暮らしている。）いや、子供ばかりじゃない。家内も一度ひどい目に遇《あ》ったことがある。（勿論妻などを持ったことはない。）何しろ用心に越したことはな

る。

いんだから。……」

保吉はふと口をとざした。女は前掛けに手を拭《ふ》きながら、当惑そうに彼を眺《なが》めている。

「どうも見えないようでございますが」

女の目はおどおどしている。口もとも無理に微笑している。殊に滑稽《こっけい》に見えたのは鼻も亦つぶつぶ汗をかいている。保吉は女と目を合せた刹那《せつな》に突然悪魔の乗り移るのを感じた。この女は云わば含羞草《おじぎそう》*である。一定の刺戟《しげき》を与えさえすれば、必ず彼の思う通りの反応を呈するのに違いない。しかも刺戟は簡単である。じっと顔を見つめても好《い》い。或《あるい》は又指先にさわっても好い。女はきっとその刺戟に保吉の暗示を受けとるであろう。受けとった暗示をどうするかは勿論未知の問題である。しかし幸いに反撥《はんぱつ》しなければ、――いや、猫は飼っても好い。が、猫に似た女の為《ため》に魂を悪魔に売り渡すのはどうも少し考えものである。保吉は吸いかけた煙草と一しょに、乗り移った悪魔を抛《ほう》り出した。不意を食《くら》った悪魔はとんぼ返る拍子《ひょうし》に小僧の鼻の穴へ飛びこんだのであろう。小僧は首を縮めるが早いか、つづけさまに大きい嚔《くさめ》をした。

「じゃ仕かたがない。Drosteを一つくれ給え」

保吉は苦笑を浮かべたまま、ポケットのばら銭を探り出した。

その後も彼はこの女と度たび同じような交渉を重ねた。が、悪魔に乗り移られた記憶は仕合せと外には持っていない。いや、一度などはふとしたはずみに天使の来たのを感じたことさえある。

或秋も深まった午後、保吉は煙草を買った次手《ついで》にこの店の電話を借用した。主人は日の当った店の前に空気ポンプを動かしながら、自転車の修繕に取りかかっている。小僧もきょうは使いに出たらしい。女は不相変勘定台の前に受取りか何か整理している。こう云う店の光景はいつ見ても悪いものではない。何処《どこ》か阿蘭陀《オランダ》の風俗画じみた、もの静かな幸福に溢《あふ》れている。保吉は女のすぐ後ろに受話器を耳へ当てたまま、彼の愛蔵する写真版の De Hooghe* の一枚を思い出した。

しかし電話はいつになっても、容易に先方へ通じないらしい。のみならず交換手もどうしたのか、一二度「何番へ？」を繰り返した後《のち》は全然沈黙を守っている。保吉は何度もベルを鳴らした。が受話器は彼の耳へぶつぶつ云う音を伝えるだけである。こうなればもう De Hooghe などを思い出している場合ではない。保吉はまずポケットから Spargo* の「社会主義早わかり」を出した。幸い電話には見台《けんだい》* のように蓋《ふた》のなぞえになった箱もついている。彼はその箱に本を載せると、目は活字を拾いながら、手は出来るだけゆっくりと強情にベルを鳴らし出した。これは横着な交換手に対する彼の戦法の一つである。いつか銀座尾張町《おわりちょう》*の自働電話*へはいった時にはやはりベルを鳴らし鳴らし、とうとう「佐橋甚五郎《さばしじんごろう》*」を完全に一篇《ぺん》読んでしまった。きょうも交換手の出ない中《うち》は断じてベルの手をやめないつもりである。

　さんざん交換手と喧嘩《けんか》した挙句、やっと電話をかけ終ったのは二十分ばかりの後《のち》である。保吉は礼を云う為に後ろの勘定台をふり返った。すると其処《そこ》には誰もいない。女はいつか店の戸口に何か主人と話している。主人はまだ秋の日向《ひなた》に自転車の修繕をつづけているらしい。保吉はそちらへ歩き出そうとした。が、思わず足を止《とど》めた。女は彼に背を向けたまま、こんなことを主人に尋ねている。

「さっきね、あなた、ゼンマイ珈琲《コーヒー》とかってお客があったんですがね、ゼンマイ珈琲ってあるんですか？」

「ゼンマイ珈琲？」

　主人の声は細君にも客に対するように無愛想である。

「玄米珈琲の聞き違えだろう」

「ゲンマイ珈琲？　ああ、玄米から拵《こしら》えた珈琲。――何だか可笑《おか》しいと思っていた。ゼンマイって八百屋にあるものでしょう？」

　保吉は二人の後ろ姿を眺めた。同時に又天使の来ているのを感じた。天使はハムのぶら下った天井のあたりを飛揚したまま、何にも知らぬ二人の上へ祝福を授けているのに違いない。尤も燻製の鯡《にしん》の匂《におい》に顔だけはちょいとしかめている。——保吉は突然燻製の鯡を買い忘れたことを思い出した。鯡は彼の鼻の先に浅ましい形骸《けいがい》を重ねている。

「おい、君、この鯡をくれ給え」

女は忽《たちま》ち振り返った。振り返ったのは丁度ゼンマイの八百屋にあることを察した時である。女は勿論その話を聞かれたと思ったのに違いない。猫に似た顔は目を挙げたと思うと、見る見る羞かしそうに染まり出した。保吉は前にも言う通り、女が顔を赤《あか》めるのには今までにも度たび出合っている。けれどもまだこの時ほど、まっ赤になったのを見たことはない。

「は、鯡を？」

女は小声に問い返した。

「ええ、鯡を」

保吉も前後にこの時だけは甚《はなは》だ殊勝に返事をした。

こう云う出来事のあった後、二月ばかりたった頃《ころ》であろう、確か翌年の正月のことである。女は何処へどうしたのか、ばったり姿を隠してしまった。それも三日や五日ではない。いつ買い物にはいって見ても、古いストオヴを据《す》えた店には例の眇の主人が一人、退屈そうに坐っているばかりである。保吉はちょいともの足らなさを感じた。又女の見えない理由にいろいろ想像を加えなどもした。が、わざわざ無愛想な主人に「お上さんは？」と尋ねる心もちにもならない。又実際主人は勿論あのはにかみ屋の女にも、「何何をくれ給え」と云う外には挨拶《あいさつ》さえ交したことはなかったのである。

その内に冬ざれた路の上にも、たまに一日か二日ずつ暖い日かげがさすようになった。けれども女は顔を見せない。店はやはり主人のまわりに荒涼《こうりょう》とした空気を漂わせている。保吉はいつか少しずつ女のいないことを忘れ出した。……＊

すると二月の末の或夜、学校の英吉利《イギリス》語講演会をやっと切り上げた保吉は生暖《なまぬる》い南《なん》風《ぷう》に吹かれながら、格別買い物をする気もなしにふとこの店の前を通りかかった。店には電燈《でんとう》のともった中に西洋酒の罎《びん》や缶詰めなどがきらびやかに並んでいる。これは勿論不思議ではない。しかしふと気がついて見ると、店の前には女が一人、両手に赤子を抱えたまま、多愛《たあい》もないことをしゃべっている。保吉は店から往来へさした、幅の広い電燈の光りに忽ちその若い母の誰であるかを発見した。

「あばばばばばば、ばあ！」

女は店の前を歩き歩き、面白そうに赤子をあやしている。それが赤子を揺り上げる拍子に偶然保吉と目を合わした。保吉は咄嗟に女の目の逡巡《しゅんじゅん》する様子を想像した。それから夜目にも女の顔の赤くなる様子を想像した。しかし女は澄ましている。目も静かに頰笑んでいれば、顔も嬌羞《はにかみ》などは浮べていない。のみならず意外な一瞬間の後、揺り上げた赤子へ目を落すと、人前も羞《は》じずに繰り返した。

「あばばばばばば、ばあ！」

保吉は女を後ろにしながら、我知らずにやにや笑い出した。女はもう「あの女」ではない。度胸の好《い》い母の一人である。一たび子の為となったが最後、古来如何なる悪事をも犯した、恐ろしい「母」の一人である。この変化は勿論女の為にはあらゆる祝福を与えても好い。しかし娘じみた細君の代りに図図《ずうずう》しい母を見出《みいだ》したのは、……保吉は歩みをつづけたまま、茫然《ぼうぜん》と家家の空を見上げた。空には南風《みなみかぜ》の渡る中に円い春の月が一つ、白じろとかすかにかかっている。……

（大正十二年十二月号『中央公論』）

一塊の土

お住《すみ》の倅《せがれ》に死別れたのは茶摘《ちゃつ》みのはじまる時候だった。倅の仁太郎《にたろう》は足かけ八年、腰ぬけ同様に床に就《つ》いていた。こう云《い》う倅の死んだことは「後生《ごしょう》よし*」と云われるお住にも、悲しいとばかりは限らなかった。お住は仁太郎の棺の前へ一本線香を手向《たむ》けた時には、兎《と》に角朝比奈《かくあさひな》の切通《きりどお》し*か何かをやっと通り抜けたような気がしていた。

仁太郎の葬式をすました後《のち》、まず問題になったものは嫁のお民《たみ》の身の上だった。お民には男の子が一人あった。その上寝ている仁太郎の代りに野良《のら》仕事も大抵は引受けていた。それを今出すとすれば、子供の世話に困るのは勿論《もちろん》、暮しさえ到底立ちそうにはなかった。かたがた*お住は四十九日でもすんだら、お民に壻《むこ》を当《あて》がった上、倅のいた時と同じように働いて貰《もら》おうと思っていた。壻には仁太郎の従弟《いとこ》に当る与吉《よきち》を貰えばとも思っていた。

それだけに丁度初七日《しょなぬか》の翌朝、お民の片づけものをし出した時には、お住の驚いたのも格別だった。お住はその時孫の広次《ひろじ》を奥部屋の縁側に遊ばせていた。遊ばせる玩《おも》具《ちゃ》は学校のを盗んだ花盛りの桜の一枝だった。

「のう、お民、おらあきょうまで黙っていたのは悪いけんど、お前はよう、この子とおらとを置いたまんま、はえ、出て行ってしまうのかよう？」

お住は詰《なじ》ると云うよりは訴えるように声をかけた。が、お民は見向きもせずに、「何を云うじゃあ、おばあさん」と笑い声を出したばかりだった。それでもお住はどの位ほっとしたことだか知れなかった。

「そうずらのう。まさかそんなことをしやしめえのう。……」

お住はなおくどくどと愚痴まじりの歎願《たんがん》を繰り返した。同時に又彼女自身の言葉にだんだん感傷を催し出した。しまいには涙も幾すじか皺《しわ》だらけの頰《ほお》を伝わりはじめた。

「はいさね。わしもお前さんさえ好《よ》けりゃ、いつまでもこの家にいる気だわね。――こう云う子供もあるだものう、すき好んで外《ほか》へ行くもんじゃよう」

お民もいつか涙ぐみながら、広次を膝《ひざ》の上へ抱き上げたりした。広次は妙に羞《はずか》しそうに、奥部屋の古畳へ投げ出された桜の枝ばかり気にしていた。……

お民は仁太郎の在世中と少しも変らずに働きつづけた。しかし壻をとる話は思ったよりも容易に片づかなかった。お民は全然この話に何の興味もないらしかった。お住

は勿論機会さえあれば、そっとお民の気を引いて見たり、あらわに相談を持ちかけたりした。けれどもお民はその度ごとに、「はいさね、いずれ来年にでもなったら」と好《い》い加減な返事をするばかりだった。これはお住には心配でもあれば、嬉《うれ》しくもあるのに違いなかった。お住は世間に気を兼ねながら、兎に角嫁の云うなり次第に年の変るのでも待つことにした。

けれどもお民は翌年になっても、やはり野良へ出かける外には何の考えもないらしかった。お住はもう一度去年よりは一層願《がん》にかけたように壻をとる話を勧め出した。それは一つには親戚《しんせき》には叱《しか》られ、世間にはかげ口をきかれるのを苦に病んでいたせいもあるのだった。

「だがのう、お民、お前今の若さでさ、男なしにゃいられるもんじゃなえよ」

「いられなえたって、仕かたがなえじゃ。この中へ他人でも入れて見なせえ。広《ひろ》も可《か》哀《わい》そうだし、お前さんも気兼だし、第一わしの気骨の折れることせったら、ちっとやそっとじゃなかろうわね」

「だからよ、与吉を貰うことにしなよ。あいつもお前この頃《ごろ》じゃ、ぱったり博奕《ばくち》を打たなえと云うじゃあ」

「そりゃおばあさんには身内でもよ、わしにゃやっぱし他人だわね。何、わしさえ我慢すりゃ……」

「でもよ、その我慢がさあ、一年や二年じゃなえからよう」

「好いわね。広の為《ため》だものう。わしが今苦しんどきゃ、此処《ここ》の家の田地《でんじ》は二つにならずに、そっくり広の手へ渡るだものう」

「だがのう、お民、（お住はいつも此処へ来ると、真面目《まじめ》に声を低めるのだった。）何しろはたの口がうるせえからのう。お前今おらの前で云ったことはそっくり他人にも聞かせてくんなよ。……」

こう云う問答は二人の間に何度出たことだかわからなかった。しかしお民の決心はその為に強まることはあっても、弱まることはないらしかった。実際又お民は男手も借りずに、芋を植えたり麦を刈ったり、以前よりも仕事に精を出していた。のみならず夏には牝牛《めうし》を飼い、雨の日でも草刈りに出かけたりした。この烈《はげ》しい働きぶりは今更他人を入れることに対する、それ自身力強い抗弁だった。お住もとうとうしまいには壻を取る話を断念した。尤《もっと》も断念することだけは必《かならず》しも彼女には不愉快ではなかった。

お民は女の手一つに一家の暮しを支えつづけた。それには勿論「広の為」と云う一念もあるのに違いなかった。しかし又一つには彼女の心に深い根ざしを下ろしていた遺伝の力もあるらしかった。お民は不毛の山国からこの界隈《かいわい》へ移住して来た所謂《いわゆる》「渡りもの」の娘だった。「お前さんとこのお民さんは顔に似合わなえ力があるねえ。この間も陸稲《おかぼ》の大束を四把《わ》ずつも背負《しょ》って通ったじゃなえかね」――お住は隣の婆《ばあ》さんなどからそんなことを聞かされるのも度たびだった。

お住は又お民に対する感謝を彼女の仕事に表そうとした。孫を遊ばせたり、牛の世話をしたり、飯を炊《た》いたり、洗濯《せんたく》をしたり、隣へ水を汲《く》みに行ったり、――家の中の仕事も少くはなかった。しかしお住は腰を曲げたまま、何かと楽しそうに働いていた。

或《ある》秋も暮れかかった夜、お民は松葉束を抱えながら、やっと家へ帰って来た。お住は広次をおぶったなり、丁度狭苦しい土間の隅《すみ》に据風呂《すえぶろ》の下を焚《た》きつけていた。

「寒かっつらのう。晩《おそ》かったじゃ？」

「きょうはちっといつもよりゃ、余計な仕事をしていたじゃあ」

お民は松葉束を流しもとへ投げ出し、それから泥《どろ》だらけの草鞋《わらじ》も脱がずに、大きい炉側《ろばた》へ上りこんだ。炉の中には櫟《くぬぎ》の根っこが一つ、赤あかと炎を動かしていた。お住は直《すぐ》に立ち上ろうとした。が、広次をおぶった腰は風呂桶《ふろおけ》の縁《ふち》につかまらない限り、容易に上げることも出来ないのだった。

「直と風呂へはえんなよ」

「風呂よりもわしは腹が減ってるよ。どら、さきに藷《いも》でも食うべえ。――煮てあるらねえ？　おばあさん」

お住はよちよち流し元へ行き、惣菜《そうざい》に煮た薩摩藷《さつまいも》を鍋《なべ》ごと炉側へぶら下げて来た。

「とうに煮て待ってたせえにの、はえ、冷たくなってるよう」

二人は藷を竹串《たけぐし》へ突き刺し、一しょに炉の火へかざし出した。

「広はよく眠ってるじゃ。床の中へ転がして置きゃ好いに」

「なあん、きょうは莫迦《ばか》寒いから、下じゃとても寝つかなえよう」

お民はこう云う間にも煙の出る藷を頰張りはじめた。それは一日の労働に疲れた農夫だけの知っている食いかただった。藷は竹串を抜かれる側《そば》から、一口にお民に頰張られて行った。お住は小さい鼾《いびき》を立てる広次の重みを感じながら、せっせと藷を炙《あぶ》りつづけた。

「何しろお前のように働くんじゃ、人一倍腹も減るらなあ」

お住は時時嫁の顔へ感歎《かんたん》に満ちた目を注いだ。しかしお民は無言のまま、煤《すす》けた榾《ほだ》火《び》*の光りの中にがつがつ薩摩藷を頰張っていた。

お民は愈《いよいよ》骨身を惜しまず、男の仕事を奪いつづけた。時には夜もカンテラ＊の光りに菜などをうろ抜いて廻《まわ》＊ることもあった。お住はこう云う男まさりの嫁にいつも敬意を感じていた。いや、敬意と云うよりも寧《むし》ろ畏怖《いふ》を感じていた。お民は野や山の仕事の外は何でもお住に押しつけ切りだった。この頃ではもう彼女自身の腰巻《こしまき》さえ滅多に洗ったことはなかった。お住はそれでも苦情を云わずに、曲った腰を伸ばし伸ばし、一生懸命に働いていた。のみならず隣の婆さんにでも遇《あ》えば、「何しろお民がああ云う風だからね、はえ、わたしはいつ死んでも、家《いえ》に苦労は入《い》らなえよう」と、真顔に嫁のことを褒《ほ》めちぎっていた。

しかしお民の「稼《かせ》ぎ病」は容易に満足しないらしかった。お民は又一つ年を越すと、今度は川向うの桑畑へも手を拡《ひろ》げると云いはじめた。何でもお民の言葉によれば、あの五段歩《たんぶ》＊に近い畑を十円ばかりの小作に出しているのはどう考えても莫迦莫迦《ばかばか》しい。それよりもあそこに桑を作り、養蚕《ようさん》を片手間にやるとすれば、繭《まゆ》相場に変動の起らない限り、きっと年に百五十円は手取りに出来るとか云うことだった。けれども金は欲しいにもしろ、この上忙しい思いをすることは到底お住には堪《た》えられなかった。殊《こと》に手間のかかる養蚕などとは出来ない相談も度を越していた。お住はとうとう愚痴まじりにこうお民に反抗した。

「好《い》いかの、お民。おらだって逃げる訳じゃなえ。逃げる訳じゃなえけどもの、男手はなえし、泣きっ児《こ》はあるし、今のまんまでせえ荷が過ぎてらあの。それをお前飛んでもなえ、何で養蚕が出来るもんじゃ？　ちっとはお前おらのことも考えて見てくんなよう」

お民も姑《しゅうとめ》に泣かれて見ると、それでもとは云われた義理ではなかった。しかし養蚕は断念したものの、桑畑を作ることだけは強情に我意を張り通した。「好いわね。どうせ畑へはわし一人出りゃすむんだから」――お民は不服そうにお住を見ながら、こんな当《あて》っこすりも呟《つぶや》いたりした。

お住は又この時以来、壻を取る話を考え出した。以前にも暮しを心配したり、世間を兼ねたりした為に、壻をと思ったことは度たびあった。しかし今度は片時でも留守《るす》居役《いやく》の苦しみを逃れたさに、壻をと思いはじめたのだった。それだけに以前に比べれば、今度の壻を取りたさはどの位痛切だか知れなかった。

丁度裏の蜜柑畠《みかんばたけ》の一ぱいに花をつける頃、ランプの前に陣取ったお住は大きい夜なべの眼鏡越しに、そろそろこの話を持ち出して見た。しかし炉側《ろばた》に胡坐《あぐら》をかいたお民は塩豌豆《しおえんどう》を嚙《か》みながら、「又壻話かね、わしは知らなえよう」と相手になる気色《けしき》も見せなかった。以前のお住ならばこれだけでも、大抵あきらめてしまう所だった。が、今度は今度だけに、お住もねちねち口説《くど》き出した。

「でもの、そうばかり云っちゃいられなえじゃ。あしたの宮下の葬式にやの、丁度今度はおら等《たち》の家《うち》もお墓の穴掘り役に当ってるがの。こう云う時に男手のなえのは、……」

「好いわね。掘り役にやわしが出るわね」

「まさか、お前、女の癖に、――」

お住はわざと笑おうとした。が、お民の顔を見ると、うっかり笑うのも考えものだった。

「おばあさん、お前さん隠居でもしたくなったんじゃあるまえね？」

お民は胡坐の膝を抱いたなり、冷かにこう釘《くぎ》を刺した。突然急所を衝《つ》かれたお住は思わず大きい眼鏡を外した。しかし何の為に外したかは彼女自身にもわからなかった。

「なあん、お前、そんなことを！」

「お前さん広のお父さんの死んだ時に、自分でも云ったことを忘れやしまえね？　此処の家《いえ》の田地を二つにしちゃ、御先祖様にもすまなえって、……」

「ああさ。そりゃそう云ったじゃ。でもの、まあ考えて見ば。時世時節《ときよじせつ》と云うこともあるら。こりゃどうにも仕かたのなえこんだの。……」

お住は一生懸命に男手の入《い》ることを弁じつづけた。が、兎《と》に角《かく》お住の意見は彼女自身の耳にさえ尤もらしい響《ひびき》を伝えなかった。それは第一に彼女の本音、――つまり彼女の楽になりたさを持ち出すことの出来ない為だった。お民は又其処《そこ》を見つけ所に、不相変《あいかわらず》塩からい豌豆を噛み噛み、ぴしぴし姑をきめつけにかかった。のみならずこれにはお住の知らない天性の口達者《くちだっしゃ》も手伝っていた。

「お前さんはそれでも好《よ》かろうさ。先に死んでってしまうだから。――だがね、おばあさん、わしの身になりゃ、そう云ってふて腐っちゃいられなえじゃあ。わしだって何も晴れや自慢で、後家《ごけ》を通してる訳じゃなえよ。骨節《ほねぶし》の痛んで寝られなえ晩なんか、莫迦意地を張ったって仕かたがなえと、しみじみ思うこともなえじゃなえ。そりゃなえじゃなえけんどね。これもみんな家《うち》の為だ、広の為だと考え直して、やっぱし泣き泣きやってるだあよ。……」

お住は唯茫然《ただぼうぜん》と嫁の顔ばかり眺めていた。そのうちにいつか彼女の心ははっきりと或事実を捉《とら》え出した。それは如何《いか》にあがいて見ても、到底目をつぶるまでは楽は出来ないと云う事実だった。お住は嫁のしゃべりやんだ後《のち》、もう一度大きい眼鏡をかけた。

それから半ば独語《ひとりごと》のようにこう話の結末をつけた。

「だがの、お民、中中お前世の中のことは理窟《りくつ》ばっかしじゃ行かなえせえに、とっくりお前も考えて見てくんなよ。おらはもう何とも云わなえからの」

二十分の後、誰か村の若衆が一人、中音《ちゅうおん》*に唄《うた》をうたいながら、静《しずか》にこの家の前を通りすぎた。「若い叔母さんきょうは草刈りか。草よ靡《なび》けよ。鎌《かま》切れろ」――唄の声の遠のいた時、お住はもう一度眼鏡越しに、ちらりとお民の顔を眺めた。が、お民はランプの向うに長ながと足を伸ばしたまま、生欠伸《なまあくび》をしているばかりだった。

「どら、寝べえ。朝が早《はや》えに」

お民はやっとこう云ったと思うと、塩豌豆を一摑《ひとつか》みさらった後、大儀そうに炉側を立ち上った。………


お住はその後《ご》三四年の間、黙々と苦しみに堪えつづけた。それは云わばはやり切った馬と同じ軛《くびき》*を背負《しょわ》された老馬の経験する苦しみだった。お民は不相変家《うち》を外にせっせと野良《のら》仕事にかかっていた。お住もはた目には不相変小まめに留守居役を勤めていた。しかし見えない鞭《むち》の影は絶えず彼女を脅《おび》やかしていた。或時は風呂を焚《た》かなかっ

た為に、或時は籾《もみ》を干し忘れた為に、或時は牛の放《はな》れた為に、お住はいつも気の強いお民に当てこすりや小言を云われ勝ちだった。が、彼女は言葉も返さず、じっと苦しみに堪えつづけた。それは一つには忍従に慣れた精神を持っていたからだった。又二つには孫の広次が母よりも寧《むし》ろ祖母の彼女に余計なついていたからだった。

お住は実際はた目には殆《ほとん》ど以前に変らなかった。もし少しでも変ったとすれば、それは唯以前のように嫁のことを褒めないばかりだった。けれどもこう云う些細《ささい》の変化は格別人目を引かなかった。少くとも隣のばあさんなどにはいつも「後生《ごしょう》よし」のお住だった。

或夏の日の照りつけた真昼、お住は納屋《なや》の前を覆《おお》った葡萄棚《ぶどうだな》の葉の陰に隣のばあさんと話していた。あたりは牛部屋の蠅《はえ》の声の外に何の物音も聞えなかった。隣のばあさんは話をしながら、短い巻煙草《まきたばこ》を吸ったりした。それは倅《せがれ》の吸い殻《がら》を丹念に集めて来たものだった。

「お民さんはえ？　ふうん、干し草刈りにの？　若えのにまあ、何でもするのう」

「なあん、女にゃ外へ出るよか、内の仕事が一番好いだよう」

「いいや、畠仕事の好きなのは何よりだよう。わしの嫁なんか祝言《しゅうげん》から、はえ、これもう七年が間、畠へはおろか草むしりせえ、唯の一日も出たことはなえわね。子供の物の洗濯《せんたく》だあの、自分の物の仕直しだあのって、毎日永《なが》の日を暮らしてらあね」

「そりゃその方が好いだよう。子供のなりも見好《みよ》くしたり、自分も小綺麗《こぎれい》になったりするはやっぱし浮世の飾りだよう」

「でもさあ、今の若え者は一体に野良仕事が嫌《きら》いだよう。――おや、何ずら、今の音は？」

「今の音はえ？　ありゃお前さん、牛の屁《へ》だわね」

「牛の屁かえ？　ふんとうにまあ。――尤も炎天に甲羅《こうら》を干し干し、粟《あわ》の草取りをするのなんか、若え時にゃ辛《つら》いからね」

二人の老婆はこう云う風に大抵平和に話し合うのだった。

仁太郎の死後八年余り、お民は女の手一つに一家の暮らしを支えつづけた。同時に又いつかお民の名は一村《そん》の外へも弘《ひろ》がり出した。お民はもう「稼ぎ病」に夜も日も明けない若後家ではなかった。況《いわん》や村の若衆などの「若い小母《おば》さん」ではなおさらなかった。その代りに嫁の手本だった。今の世の貞女の鑑《かがみ》だった。「沢向うのお民さんを見ろ」――そう云う言葉は小言《こごと》と一しょに誰の口からも出る位だった。お住は彼女の苦

しみを隣の婆さんにさえ訴えなかった。訴えたいとも亦《また》思わなかった。しかし彼女の心の底に、はっきり意識しなかったにしろ、何処《どこ》か天道《てんどう》*を当《あて》にしていた。その頼みもとうとう水の泡《あわ》になった。今はもう孫の広次より外に頼みになるものは一つもなかった。お住は十二三になった孫へ必死の愛を傾けかけた。けれどもこの最後の頼みも途絶えそうになることは度たびだった。

或秋晴のつづいた午後、本包みを抱えた孫の広次は、あたふた学校から帰って来た。お住は丁度納屋の前に器用に庖丁《ほうちょう》を動かしながら、蜂屋柿《はちやがき》*を吊《つる》し柿に拵《こしら》えていた。広次は粟の籾を干した筵《むしろ》を身軽に一枚飛び越えたと思うと、ちゃんと両足を揃《そろ》えたまま、ちょっと祖母に挙手の礼をした。それから何の次穂《つぎほ》もなしに、こう真面目に尋ねかけた。

「ねえ、おばあさん。おらのお母さんはうんと偉い人かい？」

「なぜや？」

お住は庖丁の手を休めるなり、孫の顔を見つめずにはいられなかった。

「だって先生がの、修身の時間にそう云ったぜ。広次のお母さんはこの近在に二人とない偉い人だって」

「先生がの？」

「うん、先生が。譃《うそ》だのう？」

お住はまず狼狽《ろうばい》した。孫さえ学校の先生などにそんな大譃を教えられている、――実際お住にはこの位意外な出来事はないのだった。が、一瞬の狼狽の後《のち》、発作的の怒《いかり》に襲われたお住は別人のようにお民を罵《のの》り出した。

「おお、譃だとも、譃の皮だわ。お前のお母さんと云う人はな、外でばっか働くせえに、人前は偉く好《い》いけれどな、心はうんと悪《わる》な人だわ。おばあさんばっか追い廻《まわ》してな、気ばっか無暗《むやみ》と強くってな、……」

広次は唯驚いたように、色を変えた祖母を眺めていた。そのうちにお住は反動の来たのか、忽《たちま》ち又涙をこぼしはじめた。

「だからな、このおばあさんはな、われ一人を頼みに生きているだぞ。われはそれを忘れるじゃなえぞ。われもやがて十七になったら、すぐに嫁を貰ってな、おばあさんに息をさせるようにするんだぞ。お母さんは徴兵がすむ*まじゃあなんか、気の長《なげ》えことを云ってるがな、どうしてどうして待てるもんか！　好いか？　わりゃおばあさんにお父さんと二人分孝行するだぞ。そうすりゃおばあさんも悪いようにゃしなえ。何でもわれにくれてやるからな。……」

「この柿も熟《う》んだら、おらにくれる？」

広次はもうもの欲しそうに籠《かご》の中の柿をいじっていた。

「おおさえ。くれなえで。わりゃ年は行かなえでも、何でもよくわかってる。いつまでもその気をなくなすじゃなえぞ」

お住は涙を流し流し、吃逆《しゃくり》をするように笑い出した。……

こう云う小事件のあった翌晩、お住はとうとうちょっとしたことから、お民とも烈《はげ》しいいさかいをした。ちょっとしたこととはお民の食う藷《いも》をお住の食ったとか云うことだけだった。しかしだんだん云い募るうちに、お民は冷笑を浮べながら、「お前さん働くのが厭《いや》になったら、死ぬより外はなえよ」と云った。するとお住は日頃に似合わず、気違いのように吼《たけ》り出した。丁度この時孫の広次は祖母の膝《ひざ》を枕にしたまま、とうにすやすや寐入《ねい》っていた。が、お住はその孫さえ、「広、こう、起きろ」と揺り起した上、いつまでもこう罵りつづけた。

「広こう、起きろ。広、こう、起きて、お母さんの云い草を聞いてくよう。お母さんはおらに死ねって云っているぞ。な、よく聞け。そりゃお母さんの代《だい》になって、銭《ぜに》は少しは殖えつらけんど、一町三段の畠はな、ありゃみんなおじいさんとおばあさんとの開墾したもんだぞ。そりょうどうだ？　お母さんは楽がしたけりゃ死ねって云ってるぞ。――お民、おらは死ぬべえよう。何の死ぬことが怖いもんじゃ。いいや、手前の指図なんか受けなえ。おらは死ぬだ。どうあっても死ぬだ。死んで手前にとっ着いてやるだ。……」

お住は大声に罵り罵り、泣き出した孫と抱き合っていた。が、お民は不相変ごろりと炉側へ寝ころんだなり、そら耳を走らせている*ばかりだった。

けれどもお住は死ななかった。その代りに翌年の土用明け前*、丈夫自慢のお民は腸チフスに罹《かか》り、発病後八日目に死んでしまった。尤も当時腸チフス患者はこの小さい一村《そん》の中にも何人出たかわからなかった。しかもお民は発病する前に、やはりチフスの為に倒れた鍛冶屋《かじや》の葬式の穴掘り役に行った。鍛冶屋にはまだ葬式の日にやっと避病院*へ送られる弟子の小僧も残っていた。「あの時にきっと移ったずら」——お住は医者の帰った後《のち》、顔をまっ赤にした患者のお民にこう非難を仄《ほの》めかせたりした。

お民の葬式の日は雨降りだった。しかし村のものは村長を始め、一人も残らず会葬した。会葬したものは又一人も残らず若死《わかじに》したお民を惜しんだり、大事の稼《かせ》ぎ人を失った広次やお住を憐《あわれ》んだりした。殊《こと》に村の総代役は郡でも近近《ちかぢか》にお民の勤労を表彰する筈《はず》だったと云うことを話した。お住は唯そう云う言葉に頭を下げるより外はなかった。「まあ運だとあきらめるだよ。わし等《ら》もお民さんの表彰に就《つ》いちゃ、去年から郡役所へ願い状を出すしさ、村長さんやわしは汽車賃を使って五度も郡長さんに会いに行くしさ、やさしい骨を折ったことじゃなえ。だがの、わし等もあきらめるだから、お前さんも一つあきらめるだ」——人の好《よ》い禿《は》げ頭《あたま》の総代役はこう常談《じょうだん》＊などもつけ加えた。それを又若い小学教員は不快そうにじろじろ眺めたりした。

お民の葬式をすました夜《よ》、お住は仏壇のある奥部屋の隅《すみ》に広次と一つ蚊帳《かや》へはいっていた。ふだんは勿論《もちろん》二人ともまっ暗にした中に眠るのだった。が、今夜は仏壇にはまだ燈明《とうみょう》もともっていた。その上妙な消毒薬の匂《におい》も古畳にしみこんでいるらしかった。お住はそんなこんなのせいか、いつまでも容易に寝つかれなかった。お民の死は確かに彼女の上へ大きい幸福を齎《もたら》していた。彼女はもう働かずとも好かった。小言を云われる心配もなかった。其処へ貯金は三千円もあり、畠は一町三段ばかりあった。これからは毎日孫と一しょに米の飯を食うのも勝手だった。日頃《ひごろ》好物の塩鱒《しおます》を俵で取るのも亦《また》勝手だった。お住はまだ一生のうちにこの位ほっとした覚えはなかった。この位ほっとした？——しかし記憶ははっきりと九年前の或夜を呼び起した。あの夜《よ》も一息ついたことを云えば、殆ど今夜に変らなかった。あれは現在血をわけた倅《せがれ》の葬式のすんだ夜だった。今夜は？——今夜も一人の孫を産んだ嫁の葬式のすんだばかりだった。

お住は思わず目を開いた。孫は彼女のすぐ隣に多愛《たあい》のない寝顔を仰向けていた。お住はその寝顔を見ているうちにだんだんこう云う彼女自身を情ない人間に感じ出した。同時に又彼女と悪縁を結んだ倅の仁太郎や嫁のお民も情ない人間に感じ出した。その変化は見る見る九年間の憎しみや怒りを押し流した。いや、彼女を慰めていた将来の幸福さえ押し流した。彼等親子は三人とも悉《ことごと》く情ない人間だった。が、その中にたった一人生恥《いきはじ》を曝《さら》した彼女自身は最も情ない人間だった。「お民、お前なぜ死んでしまったただ?」――お住は我知らず口のうちにこう新仏《しんぼとけ》へ話しかけた。すると急にとめどもなしにぽたぽた涙がこぼれはじめた。……………

お住は四時を聞いた後《のち》、やっと疲労した眠りにはいった。しかしもうその時にはこの一家の茅屋根《かややね》の空も冷やかに暁《あかつき》を迎え出していた。……………

(大正十三年一月号『新潮』)

年末の一日

……僕《ぼく》は何でも雑木《ぞうき》の生えた、寂しい崖《がけ》の上を歩いて行った。崖の下はすぐに沼になっていた。その又沼の岸寄りには水鳥が二羽泳いでいた。どちらも薄い苔《こけ》の生えた石の色に近い水鳥だった。僕は格別その水鳥に珍しい感じは持たなかった。が、余り翼などの鮮かに見えるのは無気味だった。――

――僕はこう言う夢の中からがたがた言う音に目をさました。それは書斎と鍵《かぎ》の手になった座敷の硝子戸《ガラスど》の音らしかった。僕は新年号の仕事中、書斎に寝床をとらせていた。三軒の雑誌社に約束した仕事は三篇《ぺん》とも僕には不満足だった。しかし兎《と》に角《かく》最後の仕事はきょうの夜明け前に片づいていた。

寝床の裾《すそ》の障子には竹の影もちらちら映っていた。僕は思い切って起き上り、一《ひと》まず後架《こうか》*へ小便をしに行った。近頃《ちかごろ》この位小便から水蒸気の盛んに立ったことはなかった。僕は便器に向いながら、今日はふだんよりも寒いぞと思った。

伯母や妻は座敷の縁側にせっせと硝子戸を磨《みが》いていた。がたがた言うのはこの音だった。袖無《そでな》し*の上へ襷《たすき》をかけた伯母はバケツの雑巾《ぞうきん》を絞りながら、多少僕にからかうように「お前、もう十二時ですよ」と言った。成程《なるほど》十二時に違いなかった。廊下を抜けた茶の間にはいつか古い長火鉢《ながひばち》の前に昼飯《ひるめし》の支度《したく》も出来上っていた。のみならず母は次男の多加志《たかし》*に牛乳やトオストを養っていた。しかし僕は習慣上朝らしい気もちを持ったまま、人気のない台所へ顔を洗いに行った。

朝飯《あさめし》兼昼飯をすませた後《のち》、僕は書斎の置き炬燵《ごたつ》へはいり、二三種の新聞を読みはじめた。新聞の記事は諸会社のボオナスや羽子板の売れ行きで持ち切っていた。けれども僕の心もちは少しも陽気にはならなかった。僕は仕事をすませる度に妙に弱るのを常としていた。それは房後*の疲労のようにどうすることも出来ないものだった。

………

K君の来たのは二時前だった。僕はK君を置き炬燵に請《しょう》じ、差し当りの用談をすませることにした。縞《しま》の背広を着たK君はもとは奉天《ほうてん》の特派員、――今は本社詰めの新聞記者だった。

「どうです？　暇ならば出ませんか？」

僕は用談をすませた頃、じっと家にとじこもっているのはやり切れない気もちになっていた。

「ええ、四時頃までならば。………どこかお出かけになる先はおきまりになっているんですか?」

K君は遠慮勝ちに問い返した。

「いいえ、どこでも好《い》いんです」

「お墓はきょうは駄目《だめ》でしょうか?」

K君のお墓と言ったのは夏目先生のお墓*だった。僕はもう半年ほど前に先生の愛読者のK君にお墓を教える約束をしていた。年の暮にお墓参りをする、——それは僕の心もちに必ずしもぴったりしないものではなかった。

「じゃお墓へ行きましょう」

僕は早速外套《がいとう》をひっかけ、K君と一しょに家を出ることにした。

天気は寒いなりに晴れ上っていた。狭苦しい動坂《どうざか》*の往来もふだんよりは人あしが多いらしかった。門に立てる松や竹も田端《たばた》青年団詰め所とか言う板葺《いたぶ》きの小屋の側《そば》に寄せかけてあった。僕はこう言う町を見た時、幾分か僕の少年時代に抱いた師走《しわす》の心もちのよみ返るのを感じた。

僕等は少時《しばらく》待った後《のち》、護国寺《ごこくじ》前《まえ》*行の電車に乗った。電車は割り合いにこまなかった。K君は外套の襟《えり》を立てたまま、この頃先生の短尺《たんじゃく》を一枚やっと手に入れた話などをしていた。

すると富士前*を通り越した頃、電車の中ほどの電球が一つ、偶然抜け落ちてこなごなになった。そこには顔も身なりも悪い二十四五の女が一人、片手に大きい包《つつみ》を持ち、片手に吊《つ》り革《かわ》につかまっていた。電球は床へ落ちる途端に彼女の前髪をかすめたらしかった。彼女は妙な顔をしたなり、電車中の人々を眺《なが》めまわした。それは人々の同情を、——少くとも人々の注意だけは惹《ひ》こうとする顔に違いなかった。が、誰も言い合せたように全然彼女には冷淡だった。僕はK君と話しながら、何か拍子抜《ひょうしぬ》けのした彼女の顔に可笑《おか》しさよりも寧《むし》ろはかなさを感じた。

僕等は終点で電車を下り、注連飾《しめかざ》りの店など出来た町を雑司《ぞうし》ヶ谷《や》の墓地へ歩いて行った。

大銀杏《おおいちょう》の葉の落ち尽した墓地は不相変《あいかわらず》きょうもひっそりしていた。幅の広い中央の砂利道にも墓参りの人さえ見えなかった。僕はK君の先に立ったまま、右側の小みちへ曲って行った。小みちは要冬青《かなめもち》*の生《い》け垣《がき》や赤鏽《あかさび》のふいた鉄柵《てっさく》の中に大小の墓を並べていた。が、いくら先へ行っても、先生のお墓は見当らなかった。

「もう一つ先の道じゃありませんか？」

「そうだったかも知れませんね」

僕はその小みちを引き返しながら、毎年十二月九日には新年号の仕事に追われる為、滅多《めった》に先生のお墓参りをしなかったことを思い出した。しかし何度か来ないにしても、お墓の所在のわからないことは僕自身にも信じられなかった。

その次の稍《やや》広い小みちもお墓のないことは同じだった。僕等は今度は引き返す代りに生け垣の間を左へ曲った。けれどもお墓は見当らなかった。のみならず僕の見覚えていた幾つかの空き地さえ見当らなかった。

「聞いて見る人もなし、……困りましたね」

僕はこう言うK君の言葉にははっきり冷笑に近いものを感じた。しかし教えると言った手前、腹を立てる訣《わけ》にも行かなかった。

僕等はやむを得ず大銀杏を目当てにもう一度横みちへはいって行った。が、そこにもお墓はなかった。僕は勿論苛《もちろんい》ら苛らして来た。しかしその底に潜んでいるのは妙に佗《わび》しい心もちだった。僕はいつか外套の下に僕自身の体温を感じながら、前にもこう言う心もちを知っていたことを思い出した。それは僕の少年時代に或《ある》餓鬼大将《がきだいしょう》にいじめられ、しかも泣かずに我慢して家《うち》へ帰った時の心もちだった。

何度も同じ小みちに出入《でいり》した後《のち》、僕は古樒《ふるしきみ》＊を焚《た》いていた墓地掃除の女に途《みち》を教わり、大きい先生のお墓の前へやっとK君をつれて行った。

お墓はこの前に見た時よりもずっと古びを加えていた。おまけにお墓のまわりの土もずっと霜に荒されていた。それは九日に手向《たむ》けたらしい寒菊や南天の束《たば》の外に何か親しみの持てないものだった。K君はわざわざ外套を脱ぎ、丁寧《ていねい》にお墓へお時宜《じぎ》*をした。しかし僕はどう考えても、今更恬然《てんぜん》*とK君と一しょにお時宜をする勇気は出悪《でにく》かった。

「もう何年になりますかね？」

「丁度九年になる訣です」

僕等はそんな話をしながら、護国寺前の終点へ引き返して行った。

僕はK君と一しょに電車に乗り、僕だけ一人富士前で下りた。それから東洋文庫*にいる或友だちを尋ねた後、日の暮に動坂へ帰り着いた。

動坂の往来は時刻がらだけに前よりも一層混雑していた。が、庚申堂《こうしんどう》*を通り過ぎると、人通りもだんだん減りはじめた。僕は受け身になりきったまま、爪先《つまさき》ばかり見るように風立った路を歩いて行った。

すると墓地裏の八幡坂《はちまんざか》*の下に箱車*を引いた男が一人、楫棒《かじぼう》に手をかけて休んでいた。箱車はちょっと眺めた所、肉屋の車に近いものだった。が、側へ寄って見ると、横に広いあと口に東京胞衣《えな》会社《がいしゃ》*と書いたものだった。僕は後《うしろ》から声をかけた後《のち》、ぐんぐんその車を押してやった。それは多少押してやるのに穢《きたな》い気もしたのに違いなかった。

しかし力を出すだけでも助かる気もしたのに違いなかった。

北風は長い坂の上から時々まっ直《すぐ》に吹き下ろして来た。墓地の樹木もその度にさあっと葉の落ちた梢《こずえ》を鳴らした。僕はこう言う薄暗がりの中に妙な興奮を感じながら、まるで僕自身と闘うように一心に箱車を押しつづけて行った。……

（大正十五年一月号『新潮』）

注解

或日の大石内蔵之助

ページ

八 *嵯峨《さが》たる　木の枝が角立って不揃《ふぞろ》いに入りまじる様子。

*浅野《あさの》内匠頭《たくみのかみ》　浅野長矩《ながのり》（1667~1701）播州赤穂《ばんしゅうあこう》の城主。三十五歳の元禄《げんろく》十四年（1701）三月十四日、歳賀に朝廷からの勅使を饗応する役に当たり、殿中松の廊下で吉良上野介《きらこうずけのすけ》義央《よしなか》を刃傷《にんじょう》し、即日切腹、領地を没収された。

*細川家　江戸高輪《たかなわ》（伊皿子《いさらご》）にあった細川越中守綱利《えっちゅうのかみつなとし》の上屋敷《かみやしき》。

*大石内蔵之助良雄《よしかつ》（1659~1703）浅野家の筆頭家老。おっとりした人柄《ひとがら》から平素は「昼行燈《ひるあんどん》」と呼ばれたが、赤穂開城後、赤穂浪士の頭領として同志四十六士を良く統率し、元禄十五年（1702）十二月十五日未明、江戸本所松坂町の吉良邸に討ち入り、吉良義央に対して主君の仇《あだ》を果たした。翌十六年二月四日、幕府の沙汰《さた》により細川家で切腹。行年四十五歳。

*三国誌《さんごくし》　中国二十四史の一つで魏《ぎ》・呉《ご》・蜀《しょく》三国の史書。晋《しん》の陳寿撰《ちんじゅせん》。

*片岡源五《かたおかげんご》右衛門《えもん》（1667~1703）高房《たかふさ》。側用人《そばようにん》・児《こ》小姓頭《ごしょうがしら》として三百五十石を賜り浅野

長矩に重く用いられていたため、殉死しなかったことに批判が集中したが、最初からの目的であった仇討ちを果たし、細川家で切腹した。行年三十七歳。

＊早水藤左衛門《はやみとうざえもん》　（1664~1703）　満尭《みつたか》。馬廻役《うままわりやく》。禄百五十石。小姓の萱野三平《かやのさんぺい》とともに、江戸の長矩刃傷事件を赤穂へ早駕籠《はやかご》で知らせた人物。細川家で切腹。行年四十歳。

＊吉田忠左衛門《よしだちゅうざえもん》　（1641~1703）　兼亮《かねすけ》。足軽《あしがる》頭・郡奉行《こおりぶぎょう》。禄二百石。内蔵之助の命で堀部《ほりべ》安兵衛《やすべえ》ら江戸急進派の血気を静めるため、改名して江戸に赴き、分裂の危機を救った。年齢、貫禄、手腕の三拍子揃《そろ》った、内蔵之助の片腕。細川家で切腹。行年六十三歳。

＊原惣右衛門《はらそうえもん》　（1648~1703）　元辰《もととき》。早水、萱野の使者の後、内匠頭切腹、浅野家断絶、領地召上げという最悪の事態を、大石瀬左衛門《せざえもん》と共に早駕籠で赤穂へ知らせた人物。細川家で切腹。行年五十六歳。

＊間瀬久太夫《ませきゅうだゆう》　（1641~1703）　正明《まさあき》。大目付《おおめつけ》。禄二百石。内蔵之助の下向より一足早く大石主税《ちから》とともに江戸へ入り、医師三橋浄貞と称して討入りを待った。赤穂藩の重要な政務を預かり、討入り当夜は内蔵之助とともに総司令部に陣取った。細川家で切腹。行年六十三歳。

＊小野寺十内《おのでらじゅうない》　（1643~1703）　秀和《ひでかず》。京都留守居役。禄百五十石。歌をよくする通人で、急進派をなだめ内蔵之助を助けた。江戸下向、細川家お預けの間もこまめに妻に便りをするほど夫婦仲が良く、妻お丹は、義士切腹の四カ月後、断食して夫のあとを追った。十内の行年六十一歳。

九

＊堀部弥兵衛《ほりべやへえ》　(1627〜1703)　金丸《あきざね》。前江戸留守居役。禄三百石。中山安兵衛の高田馬場助太刀の功に感激し、安兵衛を娘とめあわせた。一党の最長老。行年七十七歳。
＊間喜兵衛《はざまきへえ》　(1635〜1703)　光延《みつのぶ》。勝手方《かってかた》吟味役。禄百石。辞世として「草枕《くさまくら》むすぶかり寝の夢さめて常世《とこよ》にかへる春の曙《あけぼの》」の一首が残されている。行年六十九歳。
＊消息　手紙。
＊極月《ごくげつ》　十二月。師走《しわす》。
＊泉岳寺《せんがくじ》　東京都港区にある曹洞宗《そうとうしゅう》の寺。一党は討入り後、浅野家の菩提寺《ぼだいじ》である本寺に入り、内匠頭墓前に吉良の首を供え、一人ずつ焼香した。現在も内匠頭及び四十七士の墓があり、義士祭が十二月十四日に行われている。
＊赤穂《あこう》　兵庫県西端の都市。浅野家の居城があった。
＊客気《かっき》　血気。
＊讐家《しゅうか》　かたきの家。
＊細作《さいさく》　スパイ。間者《かんじゃ》。
＊山科《やましな》　京都市東山区の地名。大石内蔵之助が浪宅《ろうたく》を構え、ここで度々会議が開かれた。特に元禄十五年二月十五日の山科会議は、御家再興派と即刻討入り派の分裂の危機を乗り越える上で重要なものだった。
＊円山《まるやま》　京都市東山の西麓《せいろく》の地名。元禄十五年七月二十八日、午前八時から円山の安養寺塔頭《たっちゅう》の六坊の一つ重阿弥《じゅうあみ》で行われた会議で、吉良邸討入りが決定した。

＊公儀　幕府。

一〇　＊富森助右衛門《とみのもりすけえもん》（1670～1703）正因《まさより》。馬廻・使番。禄二百石。大高源五《おおたかげんご》とともに赤穂家中の俳諧《はいかい》道の双璧《そうへき》と称せられた。俳号は春帆。討入りの朝、源五と連句をかわした話も伝えられている。

一一　＊伝右衛門《でんえもん》　堀内氏。細川家の家臣。浪士達《たち》の接伴係の一人。その誠実な人柄に浪士達が信頼を寄せ、切腹当日も彼に伝言、遺品伝達を依頼し、辞世の一首を託した。覚え書「細川家御預義士十七人一件」の筆者。

一二　＊近松《ちかまつ》　近松勘六行重《かんろくゆきしげ》（1670～1703）。馬廻。禄二百五十石。生涯《しょうがい》独身だったが乳兄妹《ちきょうだい》との恋物語などが残されている。行年三十四歳。

＊甚三郎《じんざぶろう》　近松勘六の若い忠僕。赤穂開城後、常に近松に従い、江戸下向の供もしたが、討入り二十日ほど前に近松から解雇を言い渡され切腹しかける。結局忠誠心に動かされた近松に吉良家門前までの供を許された。そして、義士達が本懐を遂げて吉良家を出た時、その門前で義士一人一人に餅《もち》と蜜柑《みかん》を贈ったという。細川家の臣堀内伝右衛門は近松の「自分の養子分にして、内蔵之助に頼み一党の中に加えてやればよかった」という言葉を伝えている。

＊南八丁堀　「八丁堀」は東京都中央区にある町名。江戸奉行所所属の与力《よりき》・同心《どうしん》が多く住んでいた。

一四　＊風馬牛《ふうばぎゅう》　無関係なこと。

一五　＊太平記《たいへいき》　南北朝時代の軍記物語。後醍醐《ごだいご》天皇即位（1318）から後村上《ごむらかみ》天皇（1367）まで約五十年の動乱を通して、人間の道義、政権争奪に終始する政治への批判を訴え、太平を主題として描いた文学。応安四年（1371）頃《ごろ》大成。作者は小島法師（?～1374）と伝えられている。

一六　＊浄瑠璃《じょうるり》　語り物音楽の一つ。室町時代の末、牛若丸と浄瑠璃姫の恋を語る「浄瑠璃物語（十二段草子）」が流行したことから、その名が起る。江戸時代初期、三味線《しゃみせん》の伝来とともに、手遣いの人形を三味線に合わせて演じさせる興行物があらわれ、その後浄瑠璃は、人形芝居の語り物として、金平節《こんぴらぶし》、播磨《はりま》節、河東《かとう》節など様々な流派を誕生させた。ここでは、元禄期（1688～1704）に、竹本義太夫《たけもとぎだゆう》が近松門左衛門と組んで完成させた義太夫節をさす。

一七　＊小身者　地位が低く、禄が少ない者。

＊奥野将監《おくのしょうげん》　組頭。禄千石。内蔵之助とともにお家再興と上野介処分を訴えるため殉死嘆願の誓いを立て、赤穂開城の際は内蔵之助の片腕となって尽力したが、討入りを決定した円山会議の直前に脱落した。

＊進藤源四郎《しんどうげんしろう》　足軽頭。内蔵之助の伯母の夫。禄四百石。代々山科に土地と邸《やしき》を持っていたので、山科の内蔵之助の隠れ家を世話した。一党の最高幹部だったが円山会議直前に脱落。

＊河村伝兵衛《かわむらでんぴょうえ》　足軽頭。最初は奥野将監とともに殉死嘆願派の一人だったが、円山会議か

ら姿を消した。

＊小山源五右衛門《こやまげんごえもん》　足軽頭。内蔵之助の叔父で一党の最高幹部。やはり円山会議直前に脱落。

＊佐々小左衛門《ささこざえもん》　足軽頭。禄二百石。

一八

＊人畜生《にんちくしょう》　人非人《にんぴにん》。

＊高田群兵衛《たかたぐんべえ》　堀部安兵衛らとともに江戸急進派の一人で槍《やり》の使い手として名高い。旗本の伯父の所へ養子にいくという名目で脱落したが、討入り後、引上げを見に現われ、さらに泉岳寺に酒を届けて追い払われる。

＊小山田庄左衛門《おやまだしょうざえもん》　百石取りの家柄で江戸急進派の一人だったが、夫婦約束のあった女とよく似た娼婦《しょうふ》に迷い、仲間の片岡源五衛門の衣類と金子《きんす》を奪い逃亡した。父一閑《いっかん》老人は討入り後、事実を知り自害した。

一九

＊岡林杢之助《おかばやしもくのすけ》　旗本院平孫左衛門の弟で、浅野家中《かちゅう》岡林家の養子となり、組頭を勤め禄千石を賜る。赤穂開城後は兄弟を頼り江戸にいたが、大野九郎兵衛派の幹部だったため討入りを知らされず、事件後、兄弟に責められて元禄十五年十二月二十八日、自害した。

＊詰腹《つめばら》　他から強《し》いられて切腹すること。

＊乱臣賊子　国を乱す臣や、父にそむく子のような悪者。

＊罵殺《ばさつ》　さんざんにののしりやっつけること。

＊故朋輩《こほうばい》　むかしの仲間。古い同僚。

二〇

＊向背《こうはい》　なりゆき。動静。

二一

＊肥後侍《ひござむらい》　肥後の国（熊本県）の侍。

＊唐土《もろこし》　昔、日本での中国の呼び名。

＊高尾《たかお》　京都市右京区梅ヶ畑にある紅葉の名所。高雄。

＊愛宕《あたご》　京都市右京区上嵯峨北部の山。紅葉の名所。

＊佯狂《ようきょう》　狂気を装うこと。

＊島原《しまばら》　京都市下京区丹波口の東にあった遊廓《ゆうかく》。

＊祇園《ぎおん》　京都市東山区八坂神社近辺にあった遊廓。

＊苦肉　敵をだますために自分の身を苦しめること。

＊張抜石《はりぬきいし》　張り子の石。

二二

＊京都勤番《きんばん》　京都にあった浅野家別邸の留守居役。「勤番」は、江戸時代遠方の要地に駐在して勤務に服すること。

＊升屋《ますや》の夕霧《ゆうぎり》　江戸前期の有名な遊女の名。

＊里げしき　大石良雄作詞の本調子の地唄《じうた》。遊里の深更叙景がうたわれている。「更《ふ》けて曲輪《くるわ》の粧《よそほ》ひ見れば（略）送くる姿の一重帯《ひとへ》、解けてほどけて寝乱れ髪の、黄楊《つげ》の、黄楊の小櫛《をぐし》も挿《さ》すが涙やはらはら袖《そで》に、こぼれて袖に、露のよすがの、憂《う》き勤《つと》め。」（『箏唄《ことうた》及地唄全集』昭和二年七月刊、日本音曲全集刊行会編）本文二三ページの「ばらばら袖」は「はらはら袖」の誤記か。

＊撞木町《しゅもくまち》　京都市伏見区にあった遊廓。この遊里の笹屋《ささや》の浮橋という遊女のもとに、内蔵之助は一番よく通い、彼女の名と地唄「里げしき」の歌詞から「浮さま」という仇名がついた。

二三

＊太夫《たゆう》　最上位の遊女。

＊伽羅《きゃら》の油　びんつけ油の一種。

＊加賀節《かがぶし》　寛文（1661〜）から元禄（〜1704）の時代に流行した小唄。

＊春宮《しゅんきゅう》　遊廓の風俗を描いた絵。

二四

＊的皪《てきれき》　玉などが鮮やかに輝く様子。

＊象嵌《ぞうがん》をしたような　はめこんだような。「象嵌」は、金属、木材、陶器などに、他の材料をはめこむこと。

戯作三昧

二六

＊天保《てんぽう》二年　一八三一年。当時、馬琴は六十五歳。

＊神田同朋町《かんだどうぼうちょう》　東京都千代田区にあった町名。馬琴は文政七年（1824）五十八歳まで飯田《いいだ》町《まち》に長女おさきと住み、同朋町には長男宗伯《そうはく》、妻お百《ひゃく》などを住まわせていたが、おさきの聟《むこ》が決まったので同朋町に移り、天保七年七十歳まで十二年間住んだ。この同朋町時代が、著述に脂《あぶら》の乗った全盛時代であった。

＊式亭三馬《しきていさんば》　安永五年（1776）〜文政五年（1822）。江戸後期の戯作者《げさくしゃ》。黄表紙《きびょうし》、合巻《ごうかん》、

洒落本《しゃれぼん》なども書いたが、特に滑稽本《こっけいぼん》に優れ、代表作に『浮世風呂《うきよぶろ》』『浮世床』がある。

＊滑稽本《こっけいぼん》　都会人の卑俗な日常生活を滑稽に描く中に、一種の教訓を潜ませた江戸戯作の一形態。

＊「神祇《じんぎ》、釈教《しゃっきょう》……浮世風呂《うきよぶろ》」　『浮世風呂』前編上にある文章。貴賤《きせん》貧富・職業・境遇を問わず、みな裸になって入りあう銭湯の様子を、歌集・説話集の分類順や巻名にこじつけて記したもの。

＊歌祭文《うたざいもん》　江戸時代の俗曲。はじめ山伏《やまぶし》が法螺貝《ほらがい》を吹きながら霊験を唱えていたものが、後、世間の出来事をおもしろおかしく三味線に合わせて歌うようになった。

＊嚊《かかあ》たばね　髪結い職人の手によらず、自分の手で油をつけずに無造作にたばねた髪型。文化（1804～）の頃から江戸の町人の間で流行した。

＊ちょん髷本多《まげほんだ》　七分を前、三分を後ろに分けて、はけ先を細く優しく結った男子のちょん髷の一種。徳川家康の重臣本多忠勝《ほんだただかつ》の家臣から起った。

＊文身《ほりもの》　肌に針で傷をつけ、墨などを入れて文字や絵をあらわしたもの。刺青。入れ墨。

＊大銀杏《おおいちょう》　はけ先を銀杏の葉の形に大きくひろげて結った武士の髷。

＊由兵衛奴《よしべえやっこ》　後ろに低くずり下げて結った若者の髷。

＊虻蜂蜻蛉《あぶはちとんぼ》　少しそり残した髪を、蜂やトンボの翅《はね》のように結った子供の髷。

＊柘榴口《ざくろぐち》　湯がさめないように湯槽の前に隔てをし、その下を身をかがめて出入りした。その出入口。ざくろの実の酢は鏡をみがく材料だったので「かがみいる」（屈入《かがみいる》＝鏡要

る）にかけたものと言われている。

二七 ＊止《と》め桶《おけ》 小判型の湯汲《ゆく》み桶。

＊甲斐絹《かいき》 染色した生糸《きいと》で織った手織の絹。

＊寂滅《じゃくめつ》 仏教語で苦悩を去り静の境地に入ること。転じて、死ぬこと。

二八 ＊塵労《じんろう》 俗世間のわずらわしい苦労。

＊めりやす 歌舞伎《かぶき》の独吟の合方《あいかた》として作られた小唄。しんみりした情緒に富む。「黒髪」「高尾」「五大力」などの曲が現存。

＊よしこの 都都逸《どどいつ》に似た小唄。「よしこのよしこの」というはやしことばが入る。文政(1818〜）から明治中期まで流行。

＊曲亭《きょくてい》先生 馬琴の別号。

＊細銀杏《ほそいちょう》 一文字に細長く結った人の髷。特に商人に多い髪型。

＊馬琴滝沢瑣吉《ばきんたきざわさきち》 明和四年（1767）六月九日〜嘉永《かえい》元年（1848）十一月六日。江戸後期の戯作者。江戸深川の下級武士の家に生まれ、二十四歳で山東京伝《さんとうきょうでん》に師事。二十七歳で飯田町の下駄《げた》商伊勢屋に入聟《いりむこ》し、黄表紙、合巻、読本《よみほん》を次々に発表。同朋町時代を経て、七十歳のとき四谷に転居、長男宗伯、妻お百の死、自身の失明に耐え、嫁お路《みち》の援助で晩年まで著作を続けた。儒教的勧善懲悪の思想と仏教的因果応報の理を主題とする。「戯作三昧」に描かれる天保二年当時『南総里見八犬伝《なんそうさとみはっけんでん》』『傾城水滸伝《けいせいすいこでん》』『新編金瓶梅《きんぺいばい》』『近世説美少年録《きんせいせつびしょうねんろく》』『俠客伝《きょうかくでん》』などを並行して執筆している。

二九

*八犬伝《はっけんでん》　『南総里見八犬伝』。馬琴作の読本。室町末期の武将里見義実《さとみよしざね》の娘伏姫《ふせひめ》が八房《やつふさ》という犬の精に感じて生んだ八犬士が、里見家再興のために活躍する大長編伝奇小説。中国伝奇小説『水滸伝』を下敷きとし、二十八年の歳月をかけ天保十二年（1841）に完成。が、本話の天保二年九月当時、『八犬伝』の執筆は中断されていたらしい。

*「船虫《ふなむし》が……荘介《そうすけ》に助けられる」　『南総里見八犬伝』第八輯《しゅう》巻之一から巻之二までの部分。「船虫」は、夫の仇《かたき》として八犬士の一人犬田小文吾《いぬたこぶんご》をねらう毒婦。瞽婦《ごぜ》（三味線をひき、歌をうたってお金をもらう盲目女）に身をやつし、小文吾に近づくが、彼に捕えられ無人の庚申堂《こうしんどう》の天井にぶら下げられる。小文吾を探している犬川荘介は、事情を知らず船虫を救い、彼女の家まで送る。それが荘介、小文吾再会の機縁となる筋。

*読本《よみほん》　江戸戯作の一形態。仏教の因果応報、儒教の勧善懲悪の思想と、中国伝奇小説に影響された雄大な結構を持つ長編大衆歴史小説。和漢混交雅俗折衷の文体を有する。山東京伝、滝沢馬琴が主な読本作者。

三〇

*羅貫中《らかんちゅう》　中国明《みん》代初期の作家。『三国志演義』『残唐五代史演義』『隋《ずい》唐志伝』『平妖《へいよう》伝』などの編著者として著名。『水滸伝』も彼の作と言われる。

*眇《すがめ》　やぶにらみ。斜視。

*小銀杏《こいちょう》　大銀杏（二六ページ注参照）を小さくした、職人、人夫の髷。

*発句《ほっく》　連歌・連句の最初の句が独立したもの。現在の俳句。

*運座《うんざ》　多くの人が集まって俳句を作り、批評しあう会。

三一　＊一時はやった事もある　父親が俳諧を嗜《たしな》んでいたため、馬琴も早くから句を詠《よ》み、天明七年（1787）には『俳諧古文庫』を編集した。

三二　＊眼《め》くらの垣覗《かきのぞ》き　見ても見えないという意味から、少しもわからないことのたとえ。

＊宗匠《そうしょう》　俳諧、茶道などの師匠。

三四　＊舟日《ふなひ》覆《おい》　舟の上にかける布でできたおおい。

＊舟子《かこ》　江戸時代、船頭、楫《かじ》取りなどの幹部を除く一般の船乗りをいう。帆をあやつったり、荷物の上げ下ろしなどの諸作業をした。

三五　＊著作堂主人　馬琴の別号。

＊水滸伝《すいこでん》　中国明代初期の長編歴史小説。宋《そう》代の群盗《ぐんとう》百八人の事跡を脚色したもの。作者は施耐庵《したいあん》とも羅貫中とも言われる。江戸後期の読書界では『水滸伝』が流行し、多くの文人がその趣向を自作に取り入れた。馬琴の作『高尾船字文』『八犬伝』などに『水滸伝』の趣向が取り入れられている。

＊京伝《きょうでん》　山東京伝。宝暦十一年（1761）～文化十三年（1816）。江戸後期の戯作者。洒落本、読本で一家を成した。馬琴の師匠だが、馬琴四十四歳以後不和となった。黄表紙『江戸生艶気樺焼《うまれうわきのかばやき》』、洒落本『通言総籬《つうげんそうまがき》』『傾城買《けいせいかい》四十八手』、読本『桜姫全伝曙草紙《さくらひめぜんでんあけぼのぞうし》』などがある。

＊二番煎《せん》じ　前にあった趣向をまねること。ここでは山東京伝作『忠臣水滸伝』（1799）のまねという意。

三六　＊四書五経《ししょごきょう》　儒教の古典。四書は『大学』『中庸』『論語』『孟子《もうし》』。五経は『詩経』『書経』『易経』『礼記《らいき》』『春秋』。

＊お染久松《そめひさまつ》　宝永年間（1704〜11）頃、大坂東堀瓦屋橋《かわらやばし》通りの油屋の娘お染と丁稚《でっち》久松との心中事件があり、近松半二の「新版歌祭文」など多くの歌舞伎脚本、浄瑠璃、歌曲に仕組まれた。

＊松染情史秋七草《しょうせんじょうしあきのななくさ》　馬琴の読本。文化六年（1809）刊。お染久松を南朝の楠《くすのき》、和田両氏の子女に移し、『太平記』の世界を背景として、お染久松の情話を武家社会の忠孝貞節の物語に仕立てた歴史小説。

＊さわに多かりでげす　とても沢山あります。「さわ」は多いさま。たくさんの意。

＊一九《いっく》　十返舎《じっぺんしゃ》一九。明和二年（1765）〜天保二年（1831）。江戸後期の戯作者。黄表紙で名を現わし、滑稽本『東海道中膝栗毛《とうかいどうちゅうひざくりげ》』で文名を確立した。読本、人情本、洒落本も手がけ、大衆の人気を得たが、馬琴は一九の作品を無視していた。

＊蓑笠軒隠者《さりゅうけんいんじゃ》　馬琴の別号。

＊時好《じこう》に投ずる　時代の好みにあわせて世間にもてはやされる。

三七　＊フィリッピクス　philippics（英）。痛罵《つうば》。

三八　＊駕籠《かご》　「駕籠行燈《あんどん》」の略。細い竹で編んだ駕籠に紙を張った行燈。ここでは、この二字を書き出した提灯屋《ちょうちんや》の行燈のこと。

＊卜筮《ぼくぜい》　占い。

四〇

＊算木《さんぎ》　占いに使う六個の柱状の木。

＊比倫《ひりん》　なかま。比べるもの。たぐい。

＊ばら緒　細い緒を幾筋も合わせて作ったはな緒。元禄時代頃から流行した。

＊雪駄《せった》　竹皮の草履《ぞうり》の裏に皮を張りつけたもの。

＊式台　玄関先の板敷き。

四一

＊和泉屋《いずみや》さん　和泉屋市兵衛。芝神明前《しばしんめいまえ》三島町の出版業者。馬琴の『新編金瓶梅《きんぺいばい》』などを出版した。「馬琴日記」に、しばしば彼の来訪が記されている。

＊お百《ひゃく》　馬琴の妻。馬琴より年上で家つきの頭痛持ちの女。馬琴はよくお百の無知とヒステリーに悩まされた。

＊お路《みち》　馬琴の長男宗伯の嫁。お百、宗伯の死後、失明の馬琴を助けて『南総里見八犬伝』などを代筆した。馬琴の良き理解者であり、強力な助手だった。このとき二十七歳。

＊坊ちゃん　宗伯の長男。馬琴の孫の太郎。このとき四歳。

＊倅《せがれ》　宗伯。このとき三十四歳。松前老侯の侍医で、馬琴の作品の校正などを助けたが、病弱のため馬琴より先に三十八歳で死亡。

＊山本様　宗伯の師事した医師山本宗瑛。

＊石刷《いしずり》　石碑や木を刻んだ書画を、油墨などで紙にすりとったもの。ここでは、地を黒く絵を白く出した石刷の版画のこと。

＊紅楓黄菊《こうふうこうぎく》の双幅　もみじと黄菊とを描いた掛軸。二つで一対《いっつい》となっている。

四二 ＊破芭蕉《やればしょう》　秋になって葉のいたんだ芭蕉。

＊婆娑《ばさ》　木の葉などが風にあたり乱れて動く様子。

＊金瓶梅《きんぺいばい》　中国明《みん》代の長編小説。作者未詳。『水滸伝』『三国志演義』『西遊記《さいゆうき》』とともに中国四大奇書の一つ。『水滸伝』中の人物武松《ぶしょう》などに富豪西門慶《さいもんけい》や淫婦《いんぷ》潘金蓮《ばんきんれん》を配し、当時の中国の腐敗した政治や、頽廃《たいはい》した富豪の生活をあばいたもの。馬琴にこの書を模した合巻『新編金瓶梅』があり、ここではそれをさす。

四三 ＊版元《はんもと》　出版物の発行所。

＊合巻《ごうかん》　江戸後期の草双紙《くさぞうし》の一種。黄表紙の長編化したもので文化三、四年頃から流行。挿絵《さしえ》を主とした婦女子向きの通俗小説。馬琴は文政末に、中国の『西遊記』『水滸伝』を翻案し、『金毘羅船利生纜《こんぴらぶねりしょうのともづな》』『傾城水滸伝』などの合巻を書いた。

四四 ＊鼠小僧次郎太夫《ねずみこぞうじろだゆう》　江戸後期の有名な義賊。名は次郎吉。武家屋敷のみ襲い、盗んだ金を貧乏人に施したという。

＊今年五月の上旬に召捕られて　ここでの「今年」は天保二年をさし、「馬琴日記」では天保三年（1832）五月に捕えられ、八月に処刑されたとあり、「戯作三昧」と一年のずれがある。

＊獄門　さらし首。

四五 ＊荒尾但馬守《あらおたじまのかみ》　江戸文化年間、箱館《はこだて》奉行から江戸町奉行に転役し、まもなく死亡した旗本。

＊引廻し《ひきまわし》　処刑前、犯人を馬に乗せ、罪状を記した木板を掲げ、江戸市中を引廻す刑。斬《ざん》

罪《ざい》以上に付加されていた。

＊越後縮《えちごちぢみ》　新潟県六日町《むいかまち》地方に産する上質の縮み織。

＊帷子《かたびら》　裏をつけない夏の着物。

＊白練《しろねり》の単衣《ひとえ》　白地の練り絹（練ってやわらかくした絹）で仕立てた小袖。

四六　＊種彦《たねひこ》　柳亭《りゅうてい》種彦。天明三年（1783）〜天保十三年（1842）。江戸後期の戯作者。合巻に天分を発揮し、『修紫田舎源氏《にせむらさきいなかげんじ》』で名声を高めた。

四七　＊春水《しゅんすい》　為永《ためなが》春水。寛政二年（1790）〜天保十四年（1843）。江戸後期の戯作者。式亭三馬に師事。写実的恋愛小説である人情本に優れ、『春色梅児誉美《しゅんしょくうめごよみ》』がその代表作。

＊艶物《つやもの》　恋愛を主とした作品。

＊手間取《てまと》り　手間賃でやとわれる労働者。

四九　＊手水鉢《ちょうずばち》　手を洗う水を入れて縁側のそばに置く石で作った台。

五〇　＊袖垣《そでがき》　物にそえて低く作った生垣。

＊相州《そうしゅう》　相模国《さがみのくに》。現在の神奈川県。

＊長島政兵衛《ながしままさべえ》　天保五年正月二十四日の「馬琴日記」に、この人物のことが述べられている。

＊巡島記《じゅんとうき》　『朝夷《あさひな》巡島記』。英雄的行動によって逆境から奮起する朝夷三郎義秀の一代記。馬琴の史伝物の一つ。

＊食客《しょっかく》　いそうろう。

五一

＊筆削《ひっさく》　添削《てんさく》。

＊楔子《くさび》　V字形に作って部材が離れないように打ちこむ木や鉄片。転じて、物と物をつなぎあわせる役目を果たすもの。絆《きずな》となるもの。

＊鄙吝《ひりん》　けち。

＊僅《わずか》に局を結んでいる　やっと終わっている。

五二

＊豹子頭林冲《ひょうしとうりんちゅう》　『水滸伝』に登場する百八人の豪傑の一人。宮廷の権力を握る高太尉に憎まれ、無実の罪で投獄された林冲が、まぐさ置場の番人にされ、そこに高太尉の部下が放火して殺されそうになるが、偶然山神廟《さんじんびょう》の中で激しい風雪を避けていたので助かり、まぐさ場が焼けるのを望見する。

＊山神廟《さんじんびょう》　山の神を祭った建物。

＊草秣場《まぐさば》　牛馬の飼料の草を集める場所。

＊髣髴《ほうふつ》した　ぼんやりと思い浮かべた。

五三

＊纏綿《てんめん》　つきまとう。

＊先王の道　古代中国の聖王（堯《ぎょう》・舜《しゅん》など）の説いた道理。儒教の理想とされている。

＊勧懲《かんちょう》の具《ぐ》　善を勧め悪を懲《こ》らすという儒教思想を高揚させる手段。

＊磅礴《ぼうはく》　満ちひろがる。

＊崋山《かざん》渡辺登　寛政五年（1793）～天保十二年（1841）。江戸後期の画家。本名定静《さだやす》。通称登。号崋山。三河の田原藩の家老。谷文晁《たにぶんちょう》を師として西洋画法を取り入れ、独自の様

式を確立した。漢学、蘭学《らんがく》にも通じ、藩政に貢献したが、開国思想によって社会を批判した著書のため幕府にとがめられ、自殺した。崋山は馬琴より二十六歳年少で、天保二年当時三十九歳。

五四 ＊絵絹《えぎぬ》　日本画を描くときに使う画布。平織《ひらおり》で白色の生絹《きぎぬ》。

＊蕭索《しょうさく》　ものさびしい様子。

＊寒山拾得《かんざんじっとく》　「寒山」も「拾得」も、中国唐の時代の伝説上の人物。天台山国清寺《こくせいじ》にいた二人の禅僧のことであるともいわれる。拾得は豊干《ぶかん》禅師に拾われて雑用に従い、寒山は拾得の友人で洞窟《どうくつ》に住んでいた。超俗無欲で、寒山が文殊《もんじゅ》、拾得は普賢《ふげん》の化身《けしん》と称され、よく禅画の題材とされた。

＊王摩詰《おうまきつ》　王維《おうい》（699〜759）。中国唐の時代の詩人、画家。摩詰は字《あざな》。詩は自然詠に優れ、画は南宗画の祖とされる。

＊食 随ニ鳴 磬一《しょくはめいけいにしたがい》……　王維の詩「乗如禅師《じょうにょぜんじ》・蕭居士《しょうこじ》の嵩丘《すうきゅう》の蘭若《らんにゃ》に過る《よぎ》」（『唐詩選』所収）の一節。「食時どきには磬（吊《つ》り下げて打ち鳴らす石や銅の板）を鳴らして僧達《たち》に知らせるが、その音を聞いて、巣にいる烏《からす》も食物をもらいに降りてくるようなこのあたりの人気《ひとけ》のない林を歩けば、落葉がかさこそと音をたてるばかりの静寂さだ」

五六 ＊後生《こうせい》恐るべし　年少の者は気力が強く、学を積むに従い、将来どんな力量を表わす人物になるかわからないから畏敬すべきである。『論語』の「子罕篇《しかん》」にある孔子の言葉。

＊諧謔《かいぎゃく》を弄《ろう》した　しゃれをとばした。

五八　＊改名主《あらためなぬし》　検閲係の名主。「名主」は町奉行または代官の下で、町人に関する民政を担当した役人。

五九　＊陋《ろう》を極めている　ひどく偏狭で卑屈なこと。大正当時の官憲の図書検閲について皮肉っている。芥川自身も「世之介の話」（大正七年）で改作を、「将軍」で一部抹殺《まっさつ》を余儀なくされた。

＊誨淫《かいいん》の書　みだらなことをすすめる書物。

＊焚書坑儒《ふんしょこうじゅ》　中国の秦《しん》の始皇帝《しこうてい》が実行した言論弾圧。医薬・卜筮《ぼくぜい》・種樹に関する以外の本を焼き捨て、数百人の儒者を坑《あな》に埋めて殺したこと。

六〇　＊べた一面に朱を入れた　朱筆でたくさんの訂正を加えた。

六一　＊糅然《じゅうぜん》　雑然。

六二　＊弓張月《ゆみはりづき》　『椿説《ちんせつ》弓張月』。馬琴の長編読本。弓の名人 源 為朝《みなもとのためとも》を主人公にした英雄物語。正史で不遇だった英雄を虚構によって蘇《よみがえ》らせ、奔放な空想と雄大な構想の中に、保元《ほうげん》の乱当時の為朝の活躍を描いた。「椿説」は「珍説」の義で史実にはない伝記の意。

＊南柯夢《なんかのゆめ》　『三七全伝《さんしちぜんでん》南柯夢』。馬琴の読本。浄瑠璃・歌舞伎で有名な三勝半七心中情話を武家社会に転じ、中国小説『南柯記』『南柯夢』の趣向を取り入れて脚色したもの。儒教思想をモチーフとする、馬琴の巷談《こうだん》情話ものの傑作。

＊端渓《たんけい》　中国広東《カントン》省にある、上等の硯石《すずりいし》の産地。

＊蹲螭《そんち》の文鎮《ぶんちん》　うずくまった螭《みずち》（中国の想像上の動物。角のない竜《りゅう》）の形に作った文鎮。

＊硯屏《けんびょう》　硯のそばに立てて風や塵《ちり》を防ぐ小さな衝立《ついたて》。
＊孟宗《もうそう》の根竹《ねだけ》　孟宗竹の根もとの部分。
＊本朝に比倫《ひりん》を絶した　わが国で比べるもののない。「比倫」は四〇ページ注参照。
＊屑々《せつせつ》たる　こせこせした。
六四　＊遼東《りょうとう》の豕《いのこ》　世間を知らず、自分一人が得意になっていることのたとえ。ひとりよがり。遼東の人が白頭の豕（豚）を珍しく思い、これを献じようと河東《かとう》に行くと、河東の豕は皆白頭だったので恥じて帰ったという『後漢書《ごかんじょ》』朱浮伝の故事による。
＊栗梅《くりうめ》　栗梅色。栗の皮の色に紫色を少し加えたような色。
＊糸鬢奴《いとびんやっこ》　江戸元禄時代頃から行われた男子髪型。頭頂を広くそりおろし、両鬢（耳の上の部分の髪）を糸のように細く残して結った髷《まげ》。武家の下男の髪型で「やっこあたま」ともいわれる。
六六　＊浅草の観音様《かんのんさま》　東京都台東区浅草にある天台宗金竜山浅草寺《せんそうじ》伝法院の本尊。黄金作りの小さな一寸八分の観世音菩薩《かんぜおんぼさつ》。江戸町人の信仰の対象だった。
六七　＊円行燈《まるあんどん》　円筒形の行燈。
＊神来《しんらい》の興《きょう》　インスピレーション。
六八　＊神人と相搏《あいう》つような態度　人間が神に挑戦《ちょうせん》するような捨身《すてみ》な様子。
＊眼底を払って　目の奥底にきざまれていることまで払い除くという意から、心から完全に消え去ること。

*戯作三昧《げさくざんまい》　「戯作」とは、江戸後期の俗文学をいい、洒落本、滑稽本、黄表紙、合巻、読本、人情本を含む。「三昧」とは、ある一事に熱中すること。

六九　*尩弱《おうじゃく》　からだが弱いこと。虚弱。

開化の殺人

七二　*逸事瑣談《いつじさだん》　世間に知られていない事実やちょっとした話。

*演劇改良　明治前期の歌舞伎の近代化をめざす演劇改革の動きをいう。明治十九年、末《すえ》松謙澄《まつけんちょう》が演劇改良会を創設して以後、明治二十五年頃まで本格的に演劇改良論議が起り、九代目市川団十郎《いちかわだんじゅうろう》、依田学海《よだがっかい》、福地桜痴《ふくちおうち》らによる活歴物が生まれたが、ここでは十九年以前の演劇改良論をさす。

*ヴォルテエル　Voltaire（1694~1778）。十八世紀のフランスの文学者。十八世紀の宗教、道徳、政治、経済、文芸の問題を、戯曲、歴史、哲学、コント、詩など様々の形態で著《あら》わした。一万通以上にのぼる書簡も、重要な思想の目録となっている。著書に『ルイ十四世の世紀』『哲学辞典』『ザディッグ』等がある。

*Candide　“Candide ou l'optimisme”（1759）。ヴォルテールの代表作といわれる哲学小説。良家の士カンディドと貴族の姫キュネゴン、二人の哲学者パングロスやマルチンの数奇な運命を描き、十八世紀の楽天主義や神学的人間観を諷刺《ふうし》した作品。

*北庭筑波《きたにわつくば》　天保十三年（1842）~明治二十年（1887）。明治初期の写真師。明治四年、

浅草花屋敷に写真館をひらき、同七年、写真雑誌「脱影夜話」、同十四年「写真新報」を発刊。わが国写真界の先駆者とされる。

七三　＊鄭板橋《ていはんきょう》　鄭燮《ていしょう》（1693〜1765）。中国清《しん》代中期の書画家。板橋は号。洒脱《しゃだつ》な人柄を反映する自由な詩を作り、書画でも独自の風を確立した。

＊淋漓《りんり》　墨などがしたたるさま。

＊当時まだ授爵の制がなかった　明治二年、従来の公卿《くぎょう》・諸侯に「華族」の称が与えられ、同十七年、華族令で公・侯・伯・子・男の五爵が定められた。

＊卿等《けいら》　「卿」は三位《さんみ》以上の人への敬称。ここでは同輩への敬称として「あなた方」というほどの意味で用いられている。

七四　＊万死の狂徒　とても助かる見込みのないおろかな男。

＊誣《し》うる　事実を曲げて言う。こじつける。

＊囈語《げいご》　うわごと。たわごと。

＊硯《けん》に呵《か》し　息を吹きかけて凍った硯《すずり》を温めること。

七五　＊惶々《こうこう》　おそれるさま。

＊隻脚《せききゃく》　片足。

七六　＊衷心《ちゅうしん》　まごころ。

＊閲《けみ》せしが　経過したが。

＊吝《やぶさか》　物惜しみするさま。

＊桑間濮上《そうかんぼくじょう》の譏《そしり》　不品行の非難。「桑間濮上」とは、中国河南省《かなんしょう》濮水《ぼくすい》のほとりの桑間という土地の意味。殷《いん》の紂王《ちゅうおう》が淫靡《いんび》な曲を作らせ歌わせたため、この地では後世まで男女の風俗が乱れていたという。また一説には、濮水のほとりの桑の木の間で男女が密会をしたことによるという。

＊孤笈《こきゅう》　「笈」は、物を入れ背負って運ぶための竹で編んだ箱。転じて、郷里を出て一人で遊学すること。

＊ハイド・パアク　Hyde Park。ロンドンにある有名な公園。東京の日比谷公園の約七倍の広さ（一六〇万平方メートル）を持つ。

＊パルマル　Pall Mall。ロンドンの中心部にある町名。上流階層の社交機関であるクラブのある街として有名。

＊天涯　異郷。遠く離れた土地。

＊遊子《ゆうし》　旅人。

＊第×銀行頭取　明治五年の「国立銀行条例」により、第百五十三銀行まであったが、明治三十二年以後、日本銀行以外の国立銀行はなくなった。「頭取」は取締役の首席。

＊チャイルド・ハロルドの一巻　イギリスの浪漫主義詩人バイロンの長編物語詩『チャイルド・ハロルドの遍歴』（“Childe Harold's Pilgrimage”）。第一、二巻は一八一二年、第三巻は同一六年、第四巻は同一八年刊。バイロン自身の地中海旅行を背景として、自由を求めて異国を旅する青年チャイルドの姿を異国情調とともに描き、作者の名声を高め

た作品。

七七

＊異域　外国。異国。

＊半夜　夜なか。

＊築地居留地《つきじきょりゅうち》　明治元年九月から、条約締結で来日した諸外国関係者のため江戸鉄砲洲《てっぽうず》（後の東京都中央区築地）をその外人の居留地とした。西洋館、教会、ホテルなどが並ぶ異国的一画であり、芥川はこの地で誕生した。

＊歔欷《きょき》　すすり泣き。むせび泣き。

＊蛇蝎《だかつ》　へびとさそり。恐れきらうもののたとえ。

七八

＊両国橋畔《りょうごくきょうはん》の大煙火　隅田川《すみだがわ》にかかる両国橋のほとりで毎夏行われた川開きの花火大会。

＊校書《こうしょ》　芸者の異称。中国唐代に、才妓薛濤《さいぎせっとう》が元稹《げんしん》に召されて軍中の校書（書籍の文字を正すこと）係をしたという故事による。

＊柳橋万八《やなぎばしまんぱち》の水楼《すいろう》「万八」は江戸時代から両国柳橋付近にあった料理屋。「水楼」は水辺に建った高い建物。

＊賤貨《せんか》　安物。人をののしる言葉。

＊一肚皮《いっとひ》の憤怨《ふんえん》　腹の皮が破れるほどに激しい憤《いきどお》りと怨《うら》み。

＊奸譎《かんけつ》　心がひねくれていて、いつわりの多いこと。

＊妻と妹　ここでは、かつては妻にしようと思い、今は妹と思っている明子。

＊蒼然《そうぜん》　うす暗い様子。

七九
＊隊々相銜《たいたいあいふく》んで　群れをなし重なりあって続いている様子。
＊画舫《がぼう》　美しく飾りたてた船。
＊雛妓《すうぎ》　半玉《はんぎょく》。玉代が半人分のまだ一人前でない芸者。御酌《おしゃく》。
＊俚歌《りか》　俗間の流行歌。
＊涼棚《りょうほう》　納涼及び花火見物のために川につきだして設けた桟敷《さじき》。
＊酣酔《かんすい》　泥酔《でいすい》。べろべろに酔うこと。
＊抱明姜《だきみょうが》の三つ紋　茗荷《みょうが》の子の左右向かいあったさまを描いた紋所の名称。
＊悖《もと》らざる　たがわない。
＊成島柳北《なるしまりゅうほく》　天保八年（1837）～明治十七年（1884）。旧幕臣で外国奉行などを勤めたが、明治維新後は野《や》に下り、ジャーナリストとして活躍。明治五年欧米漫遊後、同七年朝野《ちょうや》新聞社長に就任、鋭い諷刺《ふうし》と軽妙洒脱な文体で新聞界の第一人者となった。著書に『柳橋新誌』『航西日乗』等がある。
＊梳櫳《そろう》して　処女を奪って。
＊疫癘《えきれい》　悪性の流行病。伝染病。疫病。

八〇
＊墨上《ぼくじょう》の旗亭柏屋《きていかしわや》　「墨上」は、隅田川中流東岸の雅称。「旗亭」は料理店、茶屋（昔、中国で旗を掲げて料理屋の印としたので）。「柏屋」は墨田区向島三囲《みめぐり》に実在した。
＊酒燈一穂《しゅとういっすい》、画楼簾裡《がろうれんり》に黯淡《あんたん》たるの処　互いに酒を汲《く》みかわす傍《かたわ》らに灯火がひとつ、美しく飾られた料亭のすだれの内をぼんやりと照らしているところで。

＊人力車《じんりきしゃ》　客を乗せて車夫が引く一人乗り、または二人乗りの二輪車。明治初期、東京府下で開業。

八一
＊伉儷《こうれい》　夫婦。夫婦の仲。
＊独逸《ドイツ》皇孫殿下　ドイツ皇帝ウィルヘルム一世の孫ハインリヒ。のちウィルヘルム二世となる。明治十二年六月四日の夜、新富座《しんとみざ》で観劇。
＊新富座《しんとみざ》　歌舞伎劇場。江戸三座の一つ守田座《もりたざ》が、明治五年十月二十七日京橋新富町に移転し、同八年一月二十八日、負債のため株式組織に改組し新富座と改称した。さらに同十一年六月七日、洋式設備で新装開場して以後は、東京で最高の劇場として劇壇に君臨し、貴族や外国の賓客が来場した。
＊累々《るいるい》たる紅球燈　連なりあった小さく丸い赤いちょうちん。
＊霖雨《りんう》　何日も降りつづく長雨。
＊蕭雨《しょうう》　ひっそりとしたもの寂しい雨。

八二
＊一霎時《いちしょうじ》　ほんのちょっとの間。「霎」は、しばし、短い時間の意。
＊花瓦斯《はなガス》　ガスのシャンデリア。
＊掛毛氈《かけもうせん》　観客席の桟敷の欄に掛けてある赤いもうせん。
＊水蛇《ハイドラ》（hydra）。ギリシャ神話に登場する執念深い怪蛇。九つの頭を持ち、一つの頭を切ると、そこからあらたに二つの頭が生じたという。

八三
＊荏苒《じんぜん》　物事が延びのびになること。

八四
＊匆惶《そうこう》　あわてるさま。
＊帰趣《きしゅ》　物事の落ち着く場所。帰着する場所。
＊流燈会《りゅうとうえ》　灯籠《とうろう》流し。

八六
＊節物《せつぶつ》　その時節のもの。
＊黄梅雨《こうばいう》　梅の実が黄色く熟するころに降る雨。梅雨。

枯野抄

九〇
＊丈艸《ぢやうさう》　内藤丈艸《ないとうじょうそう》（1662～1704）。江戸前期の俳人。蕉門《しょうもん》十哲（芭蕉の十大弟子）の一人。清澄《せいちょう》な句風で、芥川は蕉門中最も芭蕉の「さび」を伝える俳人と高く評価している。芭蕉没後は、近江《おうみ》の仏幻庵に閑居し、禅と作句に精進した。
＊去来《きょらい》　向井《むかい》去来（1651～1704）。江戸前期の俳人。蕉門十哲の一人。重厚篤実《とくじつ》な人柄で人望も厚く、蕉門の代表的撰集『猿蓑《さるみの》』を野沢凡兆《のざわぼんちょう》とともに編んだ。また蕉風俳論を伝える『去来抄』を著述。句は高雅、清寂の風がある。
＊呑舟《どんしゅう》　大阪の俳人。槐《え》本之《もとし》道《どう》の門人。芭蕉臨終の際に介抱した人物。
＊旅に病むで夢は枯野をかけめぐる　『枯尾花』（榎本其角《えのもときかく》編の芭蕉追悼集）に芭蕉の病中吟とある。元禄七年十月八日、つまり芭蕉の死ぬ五日前の作で、辞世の句として伝えられている。
＊花屋日記　正式には『芭蕉翁反古文《ばしょうおうほごぶみ》』。元禄七年九月二十一日以後の芭蕉の旅、病中、

終焉《しゅうえん》、葬送などの様子を、門人の手記、談話、書簡を集めた形で書かれている。実際は、藁井文暁《わらいぶんぎょう》が『笈日記《おいにっき》』『芭蕉翁行状記』『枯尾花』などを参照しての偽作。

＊丸頭巾《まるずきん》　僧や老人がかぶる。焙烙《ほうろく》（素焼きの平たい土なべ）頭巾ともいわれる。

＊擬宝珠《ぎぼうしゅ》　橋の柱の頂上についている、ねぎの花に似た飾り。

＊御堂前南久太郎町《みどうまえみなみきゅうたろうまち》　大阪市東区にある地名。

＊花屋仁左衛門《はなやにざえもん》　芭蕉は発病後、この家に移り、ここで生涯を閉じた。

九一

＊大宗匠《だいそうしょう》　三二ページ注「宗匠」参照。

＊芭蕉庵松尾桃青《ばしょうあんまつおとうせい》　松尾芭蕉。寛永二十一年（1644）〜元禄七年（1694）十月十二日。江戸前期の俳人。本名は松尾宗房《むねふさ》。俳号は芭蕉のほか桃青、風羅坊などがある。従来の俳諧を革新し「わび」「さび」を重視する蕉風を確立。俳諧に高い芸術性を与え、後世俳聖と呼ばれる。芥川は、日本最高の詩人と称《たた》え、『芭蕉雑記』『続芭蕉雑記』を書いている。

＊一期《いちご》　一生涯。

＊「埋火《うずみび》のあたたまりの冷《さ》むるが如《ごと》く」『芭蕉翁反古文』に見える言葉。

＊申《さる》の中刻《ちゅうこく》　午後三時から五時までの中間の四十分間。午後四時頃《ごろ》。

＊堰《せ》いた　さえぎった。

＊木節《もくせつ》　望月《もちづき》木節。大津の医者で芭蕉の門人。芭蕉病臥《びょうが》の報に大阪に赴き、看護に専念した。

＊称名《しょうみょう》　仏の名を称《とな》えること。

＊伊賀《いが》　現在の三重県。芭蕉は伊賀・上野に生まれ、上野城主藤堂良清《とうどうよしきよ》の子良忠《よしただ》（俳号蟬吟《せんぎん》）に近侍《きんじ》して俳諧を学んだが、良忠が夭折《ようせつ》したため二十三歳で脱藩。以後放浪寄寓《きぐう》の生活を続けながら、度々故郷伊賀を訪れた。そして元禄七年五月八日、治郎兵衛《じろべえ》を従え江戸から最後の旅に出、尾張《おわり》、京、伊賀、奈良を経て大阪で生涯を閉じた。

＊老僕《ろうぼく》の治郎兵衛《じろべえ》　「老僕」は作者の間違い。「治郎兵衛」は芭蕉の愛人寿貞尼《じゅていに》の子で、晩年の芭蕉とともに芭蕉庵に住んでいた。芭蕉の子とも伝えられている。

＊晋子其角《しんしきかく》　榎本《えのもと》其角（1661〜1707）。江戸前期の俳人。のち宝井氏。「晋子」は別号。蕉門十哲の筆頭。「虚栗《みなしぐり》」の撰者となり、才気煥発《かんぱつ》の都会的作風で早くから蕉門に頭角を現わした。芭蕉没後は奇警な譬喩《ひゆ》や見立てを弄《ろう》する洒落風《しゃれふう》を興し、江戸座の主流を占めた。

＊角通《かくどお》し　四角い袖。

＊憲法小紋《けんぽうこもん》　江戸慶長（1596〜1615）の頃、吉岡《よしおか》憲法が京都ではじめて染めた小紋。黒茶色に小紋を染めだしたもの。

＊乙州《おとくに》　川井乙州（1657〜1720）。蕉門の俳人。蕉門女流俳人として有名な智月《ちげつ》の弟（のち養子）。大津の人。

＊惟然坊《いぜんぼう》　広瀬《ひろせ》惟然（?〜1711）。蕉門の俳人。美濃《みの》の人。芭蕉最後の旅に随行、病床に侍した。飄逸《ひょういつ》無頓着な人柄で奇行に富み、作風は軽妙洒脱。芭蕉死後は、口語調や無季の

句を試みた。

九二　＊支考《しこう》　各務《かがみ》支考（1665～1731）。東花坊とも。江戸中期の俳人。蕉門十哲の一人。芭蕉最後の旅に随行し『笈日記』を編集。芭蕉没後、平易通俗な美濃風を開き、大衆に迎えられた。

＊正秀《まさひで》　水田《みずた》正秀（1658～1723）。蕉門の俳人。近江膳所《ぜぜ》の伊勢屋と号する商人で、のち医を業とする。「軽み」の撰集『ひさご』の有力な連衆《れんじゅ》の一人。元禄四年、芭蕉のために膳所の義仲寺《ぎちゅうじ》境内に無名庵を建てた。

＊うす痘痕《いも》　うすいあばた。

＊顴骨《かんこつ》　ほお骨。

＊羽根楊子《はねようじ》　鳥の羽をつけた小さい楊子。鉄漿《かね》や薬を塗るのに用いるが、ここでは芭蕉の末期《まつご》の水でしめすために使う。

九三　＊彼岸《ひがん》　生死の海を渡って到達する安らかな悟りの世界。

九四　＊垂死《すいし》　死にかけている状態。瀕死《ひんし》。

九五　＊恭謙《きょうけん》　慎み深く、へりくだっていること。

＊伏見《ふしみ》　京都市南部の地名。

＊之道《しどう》　槐本《えもと》之道。のち諷竹《ふうちく》と号する。大阪道修町《どしょうまち》の薬種商で、大阪蕉門の有力者。句風は平明。芭蕉は之道の家において発病した。

＊住吉大明神《すみよしだいみょうじん》　大阪市住吉区にある住吉神社。

九六　＊車輪になって　一所懸命に働いて。

＊夜伽《よとぎ》　夜寝ないで病人など、人の側《そば》に付き添っていること。

＊扞格《かんかく》　矛盾。

＊掣肘《せいちゅう》　そばから干渉されて自由に行動できないこと。

九七　＊老実　律義《りちぎ》で忠実なこと。まじめ。実直。

＊「塚《つか》も動けわが泣く声は秋の風」『奥の細道』にある句。元禄二年八月加賀に来た時、この地の門人一笑《いっしょう》が芭蕉に会うことを熱望しながら死んだことを聞き、その追善会で詠《よ》んだ句。「墓前を吹きめぐる秋風は、わたしの慟哭《どうこく》の声である。この慟哭の声に塚も動け」

九八　＊歔欷《きょき》　七七ページ注参照。

＊惻々《そくそく》　いたましいさま。

＊東花坊《とうかぼう》　支考の別号。九二ページ注「支考」参照。

＊「野ざらしを心に風のしむ身かな」　貞享《じょうきょう》元年八月、『甲子吟行《かっしぎんこう》』（野ざらし紀行）冒頭の句。「路傍にゆきだおれ、白骨と化すかも知れぬと思いながら旅に出ようとすると、折からのもの寂しい秋風が身にしみる」

九九　＊「かねては草を敷き……悦《よろこ》ばしい」『芭蕉翁反古文』十月九日の記事。

＊素懐《そかい》　平素の願い。

一〇〇　＊習気　癖《くせ》。

＊弾指《だんし》の間《かん》　極めて短い時間。わずかの間。

＊驚悸《きょうき》　びっくりして胸がどきどきすること。

一〇一　＊風流の行脚《あんぎゃ》　俳諧修業のため諸国を漫遊すること。

＊園女《そのじょ》　斯波《しば》園女（1664〜1726）。蕉門の俳人。伊勢の人。夫の影響で俳諧を志し、大阪では前句付《まえくづけ》の点者として活躍。夫の死後、其角を頼って江戸に出、眼科医を業として俳諧を続けた。男性的な人柄の反面、句には女性的な感覚が生みだした淡泊な俳味がある。

一〇二　＊寂光土《じゃっこうど》　仏の住む浄土。

＊禅客　禅宗の僧。

＊常住涅槃《じょうじゅうねはん》の宝土《ほうど》　極楽浄土。

一〇三　＊踏《し》跙《そ》逡巡《しゅんじゅん》　物事のすすまないこと。

＊桎梏《しっこく》　厳しく自由を束縛するもの。

＊眼底を払って去った如く　六八ページ注「眼底を払って」参照。

＊古今に倫《りん》を絶した　四〇ページ注「比倫」参照。

＊溘然《こうぜん》　にわかに。突然。

＊属纊《しょくこう》　臨終。「纊を属《つ》ぐ」という意で、纊（新しい綿）を口や鼻につけ、呼吸の有無をたしかめたところから言う。

開化の良人

一〇六　＊上野の博物館　東京都内上野公園にあった帝室博物館。英人コンドルの設計で明治十五年（1882）三月二十日開館。現在の国立博物館。

＊花車《きゃしゃ》　姿がほっそりして弱々しく上品なさま。華奢《きゃしゃ》。

＊山高帽《やまたかぼう》　フロックコートやモーニングコートの礼装の時に用いる、てっぺんが高く円いフェルト製の帽子。

一〇七　＊築地居留地《つきじきょりゅうち》の図　七七ページ注「築地居留地」参照。

＊広重《ひろしげ》　安藤広重（1797〜1858）。江戸末期の浮世絵師。別名歌川《うたがわ》広重。風景版画を大成し、花鳥画にも新境地を開き、フランス印象派に影響を与えた。代表作に「東海道五十三次」「名所江戸百景」がある。

＊牡丹《ぼたん》に唐獅子《からじし》の絵　当時の人力車《じんりきしゃ》によく描かれていた絵。「唐獅子」は、獅子を美術的に装飾したもの。百獣の王の獅子と花の王の牡丹を組みあわせ、豪華な感じを与える。

＊相乗《あいのり》の人力車《じんりきしゃ》　二人並んで乗れる人力車。「人力車」は八〇ページ注参照。

＊硝子取《ど》り　印画紙でなく、ガラス板や陶器の表面に写真を焼きつけること。ガラス撮《ど》り。ガラス写《うつし》。初期の写真法。

一〇八　＊大蘇芳年《たいそよしとし》　月岡《つきおか》芳年（1839〜92）。江戸末期から明治初期の浮世絵師。大蘇は晩年の号。歌川国芳《うたがわくによし》門下となり、兄弟子《でし》の落合《おちあい》芳幾とともに描いた「英名二十八衆句」の残酷絵シリーズで人気絵師となる。維新後は歴史画や新聞挿絵で活躍したが、晩年は精神に異常をきたした。代表作に「月百姿」「風俗三十二相」「美勇水滸伝」がある。

＊菊五郎《きくごろう》　五代目尾上《おのえ》菊五郎（1845〜1903）。屋号音羽屋《おとわや》。文化文政期の名優三世の孫。世話物を得意とし、明治劇壇で九世市川団十郎とともに「団菊」と並称された。

＊銀杏返し《いちょうがえし》　髻《もとどり》の上を二つに分け、左右に曲げて半円形に結んだ女の髪型。江戸後期から流行。

＊半四郎《はんしろう》　八代目岩井《いわい》半四郎（1829〜82）。屋号大和屋《やまとや》。幕末から明治初期を代表する立《たて》女方《おやま》。生世話《きぜわ》物を得意とし、「お嬢吉三《じょうきちざ》」「十六夜《いざよい》」「三千歳《みちとせ》」などを初演した。

＊火入りの月　中に火のともしてある昔の芝居の月。背景の前へ吊りさげる。

＊鹿鳴館《ろくめいかん》　明治十六年、東京市麹町《こうじまち》区山下町（現千代田区内幸町《うちさいわいちょう》一丁目）にできたコンドル設計の西洋館。条約改正交渉のための社交場として華族、外国使臣に限って入会を許し、夜会、舞踏会、仮装会、婦人慈善会を催して、その記事が連日新聞紙面を飾った。

一〇九　＊「一等煉瓦《れんが》」　東京銀座の表通りのこと。銀座は明治五年（1872）の大火後、東京府知事由利公正《ゆりきみまさ》の建議により、西洋風の煉瓦街に改められ、その家屋は一等（表通り）、二等（中通り）、三等（横丁）と分類された。「一等煉瓦」は当時の流行語。

一一〇　＊下谷《したや》　東京都台東区の地名。もと下谷区。

＊両国百本杭《りょうごくひゃっぽんぐい》　旧東京市の本所横網町一丁目の隅田川に面した一帯の俗称。岸に近い水中に、波よけの杭が数多く立て並べてあった。江戸歌舞伎の〈殺し場〉〈濡《ぬ》れ場〉の舞

台としてよく登場し、釣《つ》りの名所でもあった。

＊大川　隅田川の吾妻橋《あずまばし》より下流の呼び方。

＊仏蘭西窓　床まで両開きになっている西洋建築の窓。十七世紀フランスで作られた。

＊モロッコ皮　モロッコ特産の山羊《やぎ》の良質のなめし皮。

＊ナポレオン一世　Napoléon I. Napoléon Bonaparte（1769〜1821）。フランスの皇帝。一時はヨーロッパ大陸を征服したが、モスクワ遠征、ワーテルローの戦に敗れ、セント・ヘレナ島に流されて没した。ナポレオン法典の編纂《へんさん》など、フランスの近代化に貢献した。

＊遺愛　故人が生前大切にしていたもの。

＊結城《ゆうき》揃《ぞろ》い　結城紬《つむぎ》で仕立てた着物と羽織。結城紬は、茨城県結城市付近で産する上等の絹織物。

＊ユウゴオ　Victor M. Hugo（1802〜85）。フランスの国民的詩人、小説家。古典主義を批判しロマン主義を主張、フランス近代詩の基礎を築いた。日本では明治初期の自由民権論者から、自由を守る偉大な作家として尊敬された。『レ・ミゼラブル』の著者として有名。

＊オリアンタアル　“Les Orientales”（1829）。『東方詩集』。ギリシャ独立戦争にともなう欧州のギリシャへの同情及び東方熱の影響を受け、ギリシャ、トルコその他東方諸国に取材した叙情詩集。芸術至上主義的傾向が強く、幻想的な異国趣味が、東方熱の流行していた世に迎えられた。

一一二　＊蒲柳《ほりゅう》の体質　虚弱な体質。

＊神風連《しんぷうれん》　明治新政府から脱落した旧熊本藩の不平士族が、新政府の開明政策に反抗し、国粋主義を主張して組織した。敬神党とも言う。明治九年（1876）三月の廃刀令公布を機として同年十月、約二百人が熊本鎮台、同県庁を襲撃したが翌日鎮圧された。この乱後、各地で士族の反乱が起った。

＊大野鉄平《おおのてっぺい》　神風連の首領太田黒伴雄《おおたぐろともお》（1835〜76）をモデルとした役名。太田黒は死に際し、部下に首をはねさせた。

＊廃刀令　大礼服、軍人、警察官らの制服着用者以外は、帯刀を禁止した法令。明治九年三月二十八日、太政官布告第三八号として公布された。

一一三　＊口頭語《こうとうご》　軽い気持で言った言葉。

一一四　＊権妻《ごんさい》　妾《めかけ》。仮りの妻の意で、明治初期の語。

＊柳島《やなぎしま》の萩寺《はぎでら》「柳島」は東京都墨田区横川町以東の地。「萩寺」は江東区亀戸《かめいど》三丁目にある天台宗の寺竜眼寺《りゅうがんじ》の通称。元禄六年（1693）以来、庭に萩を多く植え、萩の花の名所として有名だった。

一一五　＊『ぬれて行く人もをかしや雨の萩』　元禄二年の奥の細道紀行における加賀国《かがのくに》小松（石川県小松市）での芭蕉の句。「雨に濡れそぼつ萩は趣深いが、雨に濡れて萩のそばを過ぎていく人の風情《ふぜい》はいっそう心惹《ひ》かれる」。萩の句ということで、萩寺に句碑がある。

＊芭蕉翁《ばしょうおう》　九一ページ注「芭蕉庵松尾桃青」参照。

一一六

＊才子佳人の奇遇　学識ある有能な青年と美女とのめぐり逢《あ》い。明治十八年、東海散士《とうかいさんし》の政治小説『佳人の奇遇』が出た頃《ころ》流行した言葉。

＊上野の養育院　明治六年に開設された東京府立養育院。明治五年のロシア皇太子来朝に際し設けられた窮民救済の施設。

＊破傷風　外傷から入る破傷風菌による伝染病。けいれんが起り、高熱を発し、重症の場合は一日以内に死亡する。

＊都座《みやこざ》　寛永十年、江戸堺町に作られた江戸時代の都座があったが、明治時代のものは不詳。

＊蔵前《くらまえ》　東京都台東区浅草にある町名。

＊五姓田芳梅《ごせだほうばい》　明治初期の洋画家五姓田芳柳（1827〜92）に似せた架空人名。芳柳は新体画を創始し肖像画を得意とした。明治七年には明治天皇の肖像画を描いている。

＊毛金《けきん》の繍《ぬいとり》　「毛金」は日本刺繍《ししゅう》用の金糸の中で最も細いもの。その糸でした刺繍のこと。

一一七

＊新橋停車場　明治五年十月の新橋―横浜間鉄道開業から大正三年十二月に東京駅が開業されるまでは、東海道線の始発駅だった。現在の汐留《しおどめ》駅跡。

＊大川端《おおかわばた》　隅田川の吾妻橋から下流の右岸一帯。狭義には、両国橋から新大橋の間の右岸をいう。

＊古代蝶鳥《こだいちょうとり》の模様　蝶や鳥を描いた古風な模様の着物。

一一八

＊繻珍《しゅちん》　女性の着物の帯地に用いる上等の絹紋織物。

一一九　＊空気洋燈《ランプ》　光力を増すため口金に穴をあけ、空気がよく通るようにしたランプ。
＊微醺《びくん》　ほろ酔い。
＊於伝仮名書《おでんのかなぶみ》　「綴合《とじあわせ》於伝仮名書」。明治九年殺人罪で捕えられ、同十二年一月に斬罪《ざんざい》になった毒婦高橋《たかはし》お伝《でん》の実話を篠田仙果《しのだせんか》が脚色した芝居。同年六月初演。

一二〇　＊高土間《たかどま》　花道の後で桟敷の前にあるやや高い客席。
＊桝《ます》　桝形に区切られた観客席。定員四名。
＊女権論者　女性の政治的社会的権利の拡張を主張する評論家。
＊代言人《だいげんにん》　弁護士の旧称。
＊左団次《さだんじ》　初代市川左団次（1842〜1904）。九代目団十郎、五代目菊五郎とともに「団菊左」と称せられる明治の名優。明治座創設者。

一二一　＊下座《げざ》の囃《はや》しと桜の釣枝《つりえだ》との世界　「下座」は、劇場などで舞台の陰で演奏される音楽、あるいはその囃子方《はやしかた》をいう。歌舞伎では古くは舞台上手《かみて》（向かって右）だったのが、のちに下手《しもて》（左）に移った。「桜の釣枝」は、舞台前方の上部から釣り下げた桜の造花。歌舞伎の華やかな虚構世界の意。
＊中幕《なかまく》　芝居で一番狂言と二番狂言との間、または二番狂言と大切《おおぎり》（二番狂言の最後の幕。現在では最終の狂言）との間に演じる狂言。多く一幕物で観客の気分をかえるため、華やかなものが演じられる。

一二四　＊『ダリラ』 Dalila。旧約聖書の士師記《ししき》第十三〜十六章に登場するペリシテ人の妖艶《ようえん》な美姫。イスラエルの英雄サムソンを誘惑し破滅させる。

＊中村座　寛永六年（1629）、江戸中橋に初代中村勘三郎《かんざぶろう》が創立した歌舞伎劇場。天保十二年（1841）の出火のため、同十三年江戸浅草猿若《さるわか》町に移転。明治十七年十一月十六日、再び浅草鳥越《とりごえ》に移転した。鳥越は柳橋に近かった。

＊曙《あけぼの》新聞　東京曙新聞。

一二五

＊生稲《いくいね》　東京都中央区両国柳橋（両国橋右岸）に実在した有名な料亭。

＊一盞《いっさん》を傾け　酒を飲むこと。

＊洋妾《らしゃめん》　西洋人の妾《めかけ》。元来綿羊を意味し、水兵などがそれを犯すこともあることから、異人に犯されるものの意で使われたという。

＊三遊亭円暁《さんゆうていえんぎょう》　明治初期の有名な落語家三遊亭円朝《えんちょう》（1839〜1900）に似せた仮名。

＊御新造《ごしんぞう》　中流社会の人妻の敬称。「ごしんぞ」とも呼ぶ。

＊水神《すいじん》　東京都墨田区向島《むこうじま》の隅田川神社の森を「水神の森」という。付近には〈八百松〉など有名な料亭や待合があり、当時男女の密会のメッカでもあった。

一二六

＊献酬《けんしゅう》　杯のやりとりをすること。

＊桐油《とうゆ》　桐油を塗った人力車の幌《ほろ》の略。

＊広小路《ひろこうじ》　両国広小路。江戸から明治初期は有名な繁華街だった。

＊倉惶《そうこう》と　あわただしく。

一二七

＊猪牙舟《ちょきぶね》　船体が細長く屋形《やかた》のない川船。速度は早いが安定が悪く、二、三人しか乗れな

かった。隅田川で、特に吉原《よしわら》通いに用いた。

一二八

＊万八《まんぱち》　七八ページ注「柳橋万八の水楼」参照。

＊旧幕の修好使　江戸幕府時代にフランスへ派遣された友好使節。

＊ブルヴァル　Boulevard（仏）。パリの大通り。

＊メリメ　プロスペル・メリメ。Prosper Mérimée（1803〜70）。フランスの小説家。異国や遠い過去に材を取り、浪漫的かつ情熱的な事件を明晰《めいせき》冷徹な文体で辛辣《しんらつ》な皮肉《イロニー》とともに描く都会的作家。代表作に『カルメン』『コロンバ』があり、芥川に多大な影響を与えている。

＊デュマ　アレクサンドル・デュマ（ペール）。A. Dumas（père）（1803〜70）。フランスの小説家。代表作『モンテ・クリスト伯』『三銃士』。明治十五年から十七年頃《ごろ》、デュマの翻訳小説が何編か刊行されている。

＊何如璋《かじょしょう》　清《しん》国の日本公使。明治九年十一月着任。同十二年九月、琉球《りゅうきゅう》処分問題で辞任帰国。

＊夏周《かしゅう》の遺制　夏と周は中国古代の国名。「遺制」は、昔から残っている制度、風俗。

＊首尾《しゅび》の松　隅田川に臨む浅草蔵前にあった松。新吉原通いの船の行き帰りに、廓《くるわ》での首尾を思い、自宅での首尾を思う目じるしとされたという。

＊月白《つきしろ》　月の出ようとする時、空がしらんで見えること。月代《つきしろ》。

＊御竹倉《おたけぐら》　旧東京市の本所横網町一丁目の呼び名。江戸時代、御竹奉行の蔵のあった地で、

一三〇　明治の頃広い雑木林や竹藪《たけやぶ》となっていた。芥川の幼児期の遊び場所でもあった。

一三二　＊椎《しい》の樹《き》松浦《まつうら》の屋敷　本所横網町一丁目にあった肥前守《ひぜんのかみ》松浦侯の屋敷。大きな椎の木がそびえていたので、隅田川の船の往来の目じるしだった。

一三三　＊駒形《こまがた》の並木《なみき》　浅草雷門前の南にあった駒形堂付近の呼び名。

舞踏会

一三六　＊明治十九年十一月三日　十一月三日は天長節、すなわち明治天皇誕生日。外務大臣井上《いのうえ》馨《かおる》伯爵《はくしゃく》夫妻の主催で、皇族、大臣、各国公使など約千六百余人を鹿鳴館《ろくめいかん》（一〇八ページ注参照）に招待し、盛大な夜会が催された。「舞踏会」の原典であるピエール・ロチ作「江戸の舞踏会」（『秋の日本』所収）では一八八六年（明治十九年）となっており、芥川はそれに従ったのだが、ロチが実際に鹿鳴館の夜会に招待されたのは明治十八年のこの日。

一三七　＊流蘇《ふさ》　糸や毛などで組んだ紐《ひも》の一端を束ねて、その先をばらばらにしたもの。

＊辮髪《べんぱつ》　頭髪の周囲をそり、中央の髪を編んで後ろへ垂らした清国の男子の髪型。

＊路易《ルイ》十五世式　フランス皇帝ルイ十五世（Louis XV. 1710～74）時代の盛装。細長い胴着や骨を入れ、張り広げたスカートなどが特徴。

一三八　＊アクサン　accent（仏）。アクセント。

一三九　＊「美しく青きダニウブ」　“An der schönen blauen Donau”「美しく青きドナウ」。オーストリアの作曲家ヨハン・シュトラウスの有名な円舞曲。

一四〇 *ヴァルス Valse (仏)。ワルツ。円舞曲。四分の三拍子の優雅華麗な舞曲。

一四一 *「ノン・メルシイ」"non, merci" (仏)。いいえ結構です。

一四二 *ポルカ polka (仏)。四分の二拍子の軽快な踊り。またその舞曲。十九世紀にボヘミアに興った。

*マズュルカ mazurka (仏)。マズルカ。即興的変化に富むポーランドの民族舞曲。四分の三または八分の三拍子で、第三拍子に強いアクセントが置かれる。

*松露《しょうろ》 特有の香気がある食用茸《きのこ》。

*累々《るいるい》と 八一ページ注「累々たる紅球燈」参照。

*ワットオ Jean Antoine Watteau (1684~1721)。フランスの画家。十八世紀のロココ様式を代表する優雅な画風で、屋外での宴などをよく題材とした。雅宴画の創始者。

一四三 *鬼灯提燈《ほおずきぢょうちん》 赤く小さな球形の提燈。装飾用の照明として使われる。

*十六菊 花弁が十六個の菊花は国花で皇室の紋章。

一四四 *生《ヴィ》 vie (仏)。生命。

一四五 *Julien Viaud ピエール・ロチの本名。

*ピエル・ロティ Pierre Loti (1850~1923)。フランスの小説家。海軍将校として世界を遍歴し、その体験をもとに異国情趣溢《あふ》れる作品を著わした。明治十八年 (1885) 日本を訪問、長崎、京都、東京、日光などを廻《まわ》り、十一月三日の夜会にも出席。この間の見

季節感などは日本の近代作家の手本となり、永井荷風などに大きな影響を与えた。
日本を再訪、『お菊さん』の後日物語を書いた。ロチの描いた旅愁、漂泊、異国情緒、
聞に基づき小説『お菊さん』、印象記『秋の日本』が書かれた。明治三十三年（1900）

秋

一四八　＊トルストイズム　Tolstoism。ロシアの作家トルストイ（Lev Nikolaevich Tolstoi, 1828～1910）の思想に影響され、十九世紀末から二十世紀初頭にかけ世界的に流行した人道主義的思想。日本では明治末年から大正初期に、白樺《しらかば》派の理想主義文学として現われた。芥川は中学の頃《ころ》からトルストイを愛読し、生涯その文学を高く評価していたが、トルストイズムの流行には批判的だった。

一五〇　＊高商　旧制の高等商業学校の略称。ここでは、現在の一橋大学。
＊中央停車場　かつての東京駅の俗称。大正三年（1914）三月に完成し、同年十二月二十日から開業。

一五一　＊帝劇　帝国劇場。東京都千代田区丸の内にある劇場。明治四十四年（1911）三月創立。わが国初の純洋式劇場で、新劇のほか外国の音楽家、舞踊家、歌劇団などが興行し、大正のブルジョワ文化をリードした。

一五四　＊編上げ　編上靴《ぐつ》。足の甲や脛《すね》にあたる部分を紐でからげてはく半長靴。
＊舞子《まいこ》　神戸市垂水《たるみ》区垂水にある約一キロの白砂青松の舞子の浜。風光明媚《めいび》で当時は海水

浴場として有名だった。

一五五　＊食糧問題　大正七年（1918）七月～九月頃まで新聞紙上を賑《にぎ》わした米騒動などをさす。米価は当時、第一次大戦後のインフレ、財閥による外米輸入の独占、シベリア出兵などで暴騰《ぼうとう》を続け、大正七年九月寺内内閣が倒れた。

＊襟飾《えりかざり》　ネクタイ。

＊絽《ろ》刺し　日本刺繡の一種。絽の織り目を拾って縫い、模様を刺してうめる。絹糸、金糸、銀糸、漆糸などを使う。

一五七　＊宮本武蔵《みやもとむさし》（1584～1645）江戸初期の剣客。諸国を修業し二天流の祖として仰がれ、巌《がん》流島《りゅうじま》で佐々木小次郎を倒したことで名高い。武道の奥義《おうぎ》を説く『五輪書』を著わし、絵画や彫刻にも優れていた。

一五八　＊山の手　東京都内のやや高台にある住宅地。東部の下町に対する呼称。

＊簇々《そうそう》　むらがり集まるさま。

一五九　＊新開地　新たに開けて市街となった所。

＊のき打ちの門　塀《へい》に設けられた門ではなく、軒から張り出した屋根に柱をつけ、門としたもの。

＊要《かなめ》もちの垣《かき》　要もちの生垣。「要もち」はバラ科の常緑小高木。若葉及び落葉の頃紅色となり、五月頃小さな白い花が咲き、秋に紅色の実がなる。庭木や生垣とされる。

一六二　＊グウルモン　レミ・ド・グールモン。Remy de Gourmont（1858～1915）。フランスの批評家、小説家。象徴主義の擁護者。博学と鋭い分析力を武器とし、『観念陶冶《とうや》』(1900)で「女は必ずしも美を独占するものではなく、男こそ真の美を代表する」と説いた。貴族的ディレッタントで批評集『仮面の書』『文学散歩』などがある。

*ミュウズ　Muse。ギリシャ神話で詩、劇、音楽、美術など知的活動をつかさどる九人の女神の総称。ゼウスと記憶の女神ムネモシュネとの間に生まれた娘達。

一六三　*アポロ　Apollo。ギリシャ神話の男神 Apollōn のラテン語形。美しい男神でゼウスとレトとの子。音楽、詩、弓術、医術、予言、光明の神とされ太陽と同一視する。

一六四　*中折《なかおれ》　中折帽子。頭頂の中央がくぼんだ、つばのあるフェルト製の帽子。ソフト。

*或外国の歌劇団　大正八年(1919)九月にロシアのグランドオペラ団が帝劇で「アイーダ」「椿姫《つばきひめ》」などを公演している。

一六七　*幌俥《ほろぐるま》　雨、風、日射を防ぐための幌のついた人力車。

庭

一七〇　*宿《しゅく》　「宿駅」の略。近世、街道筋に設けられた旅館や人馬などを継ぎ立てる設備のある所。宿場町として栄えた。

*本陣　江戸時代、宿駅に設けられた公認の宿舎。大名、幕府役人、勅使、貴人などが宿泊した。

*瓢簞《ひょうたん》なり　瓢簞の形をした。

＊築山《つきやま》　庭に土や石で作った山。
＊四阿《あずまや》　庭園の休息小屋。
＊和《かず》の宮様御下向《みやさまごげこう》　「和の宮」は、孝明天皇の妹で仁孝天皇の第八皇女（1846〜77）。親子内親王。文久元年（1861）徳川十四代将軍家茂《いえもち》と婚儀のため江戸へ下向した。慶応二年（1866）家茂没後、落髪し静寛院宮と称した。江戸城の無血開城に尽した。
＊伝法肌《でんぽうはだ》　豪放で侠気《きょうき》のある勇み肌。
＊頭瘡《ずそう》　頭のおでき。

一七一
＊表徳《ひょうとく》　雅号。
＊癇癖《かんぺき》　かんしゃく。怒りっぽいこと。
＊井月《せいげつ》　幕末から明治初期の俳人。もと越後《えちご》長岡藩士といわれ、天保十年（1839）頃江戸に出たが、晩年は信濃《しなの》各地を流浪し、自ら乞食井月と称した。酒好きで明治十九年（1886）師走《しわす》、伊那《いな》村の路傍で行き倒れとなり、翌年三月十日、一盞《いっさん》の焼酎《しょうちゅう》に舌鼓《したつづみ》をうち生涯を終えた。芥川は井月の超脱の俳句と生き方を愛し、下島勲《いさおし》編「井月句集」（大正十年刊）の跋文《ばつぶん》と随筆「井月」を書いている。
＊附合《つけあい》　連歌、俳諧で句を付けること。

一七二
＊福沢諭吉　（1834〜1901）明治時代の思想家。教育家。豊前《ぶぜん》（大分県）中津藩士。大阪で緒方洪庵《おがたこうあん》に蘭学を学び、江戸に蘭学塾《じゅく》（慶応義塾の前身）を開き、欧米を視察。西洋事情を紹介し啓蒙《けいもう》主義者として貢献した。著書に『学問ノスヽメ』『文明論之概略』な

どがある。

＊実利の説　実利主義。実用性を重視し自主独立の功利を尊ぶ経済的思想。近代経済学の基礎となる。

＊どうしつら　どうしたかしら。

一七三　＊野辺送り　遺骸《いがい》を火葬場または埋葬場まで見送ること。

一七四　＊紙石板《かみせきばん》　ボール紙に軽石の粉などを塗って作った石盤の代用品。石盤は石筆《せきひつ》で文字や絵を書く学童の筆記練習用の文房具。

＊「この度諏訪《すわ》の……」　元治元年（1864）十一月二十日、長野県諏訪市和田峠で、水戸浪士武田《たけだ》耕雲斎《こううんさい》一党の上洛《じょうらく》を和田、松本両藩が防いだ戦い。松本藩の死者の中に吉江衛門太郎などの名があり、その墓は和田峠近くの慈雲寺にある。芥川の「手帳」に「祖父傾《けい》城《せい》を買ひ（東京）かへりてその時習ひし歌を祖母に教ふ。祖母祖父なき後もその唄を愛唱す」とあり、この歌がメモされている。

＊大津絵　俗謡「大津絵節《ぶし》」の略。走り書きの仏画から始まり、鬼念仏、藤娘、瓢箪鯰《ひょうたんなまず》などを描く戯画となった大津絵の画題を詠《よ》みこんで節付けしたもの。江戸末期から明治にかけ多くの替え歌が流行した。

一七五　＊花魁《おいらん》　女郎。娼妓《しょうぎ》。江戸吉原で、妹分の女郎や禿《かぶろ》が、姉女郎を「おいらの（姉女郎）」といったところから出た語といわれ、普通は部屋持以上の女をさす。

＊せんげ　信州の方言。

一七六　＊山気《やまぎ》に富んだ　万が一の利益をあてようと、投機的なことに手を出す性質。

一七九　＊ブラッシュ　brush（英）。絵筆。

お富の貞操

一八二　＊東叡山彰義隊《とうえいざんしょうぎたい》　明治元年（1868）の戊《ぼ》辰《しん》戦争の際、薩長《さっちょう》征討軍と戦った旧幕臣の武士団。鳥《と》羽《ば》伏見《ふしみ》の戦いに敗れ江戸に謹慎中の前将軍徳川慶喜《とくがわよしのぶ》を護衛し、江戸市中を警備するという目的で結成され、上野の寛永寺東叡山に結集したが、同年五月十五日、大村益次《おおむらますじ》郎《ろう》の指揮する官軍に敗れた。のち、その一部が箱館五稜郭《はこだてごりょうかく》の戦いにも参加した。

＊下谷《したや》町《まち》二丁目　現在の上野駅前あたり。

＊香箱《こうばこ》をつくっていた　丸くうずくまっていた。

一八三　＊八つ、八つ半　「八つ」は現在の午後二時頃。「八つ半」は午後三時頃。次の「七つ」は午後四時頃。

＊荒神《こうじん》の松　かまどの神に供える松。

＊水口《みずぐち》　台所の水を汲み入れる口。

＊腰障子《こししょうじ》　下に腰板をつけた障子。

＊酒筵《さかむしろ》　酒樽《さかだる》をつつんであるころも。乞食がこれを雨具や夜具にした。

一八五　＊大黒傘《だいこくがさ》　江戸時代、大阪大黒屋から売り出した粗末な番傘。

一八六　＊宗旨《しゅうし》を変えた　職業、趣味、主義などを変えること。

一八七　＊小倉《こくら》の帯　木綿糸をあわせて織った小倉織で仕立てた丈夫な帯。

一八九　＊讒訴《ざんそ》　陰口。悪口。

　　　　＊湯巻《ゆまき》　女の腰巻。

一九〇　＊町原《まちばら》　町はずれ。

　　　　＊金切《きんぎ》れ　官軍の印としてつけた錦《にしき》のつづれの切れ。

一九六　＊一杵《いっしょ》　一《ひと》つき。

一九七　＊竹《たけ》の台《だい》　東京都台東区の上野国立博物館前の広場。

　　　　＊第三回内国博覧会　明治二十三年（1890）四月一日から七月三十一日まで開催された第三回内国勧業博覧会。

　　　　＊黒門《くろもん》　もと上野東叡山寛永寺の総門だった黒塗りの門。

　　　　＊前田正名《まえだまさな》　（1850～1921）鹿児島藩士。フランス留学後、山梨県知事となる。この時農商務次官。のち元老院議官。

　　　　＊田口卯吉《たぐちうきち》　（1855～1905）経済学者。幕臣だったが維新後大蔵省に勤め、経済学と開化史の研究に従った。この時区会議員。のち衆議院議員となり実業・政治界で活躍。文化史の先駆的著書として『日本開化小史』がある。

　　　　＊渋沢栄一《しぶさわえいいち》　（1840～1931）実業家。幕臣だったがフランス留学後大蔵省に出仕。日本銀行、日本郵船など創設。資本主義発達の基礎となる金融制度の確立に尽力した。

　　　　＊辻新次《つじしんじ》　（1842～1915）信州松本藩士。江戸で洋学を修め、文政に尽した。この時文部

次官、のち帝国教育会会長。

＊岡倉覚三《おかくらかくぞう》（1862〜1913）岡倉天心。大学時代の恩師フェノロサや狩野芳崖《かのうほうがい》、橋本雅邦《はしもとがほう》らとともに日本美術運動を興した。この時東京美術学校校長。日本美術院を創設し、美術界に革新的役割をつとめ、ボストン美術館東洋部長として日本美術や東洋文化のため貢献した。英文の著書『東洋の思想』『茶の本』は世界的に有名。

＊下条正雄《しもじょうまさお》（1860〜1920）米沢《よねざわ》藩士。この時海軍士官。のち海軍主計大監、帝室博物館評議員をつとめる。

一九八

＊前立《まえだて》　帽子の前に立てたもの。

＊金モオルの飾緒《かざりお》　金糸と絹糸との交織物の飾りひも。高位高官の礼服についていた。

雛

二〇二

＊お金御用　大名などに金を調達した金融業者。

＊大通《だいつう》　遊興の道によく通じていること。大通人。江戸時代、十八大通などが有名。

＊瓔珞《ようらく》　muktā-hāra・ratnāvali（梵語《ぼんご》）。珠玉や貴金属をつらねた装身具。もと、インドの貴族の装身具を意味した。

＊塩瀬《しおぜ》　羽二重に似た厚地の絹織物。

＊石帯《せきたい》　礼服束帯の時、袍《ほう》（上衣）の腰につける帯。天皇、高官が正式のとき用いた。

＊定紋《じょうもん》と替え紋　家々で定まっている紋と、その定紋に替えて用いる紋。表紋と裏紋。

*徳川家の御瓦解《ごがかい》　慶応三年（1867）大政奉還のため、徳川幕府が崩壊したこと。「瓦解」は屋根瓦が一部落ちれば他の瓦も崩れるように、全体が壊れることをいう。
*御用金　江戸時代、幕府や大名が金に困り、富豪から臨時に取りたてたお金。
*加州様　加賀藩（石川県）の藩主前田家。加賀百万石といわれ、江戸時代には全国最大の藩だった。
*因州様　因幡《いなば》藩（鳥取県）の藩主池田家。三十二万石。
*かた　抵当。担保。

二〇三
*赤間《あかま》が石の硯《すずり》　山口県厚狭《あさ》郡（赤間関）から産出する凝灰岩《ぎょうかいがん》を材料とした硯。
*按摩膏《あんまこう》　打傷、すり傷、肩こりに効く黒い膏薬。
*入れ墨　禿げ隠しのための彫り物。
*開化人　明治初期の文明開化の風潮にのり、西洋の新思想や新風俗を取りいれようとした進歩的な人。当時の流行語。

二〇四
*大歳《おおとし》の凌《しの》ぎ　大晦日《おおみそか》の勘定を切りぬけること。この頃《ころ》、すべての決算が大晦日だった。
*正徳丸《しょうとくがん》　漢方薬の一種。丸薬。
*安経湯《あんけいとう》　漢方薬の一種。婦人病に効く煎《せん》じ薬。
*胎毒散《たいどくさん》　漢方薬の一種。乳幼児に飲ませる胎毒くだし。
*金看板　金文字を浮き彫りにした看板。
*無尽燈《むじんとう》　油皿の油が減っていくにつれて、自然に油が注ぎこまれる仕掛けの灯明台。

二〇五　＊陳皮《ちんぴ》　漢方薬の材料。蜜柑《みかん》の皮を乾かして作る。咳《せき》どめ、発汗などに効能があり、風邪薬として用いる。

＊大黄《だいおう》　漢方薬の材料。タデ科の多年草で、黄色い根茎の外皮をとり去り、乾燥させたもの。胃腸薬として用いる。

＊やっと散切りになった　「散切り」は髪を切ったままで髷《まげ》に結ばないこと。男子の結髪の風習を廃止するため、明治四年（1871）五月、斬髪廃刀令が公布されたが、なかなか散切《ざんぎ》り頭が一般化しなかった。

二〇六　＊時儀《じぎ》　会釈《えしゃく》すること。挨拶。お辞儀。

＊蝶蝶髷《ちょうちょうまげ》　蝶の羽をひろげたように髪を左右に曲げて輪に結うもの。少女の髪型。

＊振り出しの袋　煎じ薬を布の袋に入れて湯に浸し、ふり動かして薬分を湯に溶かし出すもの。薬屋で売っていた。

二〇八　＊諸式　元来はいろいろの品物のこと。転じて物価の意。

＊蒔絵《まきえ》の道具　「蒔絵」は漆《うるし》と金銀粉で器物の表面に絵模様を施すこと。「道具」はお膳《ぜん》、鏡台など雛人形の小道具。

二〇九　＊お薩　薩摩芋《さつまいも》のこと。女性言葉。

＊面疔《めんちょう》　顔面に出来る悪性の腫物《はれもの》。

二一〇　＊お百度を践《ふ》みに通いました　祈願のため、お寺や神社にお参りし、その境内《けいだい》の一定距離を百回往復し、そのたびごとに拝むこと。お百度参り。

二一二　*帳合い　現金や商品の勘定と帳簿の記入とを照らしあわせて確認すること。
*薬研《やげん》　漢方の薬種を細かい粉にする金属製の器具。薬おろし。
*甘草《かんぞう》　中国北部に産するマメ科の植物。根は赤褐色《せっかっしょく》で薬用または甘味料に用いる。
二一四　*慳貪《けんどん》　無愛想なこと。
二一六　*癲狂院《てんきょういん》　精神病院。
*御一新　明治維新のこと。当時の流行語。
*苗字をつける　明治三年（1870）九月、平民が正式に苗字をつけることが許可された。
*大束《おおたば》をきめた　度量が広く大きいように見せかけた。
二一七　*会津《あいづ》っ原《ぱら》　現在の東京都千代田区大手町付近の当時の通称。もとそこに会津藩の屋敷があり、明治五年の大火で焼野原となっていた。
二二〇　*石油を透かした硝子《ガラス》の壺《つぼ》　中の石油が透きとおって見えるランプの下部。無尽燈は紙張り。
*火屋《ほや》　ランプの上部で火をおおうガラス製の筒。
二二一　*大きに　確かに。
二二三　*象牙《ぞうげ》の笏《しゃく》　象牙で作った笏。「笏」は束帯など正装の時、威儀を整え敬意を表わすため右手に持つ道具。
*仕丁《じちょう》　雛人形の一つ。宮中の雑役に使われた下男。四段目に飾る。
*眼八分　目の位置より少し低い高さに両手で物をささげもつさま。

*高坏《たかつき》　食物を盛る脚つきの台。
*書きかけた　大正五年に書きかけた「雛」。別稿「明治」がある。
*滝田《たきた》氏　滝田哲太郎（1882～1925）。号は樗陰《ちょいん》。東大中退後、「中央公論」の記者、名編集長として新人作家の発掘、育成につとめた。芥川も樗陰に認められ、常に彼の激励を受けて著作している。

あばばば

二二六　*大将旗　大将の乗っている軍艦に掲げる旗。
*軍艦三笠《みかさ》　日露戦争の日本海海戦における連合艦隊の旗艦。大正十二年（1923）艦籍から除かれ、同十五年、記念艦として横須賀白浜海岸に固定保存。
*キュラソオ　curaçao（仏）。リキュール酒の一種。オレンジの果皮を加えて調味した甘い洋酒。
*朝日　明治三十七年（1904）、専売制実施の最初に発売された四種の巻きタバコのうち、最も安いもの。
二二七　*金線《きんせん》サイダア　日本人の手で製造されるようになった最初のサイダー。横浜の秋元巳之《みの》助《すけ》が明治三十二年（1899）、「キンセンサイダア」の名で売り出した。
二二八　*コンデンスド・ミルク　condensed milk（英）。練乳。牛乳に砂糖を加え煮つめて濃縮したもの。

＊Fry　フライ。ココアの商品名。
＊Droste　オランダの有名なココア。オランダのココアは色が濃くなめらかで上等品とされた。

二二九

＊En face　（仏）。正面から、真向いに。
＊旭日旗《きょくじつき》　かつての日本海軍の軍旗。朝日を図案化した模様が染められていた。
＊三笠　タバコの商品名。
＊硯友社《けんゆうしゃ》趣味の娘　硯友社は明治十八年（1885）二月尾崎紅葉《おざきこうよう》、山田美妙《やまだびみょう》らが結成した文学結社。江戸元禄文学の情緒を継承し、花柳界の女性が多く描かれた。明治中期まで紅葉を中心に文壇の主流となり、多くの女性読者を獲得した。
＊「たけくらべ」　明治二十八年に書かれた樋口一葉《ひぐちいちよう》の名作。吉原遊廓の近くに住む少年少女の淡い慕情を、浪漫的情趣豊かに描いた。
＊乙鳥口《つばくろぐち》の風呂《ふろ》敷包《しきづつ》み　口を開くと燕《つばめ》の尾のような形になる、携帯用の布袋。絹、木綿などで作られた。
＊両国《りょうごく》　隅田川にかかる両国橋の東西両畔の地名。明治、大正時代にも柳橋の花柳界や川開き花火など江戸情緒、下町情緒が残されていた。隅田川が昔、武蔵《むさし》、下総《しもうさ》両国の国境であったための称。
＊鏑木清方《かぶらぎきよかた》　（1878〜1972）　日本画家。江戸情趣や明治風俗を、浮世絵の伝統を継ぐ美人画や肖像画に描き出した。代表作に「築地《つきじ》明石《あかし》町」「一葉」「三遊亭円朝像」がある。

二三〇　＊点頭《てんとう》　うなずくこと。

＊手絡《てがら》　日本髪の根もとに掛ける装飾用のきれ。若い既婚女性は、大円髷《おおまるまげ》に赤い手絡を掛け、歳《とし》をとるにつれ、円髷は小さく手絡は地味な色になった。

二三一　＊講談倶楽部《くらぶ》　明治四十四年（1911）十一月創刊の大衆雑誌。

＊Van Houten　バン・ホーテン。一八二八年、バン・ホーテンによって発明されたココアの最上品。

二三二　＊吾妻下駄《あずまげた》　畳表をつけた薄歯の婦人用の下駄。

二三三　＊含羞草《おじぎそう》　マメ科の植物。葉にふれると閉じ、しばらくするとまた開いてくる。

二三四　＊De Hooghe　デ・ホーホ（1629〜?）。オランダの画家。レンブラントの影響下に、市民の日常の情景などを描き、もの静かな情感を漂わせる作品を残した。

＊Spargo　ジョン・スパルゴー（1876〜1966）。アメリカ（イギリス生れ）の社会民主主義者。

＊見台《けんだい》　書物をのせて見る台。

二三五　＊銀座尾張町《おわりちょう》　東京都中央区の銀座四丁目交差点。銀座の中心で最も賑やかな場所。

＊自働電話　公衆電話の旧称。

＊「佐橋甚五郎《さばしじんごろう》」　森鷗外の短編歴史小説。大正二年四月「中央公論」に発表。

二三七　＊冬ざれた　冬の荒れさびれた。

一塊の土

二四〇　＊後生《ごしょう》よし　この世の行いがよく、いい後つぎがあるので、あの世では安楽な幸福を得る者。
＊朝比《あさひ》奈《な》の切通《きりどお》し　鎌倉への入り口である「鎌倉七口」の一つで、市内東部にある。そこを過ぎると広々と視野が開ける。「切通し」は山などを切り開いてできた道。
＊かたがた　いずれにしても。
二四一　＊はえ　質問、催促の意味の呼びかけ。
二四五　＊梢火《ほだび》　たきび。
二四六　＊カンテラ　オランダ語の kandelaar（燭台《しょくだい》）に由来。携帯用の石油ランプ。
＊うろ抜いて　まびいて。
＊五段歩《たんぶ》　「段《たん》」は土地の面積の単位。一段は方六尺（一・八メートル）を一歩（三・三平方メートル）とし、三百歩で九九一・七平方メートル。五段歩はその五倍、約一五〇〇坪（四九五〇平方メートル）。
二五〇　＊中音《ちゅうおん》　中位《ぐらい》の強さの音声。
＊軛《くびき》　車のながえの端につけて牛馬につける横木。
二五三　＊天道《てんどう》　天の神。
＊蜂屋《はちや》柿《がき》　渋柿の一種。岐阜県蜂屋村の産。
二五四　＊徴兵がすむ　第二次大戦前は兵役法により、男子は満二十歳になると徴兵検査をうけ、

一定期間軍事訓練に服す義務があった。
二五六　＊そら耳を走らせている　聞いて聞かぬ風をすること。
＊土用明け　立秋（八月八日頃《ごろ》）の前十八日間が夏の土用で、一年中で最も暑い期間。
＊避病院　伝染病患者を収容する病院。
二五七　＊常談《じょうだん》　冗談。

年末の一日

二六〇　＊後架《こうか》　便所。
＊伯母　芥川の実母フクの姉フキ（当時七十歳）。芥川を養育した女性。
＊妻　妻文子《ふみこ》。
＊袖無《そでな》し　袖無し羽織。
二六一　＊母　養母儔《とも》。当時六十九歳。
＊次男の多加志《たかし》　大正十一年十一月生まれ。当時四歳。
＊房後　房事（男女の交合）のあと。
二六二　＊夏目先生のお墓　東京都豊島区雑司《ぞうし》が谷《や》にある「雑司ケ谷墓地」にある。芥川は大正四年（1915）十二月から大正五年十二月九日の漱石の死まで、漱石に師事した。
＊動坂《どうざか》　東京都文京区内の千駄木《せんだぎ》と本駒込《ほんこまごめ》との境にある坂。
＊護国寺前《ごこくじまえ》　護国寺は東京都文京区大塚五丁目にある真言宗の寺。延宝八年（1680）創立

の名刹《めいさつ》。
二六三　＊富士前　当時、動坂から一つ目の市電停留場。近くに富士神社がある。
＊要冬青《かなめもち》　一五九ページ注「要もちの垣」参照。
二六四　＊古樒《ふるしきみ》　樒は仏前に供えるモクレン科の常緑小高木。葉に香気がある。その枯れたもの。
二六五　＊お時宜《じぎ》　お辞儀。二〇五ページ注「時儀」参照。普通「時宜」は時期がちょうど良いこ
との意に用いるが、独自の漢字を使うのは芥川の特徴の一つ。
＊恬然《てんぜん》と　こだわりなく平気で。
＊東洋文庫　東京都文京区本駒込にある図書館。大正六年九月、岩崎久弥《ひさや》が設立。東洋文
化関係の文庫としては世界一。当時、一高、大学時代の芥川の学友石田幹之助が勤めて
いた。現在は国会図書館支部。
＊庚申堂《こうしんどう》　庚申の青面金剛《しょうめんこんごう》を祀《まつ》った堂。
＊八幡坂《はちまんざか》　東京都北区田端にある八幡神社近くの坂。
＊箱車　荷車の上に物入れの箱を取りつけてあるもの。
＊東京胞衣会社《えながいしゃ》　出産のとき排泄《はいせつ》される胎児を包んでいた膜や胎盤（胞衣）の処理をした
会社。むやみに捨てることは禁じられ、専門の処理会社があった。

神田由美子

解説

中村真一郎

芥川龍之介は、志賀直哉と共に、わが大正文学を代表する作家である。そうして、大正文学の特徴を最もあざやかに示している。

大正時代、つまりほぼ一九一〇年、二〇年代は、短篇小説というジャンルにおいて、日本が世界中で最も完成を示した時期である。

これは、ロシアを含めた西洋においては、小説の本流は「長篇小説《ロマン》」にあり、「短篇小説《コント》」というジャンルは、長篇小説家の片手間仕事のように思われていて、そのジャンルに全力を傾注した作家は、ほとんどいなかったのに対して、日本の場合は、伝統的に構成力が弱く、『源氏物語』のような大作でも、バルザックやトルストイの長篇のように、高層建築的構成をとらずに、次つぎと場面が、連続的に展開して行く「絵巻物」風の構成となっている、つまり短篇を横に並べたような仕上りとなっていて、日本人は本来、長篇小説は民族的に、長い間、不得手だったと信じられていたという事情がある。

又、一方、日本人には、本来、小さいものに対する、偏愛があって、近世においても彫刻の最上のものは、刀のつばとか、腰に下げる根付けとかいう、小物《こもの》に見られる。そうした美的趣味の結果、明治になって西洋文明が導入されてきた時、文学の方の手本も、ディッケンズやトゥルゲーニェフの長篇が読まれたとしても、その作り方の本質までは修得が困難で、モーパッサンやチェーホフの短篇が、むしろ親しい、真似《まね》やすい形式として、読まれたのである。

その上、作品の発表舞台が、主として雑誌だったことも、その形式を規整した。雑誌の紙面をひとりの作家の長篇が独占するより、多数の作家の名が並んだ方が、内容が豊富に見え、そのために長篇の需要は少なく、短篇の注文が多かったので、作家はもっぱら、この小さいジャンルに精力を注ぐことになった。

そのなかで、特に芥川は、この短篇小説という形式を、博大な教養と、並外れた好奇心と、都会人らしい新し物好きの性癖とから、想像しうるかぎりの広い領域にまで探険して、世界にも類を見ない見事な成果をあげた。特に東京下町の環境に育った彼は、江戸末期の洗煉《せんれん》された文明的感覚を受けついでいたので、作品の完成には彫金師がノミを振《ふる》うような彫敲《ちょうこう》をきわめた仕上りを示し、しかも一作ごとに、その題材も、時代背景も、文体も、筋の展開の仕方も、異なったものとするという、奇術師のような才能を見せた。

彼の唯一《ゆいいつ》の弟子であった堀辰雄は、芥川の全く異なる題材と文体とを持つ作品を同時に書きあげるというような知的放蕩《ほうとう》ぶり、その「ジグザグな」稲妻型の仕事の足跡のなかに、彼の人格の分裂の原因を発見しているくらいである。

彼は文学的出発の時期において、フランスのメリメや、アナトール・フランスなどの機知あふれる、多彩な作風を模倣した。しかし、彼らは必ずしも、短篇のうちに自分の全部を投入しようとはせず、むしろディレッタント的な作風であったのが、芥川は次第に短篇小説を、西洋の作家が長篇に対するような、全人格をそこにそそぐ仕事にして行ったために、その仕事は遊びではすまなくなり、そうなると、あの一作ごとの異なる方向への精神的冒険が、自己分裂をまねくに至ったのは必然的な成りゆきであったと言える。

とにかく、ひとつの短篇小説の仕上りに対する彼の情熱と配慮とは、詩人が一行、一句について工夫をこらすのと、同じような神経質ぶりを見せており、それは精巧をきわめた編物に似た作業となった。

今日、残された彼の、短かい制作年代に比べて、異常に数の多い短篇の山を見渡す時、手を抜いた、楽に作り上げた作品はほとんど見られず、その精神の緊張の驚くべき持続は、読者の息を詰まらせないではいない。

この本に収められた十三篇は、作者の生涯《しょうがい》の各時期に書かれたものが、年代順にならべられているので、読者は作者の想像力の「稲妻」型の、次つぎと予想もしない変《へん》貌《ぼう》ぶりに接することができる。

これは芥川が創作上の手本とした、森鷗外の『諸国物語』——西洋諸国の様々な種類の小説を飜訳《ほんやく》して集めたもの——の読後感に似た面白さを与えようとして、独力であらゆる種類の短篇小説を試みた結果なのである。

たとえば、「或日の大石内蔵之助」や、「戯作三昧」や、「枯野抄」は江戸時代に題材をとっている。

しかし、単なる歴史小説ではなくて、ここに登場する大石内蔵之助は、元禄《げんろく》時代の田舎侍としては驚くほど近代的な内省的な人格であり、顫《ふる》えるような「世紀末」の神経の所有者で、作者芥川の顔が二重写しになっているし、又、「戯作三昧」における化政天保頃《てんぽうごろ》の流行作家たる滝沢馬琴も、『八犬伝』の作者の、図太い狡猾《こうかつ》な偽君子ではなくて、何と純情な文学青年であることだろう。ここでも文学の世界に乗りだしたばかりの作者の、芸術に対する純粋な、少年のような信念が、馬琴の姿を借りて描き出されている。

又、「枯野抄」における、芭蕉の臨終の床での、弟子たちの感慨には、明らかに、芥川自身を含めた、師夏目漱石の死に対する弟子たちの気持が強く反映している。大正時代のわが短篇小説の特徴のひとつは、作者の私生活を直写し、その内面を分析する、告白的性質にあった。それが文学としての切実さを保証していたのである。それに対して、芥川のこうした、歴史上の有名な人物なり、事件なりを描く作品が、通俗読物にならなかったのは、それらの歴史上の過去の人物に対する、一般の人々の常識的なイメージを、近代精神による心理分析を通して作り変え、現代の私たちのあいだに引き寄せて来たところにある。芥川は歴史という仮面を借りて、当時の文学的主流であった「私小説」の告白と同じことを試みた。それが一般読者と、専門の文壇人との両方に、彼が好評を呼んだ理由である。

次の「開化物」と呼ばれる、明治初期の西洋文明の流入の時期の、エキゾチックな風俗を扱った「開化の殺人」、「開化の良人」、「舞踏会」は、実は作者は、はじめ同一人物を主人公とした連作にする意図があったものと思われる。はじめの二篇の主人公本多子爵《ししやく》夫人明子は、三番目の小説の主人公、明子と重ね合せると、一段と面白いだろう。ただ作者は、「舞踏会」の末尾で、この女性を「H老夫人」と記して、「本多子爵老夫人」と書かなかったのは、前二篇と三番目とのあいだに、年代の上でずれがあることに、作者は執筆中に気付いたためと思われる。

「秋」は、作者が、それまで古代や中世や近世、また架空の世界に題材をとっていたのが、はじめて当時の都市中産階級の日常生活に眼《め》を向けた作品として注目された。

この題材では、作者は従来のような奇抜な趣向は不可能であり、いわば最も得意な手を封じられて、ゲームをするという、芸を演じてみせたわけである。つまり、最も普通な意味での「小説家」として、現実を描く能力もあるので、単なる奇術師ではない、ということを証明してみせたのである。

このいわば「自然主義」的な作風は、「一塊の土」に至って、更に深化し、都会人の知的作家である作者が、このような農村の暗い生活を描き出すことができた、ということに、そこまで本来の自分から離れた世界で、自分の才能をためそうとしていることに、一種異様な思いを禁じえないくらいである。

ところで、今日、二十世紀も終りに近付いて、こうした芥川の多面的な短篇の数々を読んでみる時、おのずから大正時代の読者とは異なった感想が浮んでくるのは当然で、それは作者の異常なまでに繊細だった知力と、その奥にひそむ本能とが、これらの様々な衣裳《いしょう》の裏に、人間性そのもの、あるいは世界の在り方そのものの持つ、本来的な不条理さを見抜いており、それを大事に慎重にすくいとって、作品のなかにそっと生けどりにしているという点である。
　これが、他の大正作家の小説の、人生解釈の明快さと、芥川とを分つ特徴であり、この第二次大戦後に、世界の思想界を支配することになった、実存主義的な、世界と人間存在との不条理性への認識に呼応するものであり、芥川の今日での新しさの秘密である。

（平成四年三月、作家）

表記について

新潮文庫の文字表記については、原文を尊重するという見地に立ち、次のように方針を定めました。

一、旧仮名づかいで書かれた口語文の作品は、新仮名づかいに改める。
二、文語文の作品は旧仮名づかいのままとする。
三、旧字体で書かれているものは、原則として新字体に改める。
四、難読と思われる語には振仮名をつける。
五、漢字表記の代名詞・副詞・接続詞等のうち、特定の語については仮名に改める。

新潮文庫最新刊

朝吹真理子著
TIMELESS
お互い恋愛感情をもたないうみとアミ。ふたりは〝交配〟のため、結婚をした――。今を生きる人びとの心の縁《よすが》となる、圧巻の長編。

安部公房著
飛ぶ男
安部公房の遺作が待望の文庫化！　飛ぶ男の出現、2発の銃弾、男性不信の女、妙な癖をもつ中学教師。鬼才が最期に創造した世界。

西村京太郎著
土佐くろしお鉄道殺人事件
宿毛へ走る特急「あしずり九号」で起きたコロナ担当大臣の毒殺事件を発端に続発する事件。しかし、容疑者には完璧なアリバイがあった。

紺野天龍著
幽世《かくりよ》の薬剤師6
感染怪異「幽世の薬師」となった空洞淵は金糸雀を救う薬を処方するが……。現役薬剤師が描く異世界×医療×ファンタジー、第1部完。

J・バブリッツ
宮脇裕子訳
わたしの名前を消さないで
殺された少女と発見者の女性。交わりえないはずの二人の孤独な日々を死んだ少女の視点から描く、深遠なサスペンス・ストーリー。

浅倉秋成・大前粟生
新名智・結城真一郎
佐原ひかり・石田夏穂
杉井光著
嘘があふれた世界で
嘘があふれた世界で、画面の向こうにいる特別なあなたへ。最注目作家7名が〝今を生きる私たち〟を切り取る競作アンソロジー！

戯作三昧《げさくざんまい》・一塊《いっかい》の土《つち》

新潮文庫　あ－１－５

昭和四十三年十一月十五日　発　行
平成二十三年十一月二十日　六十三刷改版
令和　六　年　二　月　十　日　七　十　刷

著　者　芥《あく》川《た》龍《がわ》之《りゅう》介《の》　（すけ）

発行者　佐　藤　隆　信

発行所　株式会社　新　潮　社

郵便番号　一六二―八七一一
東京都新宿区矢来町七一
電話　編集部(〇三)三二六六―五四四〇
読者係(〇三)三二六六―五一一一
https://www.shinchosha.co.jp

価格はカバーに表示してあります。

印刷・株式会社光邦　製本・株式会社植木製本所
Printed in Japan

ISBN978-4-10-102505-6 C0193